Ferdinand Grautoff

1906

Der Zusammenbruch der alten Welt

Ferdinand Grautoff: 1906. Der Zusammenbruch der alten Welt

Erstdruck: Leipzig, Dieterich'sche Verlagsbuchhandlung Theodor Weicher, 1905 unter dem Pseudonym »Seestern«.

Neuausgabe
Herausgegeben von Karl-Maria Guth
Berlin 2016

Umschlaggestaltung von Thomas Schultz-Overhage unter Verwendung des Bildes: Übungsgeschwader Victoria Louise (Ausschnitt), Deutschland zur See, 1902

Gesetzt aus der Minion Pro, 11 pt

Verlag: Henricus - Edition Deutsche Klassik GmbH
Mörchinger Str. 33, 14169 Berlin, info@henricus-verlag.de
Druck: Libri Plureos GmbH, Friedensallee 273, 22763 Hamburg

ISBN 978-3-86199-874-7

Bibliografische Information der Deutschen Nationalbibliothek

Die Deutsche Nationalbibliothek verzeichnet diese Publikation in der Deutschen Nationalbibliografie; detaillierte bibliografische Daten sind im Internet über www.dnb.de abrufbar.

Wir stehen am Ende. Das furchtbare Jahr, in dem die alte Welt von Blut so rot war, ist vorüber. Wir haben ihn gehabt, den frischen fröhlichen Krieg. Noch stehen europäische Heere draußen, um Schritt für Schritt das zurückzuerobern, was der Trümmersturz des Riesenkampfes verschüttet hat. Das wieder aufzubauen, was dieses Jahr an friedlicher Kulturarbeit vernichtet hat, wird ein Jahrzehnt kosten. Und die, welche heimkehren aus Feindesland, sind ein der Arbeit entwöhntes Geschlecht. Die Herzen sind härter geworden in diesem Jahr, da die Welt nach Blut roch. Die Länder sind leerer geworden; es sind zu viele schlafen gegangen unter den grünen Erdhügeln da draußen.

Wir stehen am Ende des gewaltigsten Krieges, den die Geschichte der Menschheit sah; das Jahr 1906 ist ihr mit blutroten Lettern eingebrannt. Wir stehen am Ende, und dem Historiker liegt es ob, sich noch einmal Szene um Szene die Entwicklung des furchtbaren Dramas zu vergegenwärtigen, das in den unheilvollen Märztagen 1906 vor Samoa seinen Anfang nahm und alle Völker der alten Welt in seinen Wirbelsturm mit hineinriß. Alle die Unverantwortlichen, die in den Parlamenten, in Volksversammlungen, in der Presse jenseits wie diesseits des Kanals immer wieder den Völkerhaß geschürt, die da gemeint hatten, ein Waffengang zwischen Deutschland und England werde nur wie ein Gewitter die Luft reinigen, und man werde in der Lage sein, nach Gutdünken heute oder morgen, wenn die Spannung gelöst, »das Ganze Halt« blasen zu lassen, über sie alle war der Gang der Ereignisse rücksichtslos hinweggeschritten. *Caesar supra grammaticos!*

Das hatten sie nicht berechnet, daß ein europäischer Krieg bei den tausendfältigen Beziehungen zu den überseeischen Neuländern, deren Millionenvölker widerwillig einer Handvoll Weißer gehorchten, notwendigerweise die Welt in Flammen setzen mußte. Wie eine Bora, wie ein glutheißer alle schlummernden Gefühle aufpeitschender Wüstensturm ging es durch die Länder des Islam, wie ein elektrischer Strom zuckte es durch die scheinbar so indolenten Völkermassive Asiens, als Europas Boden vom Waffenlärm widerklirrte. Die Diplomaten des Berliner Kongresses mühen sich jetzt den neuen Most in neue Schläuche zu füllen; noch liegt nichts Fertiges, Abgeschlossenes vor, aber die Umrißlinien sind gegeben. Da mögen wir noch einmal rückwärts schauen, und das

Ganze uns noch einmal vergegenwärtigen, wie es sich entwickelt hat. Nur ein Querschnitt durch die Ereignisse soll hier gegeben werden, nur die Hauptpunkte sollen hervorgehoben werden, nur die Meilensteine, die den Weg des Jahres 1906 bezeichneten. Allein die *Einigkeit* der Völker Europas kann das, was ihnen verloren gegangen ist, die unbestrittene politische Macht und die Seeherrschaft auf dem Weltmeer wieder zurückgewinnen. Heute liegt der politische Schwerpunkt in Washington, Petersburg und Tokio.

Im Mai 1907.

Seestern.

Der Zwischenfall von Samoa

Irgend etwas lag in der Luft. Nicht daß gerade die politischen Nachrichten irgend jemandem Sorge gemacht hätten. Drüben jenseits des Meeres erscheinen Ereignisse, die in der Heimat wochenlang die Presse in Atem halten, mikroskopisch klein. Die große Distanz und die Zeitdifferenz läßt sie gewissermaßen mit einem umgedrehten Fernglas sehen. Recht, recht gleichgültig ist unseren Landsleuten drüben der Gang der großen und der kleinen Politik, von der man im stillen Winkel doch so gut wie nichts verspürt. Trotzdem machte es einen tiefen Eindruck, als die »Samoanische Ztg.« am 3. März durch eine Extraausgabe mitteilte, der deutsche Reichstag habe die neuerdings geforderte Auslandsflotte, auf die man beim Flottengesetz von 1900 verzichtet hatte, abgelehnt.

Am Abend des Tages saßen einige deutsche Kaufleute und mehrere Angestellte der deutschen Plantagengesellschaft in der Veranda eines Landhauses, von dem aus man den schönsten Blick auf Apia und die Reede hat. Am anderen Ufer der Bucht flatterte träge in der lauen Abendluft über dem kaiserlichen Gouvernement die Flagge des Reiches. Leise rauschend schlugen die Wellen an den Strand, während die nach Norden offene Reede sonst gerade im Märzmonat von heftigen Stürmen heimgesucht wird. Gleich einem riesigen Gerippe lag das Wrack des Kreuzers »Adler« auf der Korallenbank, auf der sich eine Schar Samoaner tummelte. Hin und wieder erschien eine der geschmeidigen Gestalten zwischen den Stahlrippen des Wracks. Der feurige Sonnenball stand dicht am Rande des westlichen Horizontes. Von der »Möwe«, die auf der Reede lag[1], klangen die melancholischen Töne des Zapfenstreiches über die ruhige Meeresfläche, langgezogen und klagend. In der traumhaften Stille des Abends glaubte man fast die Ruderschläge der Gig zu hören, die einige Offiziere der »Möwe« dem Lande zutrug. Wie eine weiße Raupe kroch das Boot über den kupferfarbenen Seespiegel, während mit dem Scheiden der Sonne die Flagge am Heck des Kriegsschiffes verschwand.

---

[1] Die »Möwe« war nach ihrem Eintreffen in Tsingtau noch einmal nach Apia zurückbeordert worden, da der in der Südsee stationierte Kreuzer »Condor« eine Havarie erlitten hatte.

»Dort kommen unsere Gäste«, sagte der Hausherr, der für diesen Abend die Offiziere S. M. S. »Möwe« zu sich geladen hatte, da das Vermessungsschiff, ein häufiger Gast in Apia, am nächsten Tage die Reede verlassen sollte, um seine letzte Reise nach Tsingtau anzutreten, um dort als Hulk seine Tage zu beschließen. Man brach auf und begab sich in das Speisezimmer, um dort die Marineoffiziere zu begrüßen. Noch bevor sie die kurze Strecke von dem gebrechlichen Landungssteg am Strande bis zum Landhause, das am sanften Abhange des Berges lag, zurückgelegt hatten, erschien dort ein Soldat der eingeborenen Polizeitruppe mit einem Briefe für den Hausherrn. Nachdem er ihn durchflogen, wandte er sich zu seinen Gästen: »Schade, unser Gouverneur Dr. Solf bittet, ihn für heute abend als entschuldigt gelten zu lassen und außerdem will er uns noch einen unserer Gäste entführen. Schade, es hätte so nett werden können«. In diesem Augenblick betraten die Marineoffiziere, lebhaft begrüßt, das Haus. Während die übrigen Herren abschnallten, nahm der Hausherr den Kapitänleutnant Schröder beiseite und verständigte ihn von dem Wunsche des Gouverneurs.

Bei einer vorzüglichen Bowle entwickelte sich schnell eine rege Unterhaltung, die sich bald auch dem Ereignis des Tages, dem Reichstagsbeschlusse über die Auslandsflotte, zuwandte.

»Nun, allzu tragisch dürfen wir's nun doch wohl nicht nehmen. Was bekommen wir in Apia von der Auslandsflotte überhaupt zu sehen? Ja früher, da lagen hier oft unsere großen Kreuzerfregatten, aber seit 1889, seit dem Unglück, schickt man uns doch nur kleine Kähne. Das sind Sie, sagte einer der Pflanzer zu den Offizieren, mit Ihrer ›Möwe‹, die sieht ja recht nett aus, aber glauben Sie, daß sie unseren englischen und amerikanischen Freunden imponiert? Eine ›Antiquität aus Williams Museum‹ nennen sie den Kahn. Nun, die ›Möwe‹ geht ja jetzt auch ins alte Eisen in der Tsingtauer Rumpelkammer. Höchstens kommt sonst mal der ›Falke‹ seligen Andenkens oder der ›Cormoran‹ auf eine Stippvisite. Von Ihren Auslandsschiffen merken wir hier verdammt wenig; wenn Sie Ihre Schiffe nicht ins Ausland schicken, dann können wir uns die Kosten auch sparen. Überhaupt sieht's friedlich genug aus in der Politik. Wer will denn auch heute einen Krieg anfangen? Jeder scheut doch die Verantwortung.«

»Friedlich«, meinte der Herausgeber der »Samoanischen Zeitung«, »sieht es nun gerade nicht aus. Wenn ich den Zusammenhang auch nicht ganz verstehe, so muß doch irgend etwas in der Luft liegen, was sich

6

über das Niveau des diplomatischen Kleinkrieges, den wir seit Monaten verfolgen können, hinaushebt. Nach einer Depesche, die ich heute aus New York bekam, die allerdings unterwegs stark ramponiert sein muß, hat England sein Mittelmeergeschwader mobil gemacht. – Außerdem wird von verdächtigen Schiffsbewegungen im Kanal berichtet. Doch ist der Zweck dieser Maßnahmen so unklar, daß es ebenso gut eine amerikanische Ente sein kann. Sie wissen ja wie das amerikanische Kabel arbeitet. Die reinen Rösselsprünge depeschieren sie uns, wenn es ihnen paßt«.

»Ach was, das englische Säbelrasseln kennen wir; warten wir ab und trinken wir Tee oder besser diese geradezu erhaben komponierte Bowle. Laßt uns lieber ein lustiges Lied singen«.

Wie immer, wenn Deutsche beisammen sind, war's kein lustiges, sondern ein wehmütiges Lied –

> Hier in weiter, weiter Ferne
> Wie's mich nach der Heimat zieht!
> Lustig singen die Gesellen,
> Doch es ist ein falsches Lied,
> Doch es ist ein falsches Lied …

klangs voll und kräftig aus zwanzig Männerkehlen in die tropische Sommernacht hinaus. Mit ernstem Gesicht hörte der Kapitänleutnant Schröder, der, vom Gouverneur zurückgekehrt, unbemerkt das Zimmer wieder betreten hatte, dem Gesange zu …

> Andere Mädchen, andere Städtchen
> O wie gerne kehrt' ich um …

hallte es noch nach. Er trat jetzt an den Tisch: »Meine Herren Kameraden, Sie haben eben mit Nachdruck versichert, daß Sie gerne umkehrten; ich muß Sie nun leider auch tatsächlich bitten, mit mir umzukehren und mit mir an Bord zu gehen. Und Sie, verehrter Herr Gastgeber, bitte ich, zu entschuldigen, daß ich gewissermaßen als steinerner Gast, als Störer der Freude erscheine. Aber die Pflicht ruft. Im übrigen brauchen wir uns heute noch nicht zu verabschieden, denn die »Möwe« bleibt noch einige Tage im Hafen liegen«.

Ein rasches Abschiednehmen, dann ruderte die Gig wieder in die Finsternis hinaus, auf die Laterne zu, die wie ein einsamer Stern am Vortopp des weißen Kreuzers draußen auf der Reede über der weiten Meeresfläche schwebte.

Leise rauschend legte das Boot am Fallreep an, die beiden Fallreepsgäste erschienen mit ihren Laternen, die Deckswache salutierte. Als man außer dem Hörkreis der Mannschaften war, ersuchte der Kommandant die Offiziere, ihm in seine Kajüte zu folgen.

Die Ordonnanz, die Licht gemacht, verschwand lautlos. Erwartungsvoll blickten die Herren ihren Vorgesetzten an. Nach einer kurzen Pause sagte er mit leicht stockender Stimme: »Meine Herren, ich will Ihre Zeit nur auf ein paar Minuten in Anspruch nehmen. Der kaiserliche Gouverneur, Herr Dr. Solf, hat mir aus einer amtlichen Meldung mitgeteilt, daß die politische Lage die Möglichkeit eines Kriegs zwischen England und Deutschland nicht ausgeschlossen erscheinen läßt. Es wird von deutschfeindlichen Kundgebungen in England berichtet«. Mit leiser, erregter Stimme fortfahrend, setzte er hinzu: »Unsere Kameraden von S. M. S. »Sperber« sind in Durban vom englischen Pöbel insultiert worden. Die Lage ist ernst. Einstweilen ist angeordnet worden, daß S. M. S. »Möwe« vor Apia bleibt. Im Falle eines Krieges hat die »Möwe« bis auf weiteres den Schutz der Kolonie zu übernehmen. Durch treue Pflichterfüllung werden wir das Vertrauen Seiner Majestät, unseres obersten Kriegsherrn, ehren. Meine Herren Kameraden, diese Mitteilungen sind nur für Sie bestimmt; sie sind Dienstgeheimnis. Und nun, meine Herren, lassen Sie uns ruhen.« Mit festem Händedruck verabschiedete sich der Kommandant von seinen Offizieren.

Keiner fand Schlaf diese Nacht. Krieg? S. M. Kriegsschiff »Möwe«, Kriegsschiff? Vermessungsschiff sagte die Schiffsliste. Außerdem zum Tsingtauer Hulk kondemniert! Einerlei: Kriegsschiff. Langsam, mit hallenden Schritten ging der Posten auf Deck auf und ab, auf ... und ... ab, auf ... und ... ab. Tapp-tapp ... Kriegsschiff, Kriegs ... schiff. Antiquität hatte der Engländer gesagt. Ach was, ein deutsches Lied singen »Wie's mich nach der Heimat zieht« ... Heimat ... ja Heimat ... aber erst der Krieg ... Kriegsschiff ... Kriegs ... schiff ... Einerlei, hier stand man auf Posten, der Schutz Samoas, und man würde ja auch nicht allein gelassen werden. »Des Dienstes ewig gleichgestellte Uhr«, hatte das nicht der Alte damals gesagt? Nein, nicht Dienst: *Pflicht*.

Leise plätschernd schlugen die Wellen gegen den schlanken Leib der »Möwe«. Hin und wieder schnellte ein Fisch empor und fiel klatschend wieder aufs Wasser zurück. Knarrend drehte sich nur manchmal eine Stenge oder ein Tau im leichten Nachtwinde. Sonst Totenstille. Auch im Gouvernementsgebäude am Strande erlosch in dieser Nacht das Licht nicht.

* *
*

Die nächsten Tage verliefen völlig ruhig. Die Mannschaft der »Möwe« erhielt keinen Landurlaub mehr. Nur die Dampfpinasse fuhr mehrmals am Tage zwischen dem Gouvernementsgebäude und dem Kriegsschiff hin und her. Dr. Solf teilte dem Kommandanten am 10. März ein amtliches Chiffretelegramm mit, das letzte, welches er aus der Heimat erhielt. Es lautete – vorsichtig abgefaßt, im Hinblick auf eine mögliche Entzifferung von unberufener Seite – »Handelt im Einvernehmen mit ›Möwe‹. Gefahr drohend von Washington und London. ›Thetis‹ und ›Cormoran‹ unterwegs.« So konnte man binnen einiger Tage auf das Eintreffen der beiden Schiffe, des ersten von Batavia, des zweiten von Jaluit aus hoffen. Bereits machte sich die Bedeutung des englisch-amerikanischen Kabelmonopols geltend. Obige Depesche war wie erwähnt das letzte Chiffrentelegramm, das überhaupt auf dem amerikanischen Kabel über Pago-Pago weitergegeben wurde. Es war vorsichtigerweise schon an eine Mittelsperson gerichtet.

Mindestens so gut wie auf deutscher Seite, waren die englischen und amerikanischen Einwohner Apias über die politischen Vorgänge in Europa unterrichtet. Die Konsuln beider Länder standen in steter telegraphischer Verbindung mit ihren Regierungen. Den Depeschenverkehr schon jetzt einer Zensur zu unterwerfen, lag für die deutsche Behörde einstweilen kein völkerrechtlicher Grund vor. Daß man genügend informiert war, zeigte sich in dem sehr zurückhaltenden Benehmen der Engländer und Amerikaner gegenüber den Deutschen. Man ging sich gegenseitig aus dem Wege. Im übrigen zeigte Apia sein alltägliches Aussehen, und nichts ließ äußerlich darauf schließen, daß die Luft mit elektrischem Fluidum gesättigt war.

Die »Möwe« blieb ruhig vor dem Hafen liegen. Der kleine, wackelige englische Postdampfer »Kawau«, der den Verkehr Samoas mit der Außenwelt vermittelt, fuhr noch am 12. März mit zahlreichen amerikanischen Passagieren nach Pago-Pago auf Tutuila ab.

Unter der Hand verständigte ein schnell gebildetes Komitee der deutschen Bewohner Apias den Gouverneur, daß »im Ernstfall« die Kolonie, meistens gediente Leute, sofort aus sich selber heraus eine Schutztruppe bilden würde, und Herr Dr. Solf nahm, da die samoanische Polizeitruppe von 30 Mann doch nur ein fragwürdiges Kriegsinstrument war, das Anerbieten an – auf alle Fälle. Er unterrichtete auch das Komitee davon, daß die in einem Schuppen hinter dem Gouvernementsgebäude liegenden Armeegewehre »im Ernstfall« zur Verfügung ständen. So war man, wenn auch nicht gerüstet, so doch vorbereitet.

* *
*

Am Nachmittag des 13. März erschien am westlichen Horizont eine Rauchwolke, und kurz vor 5 Uhr warf ungefähr 200 m seewärts von der »Möwe« der englische Kreuzer »Tauranga«, von Sidney kommend, Anker, ein alter Bekannter auf der Reede von Apia. Nach Erledigung der vorschriftsmäßigen Salutschüsse ließ sich der britische Kommandant an Land setzen, um dem Gouverneur einen Besuch zu machen. Dr. Solf ersuchte unter Hinweis, daß von seiten der »Möwe« dasselbe geschehe, den Engländer, bei den gegenwärtigen Mißhelligkeiten, deren Einfluß sich schon bis Apia geltend machte, seiner Mannschaft einstweilen keinen Landurlaub zu geben, was Kapitän Hopkins auch bereitwillig zusagte. Hierauf verweilte er eine halbe Stunde – ein längerer Besuch wäre aufgefallen – im englischen Konsulat und fuhr dann an Bord der »Möwe«. Ein etwas wärmerer Ton kam in die anfangs streng förmliche Unterhaltung, als beide Schiffskommandanten sich als Kameraden vom Seymourzuge auf Peking erkannten. Noch an demselben Abend erwiderte Kapitänleutnant Schröder den Besuch auf der »Tauranga«.

Am Abend desselben Tages wurde dem Gouverneur gemeldet, daß ein amerikanischer Missionar von Eingeborenen windelweich durchgeprügelt worden sei, weil er durch reichliche Schnapsspenden und durch klingende Dollars versucht hatte, einige ehemalige Anhänger Malietoas gegen die Deutschen aufzuwiegeln. Der treffliche Seelenhirte – man sagte ihm nach, er habe vor seiner »Erweckung« einen längeren Urlaub nach Sing-Sing (dem bekannten amerikanischen Gefängnis) gehabt – war bei seinem sauberen Handel von zwei Soldaten der eingeborenen

Polizeitruppe überrascht worden, die alsbald die Rolle des Richters Lynch übernahmen und den Reverend weidlich verdraschen. Der amerikanische Konsul sandte alsbald ein amtliches Schreiben: »Hoffentlich (*I hope sincerely*) genössen doch amerikanische Untertanen auch unter den gegenwärtigen Umständen den Schutz der deutschen Regierung«.

Die Sache war fatal wegen der Beteiligung der beiden Polizeisoldaten.

Dr. Solf teilte dem Konsul mit, beide Übeltäter säßen bereits im Arrest, er bäte ihn aber, seinen Einfluß dahin geltend zu machen, daß sich amerikanische Untertanen auch jeder politischen Wühlerei enthielten, nur dann könnte er garantieren usw.

* *
*

Am 15. März beschwerte sich der englische Konsul, daß betrunkene Eingeborene – der Schnaps stammte von dem amerikanischen Seelenhirten – nachts in einige englische *store*eingebrochen seien. Hierauf erließ Dr. Solf eine strenge Verfügung, die jede Verabfolgung von Spirituosen an Eingeborene oder Chinesen mit strengen Strafen belegte.

Am Nachmittage erschienen auf der Reede der amerikanische Kreuzer »Wilmington« und der von Sidney kommende englische Kreuzer »Wallaroo« und ankerten neben der »Tauranga«. Am späten Abend fuhr vom »Wilmington« ein Boot an Land; ein Offizier begab sich ins amerikanische Konsulat und kehrte von dort erst spät wieder an Bord zurück. Ein Zollwächter berichtete, man habe zwei schwere Kisten aus dem Boot ins Konsulat geschafft; seiner Ansicht nach könnten sie nur Gewehre enthalten.

Um die Sache aufzuklären, ließ sich Dr. Solf auf 9 Uhr am anderen Morgen beim amerikanischen Konsul anmelden. Er teilte ihm mit, was ihm gemeldet sei, und machte den Konsul darauf aufmerksam, daß das Waffeneinfuhrverbot nach wie vor bestehe. Der Konsul Mr. (!) Schumacher wollte nichts von Kistentransporten und gar nichts von Gewehren wissen.

Zwei Stunden darauf wurde einem eingeborenen Arbeiter auf einer amerikanischen Plantage, ein verdächtiges Paket abgenommen, das drei amerikanische Marinekarabiner enthielt. Der Bursche konnte entfliehen, die Waffen wurden ins Gouvernementsgebäude gebracht. Dr. Solf sandte Mr. Schumacher ein offizielles Schreiben, in dem er seine Warnung wiederholte.

Am Nachmittage bat Dr. Solf sämtliche Schiffskommandanten und beide fremden Konsuln zu einer Konferenz zu sich. In kurzen Worten skizzierte er die politische Lage und bat die Vertreter der fremden Mächte, alles zu tun oder zu unterlassen, was zu einer Störung des Friedens führen könnte.

Es herrschte eine schwüle Atmosphäre in dem engen Raum. Die Besprechung hatte etwas Gezwungenes, und das gegenseitige Vertrauen fehlte. Plötzlich fiel ein Schuß draußen, wildes Geschrei folgte.

Der Kommandant des »Wilmington« eilte in nervöser Hast ans Fenster.

Draußen wurde ein Chinese mit Kolbenstößen von eingeborenen Polizeisoldaten in den kleinen Vorhof geführt, welcher zum Gouvernement gehört. Eine Ordonnanz trat ein und meldete, der Chinese habe nach kurzem Wortwechsel einen Polizeisoldaten auf offener Straße erschossen.

Erschossen??!

Hier ist das Gewehr; die Ordonnanz überreichte es.

Ein Zucken ging über Dr. Solfs bartloses Gesicht. Er stieß den Kolben des Gewehres mit kraftvoller Hand schmetternd auf den Fußboden, trat, die Faust an dem Gewehrlauf, an den Beratungstisch, und den durchdringenden Blick auf Mr. Schumacher geheftet, sagte er: »Es ist heute das zweite Mal, daß mir amerikanische Marinegewehre ins Haus getragen werden. In einer halben Stunde werden zwei Doppelposten vor dem Konsulatsgebäude der Regierung der Vereinigten Staaten von Nordamerika stehen, damit keine Gegenstände aus dem Gebäude mehr – gestohlen werden können.« Die Amerikaner grüßten eisig und empfahlen sich. Die Engländer folgten ihnen. Zu kurzer Beratung blieben Kptlt. Schröder und Dr. Solf noch zusammen, dann kehrte auch dieser an Bord zurück.

Eine halbe Stunde später setzte die »Möwe« 30 Marinesoldaten an Land, die ein Alarmquartier in der Nähe des Gouvernementsgebäudes bezogen und alsbald den Sicherheitsdienst in den Straßen Apias übernahmen. Die Tätigkeit der eingeborenen Polizeitruppe blieb auf das samoanische Viertel beschränkt. Zugleich erließ Dr. Solf eine Verfügung, daß niemand nach Sonnenuntergang ohne Erlaubnisschein die Straße betreten dürfe, was sofort auch den fremden Konsuln amtlich mitgeteilt wurde.

* *
*

Glühend rot versank der Sonnenball im Meere. Auf der stillen Flut wiegten sich leise die schlanken weißen Leiber der vier Schiffe. Scharf

und deutlich drangen die schnarrenden Trommelwirbel und die langge-
zogenen Horntöne des Zapfenstreichs zum Lande hinüber. Langsam und
ruckweise kletterte die weiße Toplaterne wie ein blasser Stern am Fock-
mast der »Möwe« empor. Wie ein Spielschiff nahm sie sich mit ihrer
hohen Takelage gegenüber den ernsten, ausgesprochen kriegerisch aussehenden fremden Kreuzern aus. Nur zwei Batterienpforten unterbrachen
die Reeling der »Möwe«, nur zwei größere Geschütze gegenüber zwei
Dutzend englischen und amerikanischen, im Ernstfall ein von vornherein
verlorenes Spiel. Hinter der »Möwe« der groteske Bau des »Wilmington«,
ein schwimmendes Plätteisen mit einem Fabrikschornstein drauf, ungefähr
als wäre in diesem Fahrzeug mit dem überlangen Schlot wieder eines
jener frühesten unbeholfenen, unproportionierten Dampfboote lebendig
geworden, wie sie noch hie und da in stillen Hafenwinkeln rosten.

Schnell brach die tropische Nacht herein. Unter ihrem Schutze näher-
ten sich zwei amerikanische Schiffsboote dem Strande; beide Kommandanten begaben sich ins amerikanische Konsulat. Nur eine Bootswache
blieb am Strande zurück.

Um 2 Uhr nachts wurden mehrere total betrunkene Seehelden vom
Sternenbanner von deutschen Marinesoldaten im Arrestlokal eingeliefert.
Während die Patrouillen mit der Bändigung dieser Gesellen – es waren
zwei Neger darunter – beschäftigt waren, spielten sich im eigentlichen
Apia wüste Szenen ab. Eine Schar wiskybegeisterter amerikanischer Ma-
trosen war in mehrere Eingeborenenhütten eingebrochen. Aus einer
Prügelei war ein regelrechter Kampf geworden. Schüsse fielen von beiden
Seiten. Die Samoaner, denen vor Jahren alle Waffen von den deutschen
Behörden abgenommen, d. h. abgekauft worden waren, hatten unerklär-
licherweise plötzlich amerikanische Karabiner; sie stammten, wie sich
später herausstellte, aus dem Waffenlager im Konsulat. Zwei amerikanische Matrosen wurden getötet, vier verwundet, acht sinnlos betrunkene
Leute waren im Arrest. Von den Samoanern waren acht tot, vierzehn
verwundet.

Noch vor Tagesanbruch fand ein lebhafter amtlicher Verkehr zwischen
dem Gouverneur und den Konsulaten statt. Es war eine böse Nacht.

*   *
*

Am 17. März, morgens 7 Uhr, erhielt Dr. Solf vom amerikanischen und
gleich darauf vom englischen Konsul ein Schreiben des Inhalts: Da be-

waffnete Eingeborene amerikanische Seesoldaten überfallen hätten, müßten sie als Schiffskommandanten ihrer Regierung ersuchen, eine Abteilung Mannschaften zum Schutze der Konsulate zu landen.

Dr. Solf antwortete: Die Konsulate ständen unter dem Schutze der deutschen Regierung; er erstrecke sich allerdings nicht auf Leute, die die Hütten friedlicher Eingeborener überfielen, wie das geschehen sei. Eine Landung fremder Marinemannschaften könne er nicht erlauben. Er wolle über den Fall telegraphisch Instruktionen seiner Regierung einholen. Bis dahin müßte es bei diesem Bescheide bleiben. Die Benützung des Kabels sei vor der Hand nur für gewöhnliche, nicht chiffrierte Depeschen zulässig. Die verhafteten Amerikaner müßten bis auf weiteres im Arrest verbleiben.

Antwort beider Konsuln: Wenn bis um 9 Uhr keine zustimmende Antwort des Gouverneurs vorliege, würde die Landung zweier Abteilungen ohne Erlaubnis stattfinden.

Antwort Dr. Solfs: Einer bewaffneten Landung würde er mit Waffengewalt entgegentreten. Der Kommandant S. M. S. »Möwe« werde instruiert werden, jedes Boot mit bewaffneter Macht unter Feuer zu nehmen.

Die Uhr schlug die 8. Stunde; alle Arbeit ruhte in Apia. Überall wurden die Ereignisse der Nacht besprochen. Auf den Straßen standen lebhaft sich unterhaltende Gruppen; die englischen und amerikanischen Ansiedler hatten sich in der Nähe ihrer Konsulate versammelt. Die Hügel hinter Apia waren dicht besetzt von Eingeborenen; das reine Amphitheater »Caesar, morituri te salutant« ... 5 Minuten nach 8 Uhr glitt das von 8 eingeborenen Polizeisoldaten geruderte Gouvernementsboot rasch aus dem Hafen hinaus. Dr. Solf begab sich an Bord der »Möwe«. Eine Viertelstunde später verabschiedete er sich am Fallreep von Kapitänleutnant Schröder mit einem langen Händedruck. Auf der Rückfahrt begegnete Dr. Solf dem Boote des amerikanischen Konsuls, das wenige Minuten später beim »Wilmington« anlegte und kurz darauf zurückkehrte. Am Lande hieß es Mr. Schumacher habe dem Kommandanten des »Wilmington« eine wichtige Meldung überbracht.

½9 Uhr. Tausend Augen blickten hinaus aufs Meer voll banger Sorge. Man war auf sich selber angewiesen, ganz allein auf sich. Das Kabel hatte, nachdem der amerikanische Konsul noch eine Depesche erhalten, versagt, von der übrigen Welt war man abgeschnitten. Draußen lagen die drei weißen Schiffe mit ihren blanken drohenden Geschützen, der Feind, daneben dem Lande zu die kleine »Möwe«. Und die Minuten rannen. Stolz flattert des Reiches Flagge über dem Gouvernementsgebäude in der frischen Brise. Dicke Ballen Rauch warfen die Schlote der Kriegsschiffe aus; er sank nieder auf die Wasserfläche, auf ihr sich zerteilend zu einem feinen braunen Schleier. Ab und zu drang ein Signal herüber. Klick, klick, klack, klick, klick, klack tönte es scharf und regelmäßig – die Anker gingen auf, gleichzeitig erschien eine sprudelnde Welle am Heck … man ließ die Schraube angehen. Und die Minuten rannen. Die *kleine*»Möwe«, die arme »Möwe«. Ihr Schicksal war besiegelt. Was nützte es, daß man die Faust ballte, daß man die Zähne zusammenbiß. Die *arme*»Möwe« und unsere braven, blauen Jungen. Totenstill lag Apia da. Alle blickten sie hinaus mit brennenden Augen, alle Deutschen auf des Reiches äußersten verlorenen Posten, alle, alle.

Gewehr bei Fuß stand das gelandete Marinekommando im Vorhof des Gouvernementsgebäudes. »Kerls das ist gräßlich. Wer doch wenigstens an Bord sein könnte, um den verfluchten Hunden eins aufs Fell zu brennen«, knirschte der führende Leutnant zwischen den Zähnen hervor. Die Sekunden wuchsen, aber sie schwanden Tropfen um Tropfen. Am Gouvernementsgebäude sammelten sich die Deutschen. Mit kurzem Händedruck begrüßte man sich, man sprach nur flüsternd, die Sekunden rannen. Da tönte plötzlich der heulende Schrei einer Dampfpfeife zum Lande herüber, an dem langen Schlot des »Wilmington« erschien eine weiße Dampfwolke. Am Bug des Schiffes wallte das Wasser auf. Langsam glitt der »Wilmington« zwischen den beiden Engländern hindurch und verließ nun unter Volldampf die Reede, weit draußen auf der offnen See einen flachen Bogen nach Osten beschreibend und dann die Richtung nach Pago Pago nehmend. Der amerikanische Konsul hatte dem Kommandanten des »Wilmington« das Telegramm seiner Regierung noch rechtzeitig übermitteln können, welches die Anweisung enthielt, auf *jeden Fall*einen Konflikt zu vermeiden, bei Ausbruch von Feindseligkeiten Apia zu verlassen und alles weitere der Regierung der Vereinigten Staaten zu überlassen. Die beiden Engländer blieben auf ihren Plätzen.

¾9 Uhr. Trug der Wind nicht den Ton einer Trillerpfeife herüber? Auf dem Achterdeck der »Möwe« trat die Mannschaft an.

Kapitänleutnant Schröder hielt eine kurze Ansprache: »Kameraden! die Kommandanten der englischen und amerikanischen Schiffe haben verlangt, Mannschaften landen zu dürfen zum Schutze ihrer Konsulate. Fremde Konsulate auf deutschem Boden stehen unter deutschem Schutz und bedürfen keines anderen. Unser Gouverneur hat das Ansinnen deshalb rundweg abgelehnt und erklärt den Versuch einer Landung mit Waffengewalt verhindern zu müssen. Da der »Wilmington« in See geht, scheint der Amerikaner seine Forderung zurückgezogen zu haben. Die beiden Engländer werden aber sicherlich Ernst machen. Kameraden! Wir lassen deutschen Boden nicht vom Feinde betreten, einen Boden, auf dem so viel deutsches Blut geflossen ist. Kameraden! Wird die Landung versucht, so sprechen unsere Geschütze. Kerls, ich wollte wir hätten hier ein anderes Schiff unter den Füßen. Wenn um 9 Uhr der erste Schuß fällt, so wird eine Viertelstunde später die »Möwe« aller Voraussicht nach nicht mehr existieren. Kameraden! Zeigen wir der Welt, wie deutsche Seeleute ihre Flagge zu verteidigen wissen. Noch nie hat ein deutsches Kriegsschiff die Flagge vor dem Feinde gestrichen, der letzte von uns nehme sie hinab mit ins dunkle Grab. Und nun Kameraden, fassen wir alles, was uns bewegt, in dem Rufe zusammen: Unser allergnädigster Kriegsherr, hurra, hurra, hurra!«

Das brausende Hurra fand am Lande ein tausendfaches Echo; die gepreßte Brust machte sich Luft in dem alten Kriegsruf.

5 Minuten vor 9 Uhr. Dr. Solf erscheint auf der Veranda des Gouvernementsgebäudes. Die Matrosenabteilung tritt an. Mit einem Ruck fliegen die Gewehre empor. Totenstille. Alle Nerven gespannt. Arme »Möwe«. Einer zeigt nach dem westlichen Horizont, wo ein qualmiger Rauchstreifen über dem Wasser liegt. Wer spricht da plötzlich von Hilfe und Rettung? … Baum, baum … 9 Uhr.

Am Flaggenstock des englischen Konsulats fliegt eine Signalflagge empor bis dicht unter die Landesflagge. Die Entscheidung! Alle Augen suchen Dr. Solf, dessen eiserne Gesichtszüge keine Bewegung verraten. Jetzt nimmt er den Federhut ab, tritt an die Brüstung der Veranda und umklammert mit beiden Händen das Geländer, festen Auges aufs Meer blickend. Vom Bord der »Wallaroo« geht ein Boot zu Wasser, ebenso von der »Tauranga«.

An allen Geschützen hinter den Panzerschilden und an den Maschinengewehren sieht man die Bedienung stehen. Jetzt legen sich die Bootsmannschaften in die Riemen. Ruckweise schießen die Boote vor, jetzt kommen sie aus dem Schatten der Schiffskörper, eine leichte Kurve, jetzt sind sie im offenen Wasser. Man glaubt fast den Rudertakt zu hören. Ruck … Ruck … Ruck …

Aller Augen sind auf die »Möwe« gerichtet. An den dunklen Geschützrohren leuchten die weißen Anzüge der Matrosen. Ein schriller Pfiff, an der vorderen Revolverkanone erscheint eine blaue Wolke, ein Blitz … eine zweite Wolke, ein zweiter Blitz … Platschend schlagen die Geschosse vor beiden Booten ins Wasser. Es ist, als ob sie zaudern. Nein, sie rudern weiter. Pratsch gehen die Ruder ins Wasser, pratsch … pratsch …

Wer hat angefangen? … irgendwer. Das alte Sturmlied vom »Iltis«.

Stolz weht die Flagge schwarz-weiß-rot
von unseres Schiffes Mast.

Alle Häupter entblößen sich am offenen Grabe unserer blauen Jungen. Manch eine Träne rollt über wettergebräunte Wangen. Ein letzter Gruß von deutschem Mund ward ihnen das Flaggenlied.

… Am Heck der »Möwe« schäumt's auf. Dicht entquellen dem Schlote die Rauchwolken. Bis 20 sollten die Kanoniere zählen nach dem ersten scharfen Warnungsschuß … zwanzig. Eine blaue Wolke hüllt die Revolverkanonen ein. Splitter und Holzscheite stieben empor an beiden Booten. Hoch spritzt das Meerwasser auf in Dutzenden von Fontänen. Einige Planken treiben auf dem Wasser, hie und da taucht ein Kopf, ein Arm auf. Das war alles, was man sah. Denn in dem Moment, da die Revolverkanonen der »Möwe« zu spielen beginnen, rast und tobt es draußen los, als ob die Hölle sich öffnete. In einem ungeheuren, grauweißen Rauchschleier[2] verschwinden alle drei Schiffe. Rote und gelbe Blitze flammen auf. Dumpf hallende Schläge, heulendes Pfeifen, helles Zusammenkrachen von Eisenteilen, rollendes Kettenfeuer, donnernde Explosionen, die die Luft zerreißen und darüber das harte metallische Knattern der Maschinengewehre. Vereinzelte Geschosse schlagen am Lande ein, hier knickt ein Palmbaum, glatt abgeschnitten, in der Mitte zusammen, dort wirft eine berstende Granate gewaltige Erdmassen auf, ein Haus brennt. Im Hafen steigen an hundert Stellen zugleich springende Wassersäulen auf.

Nach 10 Minuten wird es stiller, hie und da noch ein Schuß, Hornsignale, heulende Sirenentöne, dann Hurragebrüll, das gemarterte Trommelfell vermag die plötzliche Stille kaum zu empfinden, und der Höllenlärm klingt noch stundenlang im Ohre nach. Die dichte Rauchwand

2 Die alte rauchstarke Geschützmunition wird in den meisten Marinen beim Salutschießen und von den Schiffen auf den Außenstationen aufgebraucht. Das war vor Apia auf beiden Seiten der Fall.

sinkt in sich zusammen, die leichte Brise reißt große Stücken von ihr los.

Mastspitzen werden sichtbar, qualmende Schlote. Endlich zerteilt ein Windstoß den Rauch, der wie eine Nebelwolke fortgeschoben wird. Die Sonne bescheint eine Stätte wüster Vernichtung.

Die »Möwe« ist verschwunden. Nur die Masten ragen noch aus dem Wasser, am Großtopp weht noch weiß und stolz die Flagge des Reiches. Die brave Besatzung hatte, so weit sie nicht getötet war, in treuer Pflichterfüllung ein Grab in den Wellen gefunden. Nur einzelne hatten sich in die Toppen gerettet.

Ein Boot von der »Tauranga« ruderte auf das Wrack der »Möwe« zu, um die Überlebenden an Bord zu bringen.

Die »Tauranga« schien ziemlich unversehrt zu sein, nur ein 10 cm Geschütz war aus der Lafette geworfen und lag schief über der Reeling. Der Panzerschild war wie ein Blechkasten seitlich zusammengedrückt. Schwer beschädigt schien dagegen die »Wallaroo« zu sein. Sie lag quer zu dem Wrack der »Möwe«, die ungefähr 30 m seewärts von dem Riff, das die Fortsetzung der Landspitze von Mulinuu bildet, gesunken war. Die »Wallaroo« lag offenbar bis zur Mitte des Schiffes *auf* dem Riff – wie er dahin geraten, war ein Rätsel – mußte auch schwer leck sein, denn die Lenzpumpen warfen an beiden Bordseiten mächtige Wasserstrahlen aus. Die Vernichtung der »Möwe« war vom Feinde teuer erkauft worden.

Während vor dem Gouvernementsgebäude das vor zwei Tagen gebildete ca. 160 Mann starke Freiwilligenkorps unter Gewehr antrat, stieß gegen ½11 Uhr von der »Tauranga« ein Boot unter der Parlamentärsflagge ab. Der erste Offizier des Schiffes überbrachte die Forderung, der Gouverneur sollte die deutsche Flagge niederholen und Apia den fremden Schiffskommandanten übergeben.

Dr. Solf antwortete kühl: Wer die deutsche Flagge haben wolle, möge sie sich nur holen.

Punkt 11 Uhr eröffnete die »Tauranga« ein zwar heftiges, in seinen Wirkungen aber ziemlich harmloses Bombardement auf Apia. Der Erfolg war gleich Null; mehrere Samoaner wurden getötet und verwundet, ein paar Gebäude verwüstet; das war alles.

Um 12 Uhr nahm die Dampfpinasse der »Tauranga« drei stark besetzte Boote in Schlepp und näherte sich unter dem Feuer der Schiffsgeschütze dem Lande. Als man Gefahr lief, die eigenen Leute zu treffen, verstummte das Bombardement, und nun begann das Kleingewehrfeuer, unterstützt von dem Bootsgeschütz in der englischen Pinasse. Wacker griff das deutsche Freikorps in den Kampf ein, und die 30 Marinesoldaten, in guter Deckung liegend, machten dem Feinde arg zu schaffen. Schon hatten die Bootsmannschaften mehrere Tote verloren, aber trotzdem mußte der Feind in ein paar Minuten den Strand erreichen; einige Seesoldaten sprangen bereits über Bord und wateten, bis an den Hals im Wasser stehend, ans Land. Die letzte Entscheidung nahte …

Da stieß plötzlich die Dampfsirene der »Tauranga« heulende Warnungsrufe aus, die Vorwärtsbewegung der Landungstruppen stockte, und zu gleicher Zeit scholl von der See her ein dumpfer Knall, und zwei Sekunden später platzte auf dem Achterdeck der »Tauranga« eine Granate.

Es war dies einer jener Momente, die später allen Beteiligten bei ruhigem Nachdenken einfach unbegreiflich erscheinen. Das Interesse des Feindes war so sehr auf die Vorgänge am Lande konzentriert gewesen, und andererseits hatte man dort nur Augen für die angreifenden Boote, mußte sich auch vor den einschlagenden Granaten in Deckung halten, so daß fast niemand das Näherkommen zweier Schiffe von der See her bemerkt hatte.

Wie plötzlich aus dem Meer emporgetaucht lagen die vor einer Woche schon angekündigten deutschen Kreuzer »Thetis« und »Cormoran«, zwei Seemeilen vom Feinde entfernt und eröffneten ein energisches und gut geleitetes Feuer. Nur Dr. Solf hatte das Erscheinen der Retter in der Not seit zwei Stunden beobachtet, und nur in seiner Umgebung war man unterrichtet. Freudig atmete man auf, als man mit scharfen Gläsern ½12 Uhr die deutsche Kriegsflagge am Heck beider Schiffe erkannt hatte. Und doch hing die schließliche Entscheidung an einigen Minuten.

Der Feind war in übler Lage. Die Hälfte der intakten Mannschaften befand sich in den Booten, andere waren mit Reparaturarbeiten – auf der »Wallaroo« schon mehr Rettungsarbeiten – beschäftigt, so konnten die Geschütze einstweilen nur ungenügend bemannt werden. Die Boote wurden schleunigst zurückgerufen. Nichtsdestoweniger nahm der Feind mit anerkennenswerter Fixigkeit das neue Gefecht auf. Schlimm stand es nur um die »Wallaroo«, die wie ein gestrandeter Pottwal auf dem Korallenriff hing.

Ungefähr stand die Partie gleich. »Tauranga« und »Thetis« waren gleichwertig und der kleinere »Cormoran« konnte es mit der havarierten »Wallaroo« aufnehmen. Nun kam der starke Mannschaftsverlust auf seiten des Feindes hinzu.

Ein glücklicher Schuß traf die zurückkehrende Dampfpinasse, durchschlug den Kessel, der explodierte, und in einer halben Minute war das Fahrzeug von den Wogen verschlungen; auch ein anderes Boot ward von einer Granate getroffen. Das voreilige Landungsmanöver kostete dem Feinde in 5 Minuten über 60 Mann, da die rasch näher kommenden Deutschen das Feuer der leichten Geschütze auf die Boote konzentrierten. Die Einzelheiten des Gefechtes ließen sich infolge des Pulverdampfes, – »Thetis« und »Cormoran« waren mit ihrer rauchschwachen Munition sehr im Vorteil – den die englischen Geschütze entwickelten, nicht genau verfolgen.

»Wallaroo« litt furchtbar. Die Geschosse vom »Cormoran« fegten das Deck, die ohnehin spärliche Bedienungsmannschaft der Geschütze wurde niedergemäht. Deckaufbauten und Schornstein wurden heruntergeschossen. Doch die Engländer zeigten, daß man unter dem Union Jack noch zu sterben wisse. Gegen ½2 Uhr ward es still auf der »Wallaroo«, die wie ein totes Werk, eine qualmende Ruine auf dem Riff lag. Der Wind drückte den Pulverdampf nieder, rastlos klapperten die Maschinengeschütze, in kaum sekundenlangen Pausen entsandten die 10 cm Geschütze ihre heulenden Projektile. Aber schon wurden die Zwischenräume zwischen den feindlichen Schüssen größer. Die »Tauranga« hatte nur noch einen Schornstein; vom »Cormoran«, der mehrere Volltreffer aufwies, war ein Mast über Bord gegangen. Scheinwerfer und Peilkompaß glichen einem wüsten Gewirr von Eisenstäben. Weiter tobte der Kampf. Jetzt verließ die »Tauranga« ihre Position, sie machte eine brillante Wendung nach Steuerbord und schrammte in fliegender Fahrt mit dem Heck fast den »Cormoran«. Dieser Augenblick wurde mit scharfem Blick von einem englischen Kanonier erfaßt. Ein Geschoß traf die Mündung des Backbordtorpedorohres des »Cormoran«. Ein weißer Blitz, eine betäubende Detonation – hoch stob der Gischt empor, in der Breitseite des »Cormoran« klaffte bis unter die Wasserlinie ein meterbreiter Riß, durch den gurgelnd und brandend das Wasser in das Innere stürzte. Außerdem war einer der Backbordkessel zertrümmert, und weißer Dampf brach aus allen Decköffnungen.

Das Schiff lag gefährlich nach Backbord über; die Situation war kritisch. Kurz entschlossen gab daher der Kommandant das Kommando in die Maschine: »Volldampf voraus«. In voller Fahrt passierte der »Cormoran« die drohenden Korallenbänke, erreichte die innere Bucht von Apia und lief sicher gesteuert auf dem weichen Schlickgrund des Hafens auf, just an derselben Stelle, wo 1889 die »Olga« durch ein ähnliches Manöver einer anderen Gefahr entging. Sowie der Schiffsboden so einen Stützpunkt gefunden hatte, pendelte der Kreuzer wieder in die horizontale Lage zurück und lag jetzt ruhig wie ein Block in der leichten Brandung. Der Choc warf eine mächtige Welle auf den Strand.

Freilich schied der »Cormoran« so aus dem Gefechte aus, aber Schiff und Besatzung waren gerettet, und die »Thetis« hatte ja auch nur noch mit der arg zusammengeschossenen »Tauranga« zu tun, deren Maschinenleistung durch Versagen eines Kessels und durch Zerstörung eines anderen durch eine deutsche Granate, die das schwache Panzerdeck durchschlagen hatte, erheblich reduziert war. In dem Moment der Explosion auf dem »Cormoran« hatte die »Tauranga« einen kurzen Vorsprung vor der »Thetis« gewonnen. Diese folgte ihr jetzt und es entspann sich ein laufendes Feuergefecht, das aber nicht lange dauern konnte, da die »Thetis« noch ziemlich intakt war.

Die Absicht des englischen Kommandanten war klar; er wollte das aussichtslose Gefecht mit Ehren zu Ende führen. Er hielt den Kurs eine Seemeile vom Lande parallel der Küste.

Die »Thetis« folgte unter voller Maschinenkraft und lief der »Tauranga« schnell auf. Deren zwei Heckgeschützen gegenüber hatte die »Thetis« sechs 10 cm-Geschütze im Gefecht und dieser Umstand entschied bereits nach 20 Minuten, zumal die Bedienung der beiden englischen Geschütze (dreimal abgelöst) unter dem Schloßenhagel der Maschinengeschütze schnell zusammenschmolz. Kurz nach 2 Uhr schor die »Tauranga« nach Steuerbord aus und lief auf dem Korallenriff auf. Das Vorschiff bäumte sich hoch auf, das Heck fast unter Wasser drückend. Der furchtbare Anprall warf alle zu Boden.

Der Kampf war zu Ende. Die »Thetis« stoppte 100 m von der »Tauranga«, die den Union Jack herunterholte. Im selben Moment gingen zwei Boote der »Thetis«, die einzigen noch verwendbaren, zu Wasser, um die Überlebenden der »Tauranga«, der sämtliche Boote zerschossen waren, herüberzuholen.

Als der englische Kommandant das Fallreep der »Thetis« betrat, schlug der Tambour den Ehrensalut, die Mannschaft präsentierte. Kapitänleutnant Hartmann begrüßte den geschlagenen Gegner mit einem Händedruck und wies dessen Degen mit stummer Gebärde zurück. Als die »Thetis« dann drehte und den Kurs wieder auf Apia nahm, rutschte das

Wrack der »Tauranga« von dem Riff herunter und versank in den Fluten, ein ungeheurer Sarg für die an Bord zurückgelassenen Toten.

Brausender Jubel empfing die Sieger am Lande. Ernst und würdig war aber der Ton der Begrüßung. Dr. Solf ließ sich sofort an Bord der »Thetis« rudern. In stummer Ergriffenheit schüttelte er Kptlt. Hartmann immer wieder die Hände. Apia war gerettet, aber unter welchen Opfern! und auf wie lange! denn das war jetzt der Krieg. In diesem Augenblicke loderten vielleicht schon überall auf dem ganzen Erdenrund die Flammen empor.

Es ist nur noch wenig über die Ereignisse in Apia nachzutragen: Am folgenden Tage wurden die Toten, Freund und Feind, soweit sie nicht auf dem Grunde des Meeres ruhten, nebeneinander bestattet. Aus den Berichten der 5 Geretteten von der »Möwe« ging hervor, daß das Schiff gleich in den ersten Minuten von den feindlichen Geschossen furchtbar zerfetzt worden war. Sonderbarerweise blieb die Maschine intakt. Da faßte der Kommandant den verzweifelten Entschluß, die »Wallaroo« zu rammen. Als die »Möwe« ungefähr noch 50 m von der »Wallaroo« entfernt war, ließ der Engländer die Maschine rückwärts schlagen und rannte so mit voller Kraft auf das dicht hinter ihm liegende Korallenriff auf. So war die Strandung zu erklären.

Die »Wallaroo« aus dem die deutschen Seeleute mit eigener Lebensgefahr mehrere Verwundete geborgen hatten, brannte in der Nacht gänzlich aus, eine gigantische Todesfackel über dem Grabe der Gefallenen.

In den nächsten Tagen ging es an das Ausflicken der »Thetis«, bei der es nur einige Schußlöcher im Rumpf und in den Schornsteinen und die Boote zu reparieren gab. Zwei stark beschädigte Maschinenkanonen wurden an Land geschafft. So war der Kreuzer schon nach zwei Tagen wieder fertig. Schlimmer sah es mit dem »Cormoran« aus. Auf die Reparatur des Dampfkessels mußte verzichtet werden. In die zerschmetterte Bordwand fügte man einige Stahlplatten vom Wrack der »Wallaroo« ein, die leidlich passend gemacht wurden und so war der »Cormoran« nach einer Woche einigermaßen wieder zurechtkalfatert. Schön sah das Pflaster zwar nicht aus, aber mit Farbe läßt sich dem Auge manches verdecken. Dann wurde der »Cormoran« geleichtert und von der »Thetis« abgeschleppt. Nirgends zeigte sich ein Leck. Mit den Kohlenvorräten am Lande füllte man die Bunker wieder auf, und am 26. März lagen beide Schiffe vollkommen gefechtsbereit wieder auf der Reede.

Was war inzwischen aber in der Welt vorgegangen!

Im deutschen Reichstag

Der Abgeordnete Stadthagen redete bereits zwei Stunden. Die meisten
der spärlich erschienenen Volksvertreter hatten sich vor der alten Phra-
sengießkanne in die Restaurationsräume geflüchtet, denn nach dem
durch jahrelange Gewohnheit geheiligten Brauch benutzte der grauhaa-
rige Genosse die Beratung des Etatskapitels: Gehalt des Reichskanzlers,
um alles das, was die sozialdemokratische Presse im Laufe des letzten
Halbjahres ihren gläubigen Lesern an wirklichen und erlogenen Skandal-
geschichten aufgetischt hatte, noch einmal wiederzukäuen. Unter lebhaften
Gestikulationen und bei den hinausgeschrieenen Kraftstellen mit der
Stimme umkippend redete der zappelige Volkstribun allbereits zwei
volle Stunden über die tausend Kleinigkeiten, die die kochende Volksseele
angeblich zum Überschäumen gebracht haben sollten. Jede Backpfeife,
die einem renitenten Rekruten auf dem sandigen Kasernenhofe verabfolgt
war, jeder freundschaftliche Rippenstoß ward hier zu einer »unerhörten
Beleidigung des geknechteten rechtlosen Volkes«. Und weiter plätscherte
der Strom der geschwätzigen Rede, wie ein Wasserhahn den man vergessen hat zuzudrehen, weiter und weiter in ermüdendem Tonfall.

Der Vizepräsident des hohen Hauses starrte wie geistesabwesend vor
sich hin; in dem allgemeinen Stumpfsinn ward es ihm schwer, die Präsi-
dialgewalt irgendwie imponierend zu markieren.

Bleierne Müdigkeit lag über dem Hause. Selbst aus dem Häuflein der
Roten, die als Ehrengarde für ihren schlimmsten Dauerredner ausharrten,
erklang nur selten ein schläfriges Bravo. Und weiter plätscherte der
Worte Bächlein. Wie ein Schachbrett am Ende der Partie sahen die
Sitzreihen der anderen Parteien aus. Hie und da ein Abgeordneter, der
Briefe schrieb oder Schnörkel und geometrische Figuren aufs Papier
malte um der Müdigkeit Herr zu werden. Ein dicker Domherr gerade
vor Herrn Stadthagen hatte bereits kapituliert, die derbe Faust vor sich
auf der Tischplatte schnarchte er wie ein dicker Kater in heißer Mittagsstunde. Dicht am Eingang des Saales ein paar plaudernde Gruppen. Die
Tribünen waren fast leer. Und weiter ging der Rede surrender Gleich-
strom.

Am Bundesratstische zwei Uniformen. Dem hohen Hause den Rücken
kehrend und sich an die Kante des Tisches lehnend sprach Fürst Bülow

leise und eindringlich mit einem Herrn in Generaluniform. Der wandte den Kopf, als Herr Stadthagen die Worte hervorkreischte:

... wenn der Soldat in dieser Weise der Willkür seiner Vorgesetzten schutzlos preisgegeben ist, wenn die schreiendste Ungerechtigkeit zum Prinzip erhoben wird, so kann doch von einer Begeisterung für den Heeresdienst, von der Sie bei festlichen Anlässen immer so viel zu rühmen wissen, keine Rede mehr sein. Erfüllt mit diesen Gefühlen von Haß und Erbitterung, angesammelt in zwei Jahren rohester und brutalster Behandlung, versagt die Armee überhaupt als Waffe. Ein Heer, in dem das Ehrgefühl systematisch ertötet wird, kann wohl in die Schlacht als willenlose Masse getrieben aber nicht geführt werden. Wenn heute ein Krieg ...

In diesem Augenblicke erwachte der dicke Domherr mit den Worten: Sehr richtig, die von der andern Seite des Hauses mit einem fröhlichen Guten Morgen beantwortet wurden. In der allgemeinen Heiterkeit, die diesen Zwischenfall begleitete, bemerkte man nicht, daß ein Saaldiener an den Fürsten Bülow herantrat und ihm etwas zuflüsterte, worauf dieser sich hastig von dem General verabschiedete. Und Herr Stadthagen redete weiter.

Die Uhr ging stark auf drei. Graf Ballestrem übernahm wieder das Präsidium und sein Stellvertreter verließ die Tribüne, um von seinem ermüdenden Dienst Erholung zu suchen in der Restauration.

In der Tür prallte er heftig mit dem Grafen Reventlow zusammen, der den Saal betrat, ein Blatt Papier in der hocherhobenen Rechten schwenkend. Ihm folgten einige Dutzende von Abgeordneten, die laut und erregt miteinander sprachen. Alle Augen wandten sich nach der Eingangstür. Dem Abgeordneten Stadthagen riß der Faden der Rede ab; Graf Reventlow eilte auf den Präsidenten zu und überreichte ihm das Blatt. Graf Ballestrem überflog den Inhalt, während sich die Schar der Volksvertreter um den Präsidentensitz drängte. Summendes Stimmengewirr erfüllte plötzlich den Saal. Graf Ballestrem schob seinen Stuhl zurück, sein Auge suchte den Platz, wo vorher der Reichskanzler gestanden. Er war leer. Dann fuhr er mit einer hastigen Bewegung nach der Glocke, setzte sie wieder auf den Tisch, rückte an seiner goldenen Brille und begann:

»Meine Herren! Es wird mir soeben ein Extrablatt überreicht, das vom ›Berliner Tageblatt‹ ausgegeben worden ist. Ich will es hiermit zur Kenntnis des hohen Hauses bringen. Es lautet:

Washington, 18. März. (Privattelegramm.) Wie aus Pago-Pago gemeldet wird, sind am 16. März in der Abendstunde einige amerikanische Matrosen von samoanischen Eingeborenen in Apia überfallen worden. 4 Matrosen wurden getötet und einige schwer verwundet. Hierauf kündigten die Konsulen der Vereinigten Staaten und Großbritanniens am 18. frühmorgens dem deutschen Gouverneur an, es sei unumgänglich notwendig, daß **amerikanische und englische Marinemannschaften**zum Schutze der Konsulate und der betreffenden Staatsuntertanen **gelandet würden**. Obgleich dieses Ersuchen in der verbindlichsten Form gestellt war und das Ansehen der deutschen Behörden in keiner Weise beeinträchtigte, **verweigerte der Gouverneur Dr. Solf die Landung solcher Schutzwachen**und erklärte, daß er einer Landung mit Waffengewalt entgegentreten würde. Er verbürge den Schutz aller fremden Staatsangehörigen. Im Vertrauen auf diese Zusage **verließ dann der amerikanische Kreuzer »Wilmington« den Hafen von Apia.** Die Kommandanten der beiden englischen Kreuzer »Tauranga« und »Wallaroo« beharrten jedoch auf ihrer Forderung. Als dann um 9 Uhr eine englische Matrosenabteilung die Boote bestieg, um an Land zu gehen, **eröffnete der deutsche Kreuzer »Möwe«**ohne weiteres **das Feuer auf die Boote**und die englischen Schiffe auf der Reede. Dieses provokatorische Vorgehen des deutschen Kreuzers fand damit ein Ende, daß **nach einem Gefecht von nur wenigen Minuten der Kreuzer »Möwe« zum Sinken gebracht**wurde, worauf die Schutzwachen gelandet wurden. Die Kabelverbindung nach Pago-Pago scheint gestört zu sein. Der amerikanische Kreuzer »Wilmington«, der in Pago-Pago auf Tutuila eingetroffen ist, hat den Verlauf des Gefechtes von der See aus beobachtet.

Meine Herren! Diese Meldung kommt so überraschend und sie ist so schwerwiegend, daß ich mich einstweilen lediglich auf diese Mitteilung beschränke. Ich werde mich sofort mit dem Herrn Reichskanzler in Verbindung setzen, um zu erfahren, ob diese Nachricht auf Tatsachen beruht. Ich bitte Sie das Resultat meiner Anfrage beim Herrn Reichskanzler einstweilen abwarten zu wollen. Ich vertage hiermit die Sitzung auf eine Stunde.«

Schnell leerte sich der Sitzungssaal. Die Abgeordneten fluteten in die Restaurationsräume zurück, wo der Inhalt des Extrablattes mit großer Erregung besprochen wurde. Auf dem so heiß umstrittenen Boden von Samoa war deutsches Blut geflossen. Die Geschütze waren gewissermaßen von selber losgegangen und die mit elektrischem Fluidum übersättigte Luft hatte eine Entladung gefunden. War das der Krieg, oder war es noch möglich, unter Anspannung aller diplomatischen Künste, die Flut, die den Deich durchbrochen, in ihre Ufer zurückzudämmen? Und zwar so zurückzudämmen, daß kein Flecken auf dem nationalen Ehrenschilde zurückblieb? So, wie diese Depesche gefaßt war, stammte sie aus amerikanischer Quelle und man wußte aus Erfahrung, wie trübe diese Quelle in Zeiten nationaler Erregung floß. Vielleicht war, wenn anders in London der ehrliche Wille vorhanden war, diesen Konflikt als ein »*untoward event*« zu betrachten und zu behandeln, eine Möglichkeit gegeben, noch einen *modus vivendi* zu finden. Das war der Strohhalm, an den sich die Erwägungen derer anklammerten, die sich der furchtbaren Verantwortung bewußt waren, einen Krieg zu entfesseln, der ohne weiteres die abendländische Welt in Flammen setzen mußte. Vielleicht hatte man in der Wilhelmstraße schon andere Nachrichten, obwohl die Schwierigkeit auf der Hand lag, den Schleier zu zerreißen, den das angelsächsische Kabelmonopol vor den Augen Europas zu weben im stande war.

Im allgemeinen hatte man aber das Gefühl, hier machtlos am Ufer eines Stromes zu stehen, dessen Wogen von einer höheren Gewalt emporgepeitscht wurden. Man saß hier mit gebundenen Händen, während die Weltenuhr draußen mit hartem Pendelschlag die Stunden maß und die Weltgeschichte ihren Gang ruhig weiterging, ohne daß schwache Menschenhände imstande waren, in die Speichen des Rades hineinzugreifen.

Einige Abgeordnete trieb es hinaus aus dem engen Raum des Gebäudes. Draußen auf dem Königsplatz fegte ein mürrischer Märzwind die kahlen Bäume des Tiergartens und ein unfreundlicher Regentag hatte die Straßen und Wege verödet. Nur schwach dröhnte das Brausen der Volksmenge und des Wagenverkehrs vom Brandenburger Tor herüber. Eine dichte Menschenmasse wogte unter den Linden auf und ab, nichts von der Hastigkeit des Berliner Lebens sonst. Man sah sich plötzlich einem Ungeheueren, Unerwarteten gegenüber, man fühlte, daß diese Stunden eine scharfe Scheide bildeten zwischen Vergangenheit und Zukunft.

Um ½5 Uhr eröffnete Graf Ballestrem den Reichstag von neuem wieder, machte aber nur die Mitteilung, der Reichskanzler sehe sich außerstande, heute bereits weitere Erklärungen abzugeben, sei jedoch bereit, morgen bei Eröffnung der Sitzung Aufschluß über die politische Lage zu geben. Hierauf wurde die Sitzung geschlossen.

Die Abendblätter enthielten keine weiteren Nachrichten, überhaupt schien der gewohnte Strom der Reuterschen Depeschen plötzlich versiegt zu sein. Die Leitartikel forderten ein festes Auftreten der Regierung gegenüber diesem englischen Übergriff, forderten strenge Sühne für das vergossene deutsche Blut, und doch mischte sich ein Ton der Unsicherheit in diese Betrachtungen, das Gefühl, England gegenüber zur See fast hilflos dazustehen mit den geringen eigenen maritimen Kräften, und vielleicht noch ohne Verbündete. Auch die Bündnisfrage wurde mit einer gewissen Zaghaftigkeit erörtert, es war unmöglich, die Tragweite des Dreibundes ohne weiteres unter solchen Umständen richtig einzuschätzen, und man fand nur darin schließlich einen zuversichtlichen Ton wieder, daß man versicherte, in einem solchen Konflikt sei das deutsche Volk, auch allein, entschlossen, den letzten Mann an die Verteidigung der nationalen Ehre zu setzen.

So verging der Abend. Bis tief in die Nacht hinein waren die Straßen von erregten Menschenmassen belebt. Man konnte sich nicht entschließen, zur Ruhe zu gehen, in fieberhafter Spannung weiteren Meldungen über die Ereignisse von Samoa entgegenharrend.

* *
*

Fürst Bülow schloß: »... und so haben wir denn von unserm diplomatischen Vertreter in London die Mitteilung erhalten, daß die englische Regierung zwar bereit sei, ihr Bedauern über den Zwischenfall auszusprechen, daß sie aber keineswegs in der Lage sei, ihrem Vorgehen irgendwelche Schuld beizumessen, diese trage vielmehr lediglich der deutsche Gouverneur von Samoa, der sich geweigert habe, den fremden Staatsangehörigen in ausreichender Weise seinen Schutz angedeihen zu lassen. Der englische Standpunkt ist in diesem Fall ein solcher, daß wir ihn unter keinen Umständen teilen können. Wir haben Herrn Dr. Solf angewiesen, jeden feindlichen Übergriff mit aller Entschiedenheit zurückzuweisen, das ist eine Auffassung, wie sie allein mit unserer nationalen Ehre vereinbar ist. Wie Sie bereits aus den Morgenblättern erfahren haben werden, sind die beiden englischen Schiffe später durch unsere Kreuzer »Thetis« und »Cormoran« nach einem längeren Gefechte vernichtet worden. Die diplomatischen Verhandlungen gehen weiter und ich kann dem hohen Hause die Zusicherung geben, daß von meiner Seite alles geschehen wird, was eine friedliche Beilegung dieses Konfliktes herbeiführen kann, doch wäre es töricht, zu verschweigen, daß unsere Hoffnungen in dieser Beziehung sehr gering sind. Nach den Nachrichten, die wir besitzen, scheint es im Gegenteil fast so, als ob dieser Zwischenfall nur eine Episode ist in einem Plane, der mit einer freundschaftlichen Politik dem Deutschen Reiche gegenüber in keiner Weise in Einklang gebracht werden kann. Sollten unsere Vorstellungen in London keinen Erfolg haben, so sind die Konsequenzen, die wir daraus zu ziehen haben, selbstverständlich. Ich bin natürlich außerstande, mich darüber auszusprechen, welche Maßnahmen in einem solchen Falle von uns zu treffen wären, noch auch darüber, welche Nachrichten über beunruhigende Maßregeln in England wir bereits besitzen. Ich bitte deshalb das hohe Haus, sich für heute mit diesen Mitteilungen zu begnügen und gebe meinerseits die Versicherung, daß ich bei einer ernsteren Wendung der Dinge keinen Moment zögern werde, dem hohen Hause entsprechende Mitteilungen zu machen. Sollten wir aber jetzt vor die große Entscheidung um unsere nationale Zukunft gestellt werden und sollten wir gezwungen werden, das Schwert zu unserer Verteidigung zu ziehen, so wird das geschehen unter dem Wahlspruch, den die deutsche Hansa zu ihrer Devise gemacht: Das Fähnlein ist wohl leicht an die Stange gebunden, doch es ist schwer, es mit Ehren wieder herunterzuholen.«

Brausender Beifall folgte diesen Worten des Reichskanzlers, in den Jubelrufen nationaler Begeisterung schaffte sich die gepreßte Brust Erleichterung. Als die Hochrufe langsam verhallten, erhob sich Graf Ballestrem und machte dem Hause die Mitteilung, daß zwei Anträge bei ihm eingebracht seien. Der Antrag Kardorff, von sämtlichen Parteien, bis auf die Sozialdemokraten, unterschrieben, forderte das Haus auf, dem Fürsten Bülow für seine Worte uneingeschränktes Vertrauen auszusprechen und eine weitere Erörterung einstweilen nicht eintreten zu lassen. Hingegen, fuhr er fort, verlangt ein *Antrag Bebel* und Genossen, das hohe Haus möge die Regierung auffordern, die Erledigung des Zwischenfalles von Samoa dem *Haager Schiedsgericht* zu überweisen.

Lebhafte Unruhe und stürmische Protestrufe folgten dieser Ankündigung. Kaum vernahm man noch, daß der Abgeordnete Bebel zu seinem Antrag das Wort zu ergreifen wünschte, so stand der ehemalige Drechslermeister bereits auf der Tribüne, aber es dauerte Minuten, bevor aus der pantomimischen Vorstellung, die der lebhaft gestikulierende Abgeordnete dort oben gab, hin und wieder ein Wort vernehmbar wurde. Er zog alle Register seiner Beredsamkeit. »Wir haben Sie immer gewarnt«, schrie er, »wir haben vergebens versucht die Verschleuderung des Volksvermögens für eine maritime Politik zu hintertreiben, die das ganze Ausland gegen unsere sogenannte Weltpolitik mobil gemacht hat, die uns bei allen Völkern verdächtigt hat und die dazu geführt hat, daß unsere Politik überall mit Mißtrauen verfolgt wird. Jetzt sehen Sie, wohin Sie mit dieser Weltpolitik gekommen sind. Ihr Staatsschiff, Herr Reichskanzler, hängt jetzt auf der kolonialen Korallenklippe, die Sie sich erst auf einer Konkursversteigerung mit vielen Millionen teuer genug gekauft haben. Hinter mir und meinen Genossen stehen drei Millionen deutscher Staatsbürger, die verlangen, daß dieser Zwischenfall isoliert bleibt, und daß seine Erledigung dem Haager Schiedsgericht überantwortet wird. Wir werden kein Mittel scheuen, selbst kein Mittel, welches Sie mißbilligen werden, um zu verhindern, daß Ihre unsinnige Politik uns in das furchtbare Unglück eines europäischen Krieges hineinführt. Es ist Ihre Sache, Herr Reichskanzler, das wieder auszugleichen, was Sie gesündigt, denn die Achiver, das sind wir, das steuerzahlende Volk, hat keine Lust, das auszubaden, was die Könige gesündigt. Wir haben keine Neigung, uns für das Phantom einer angeblichen nationalen Ehre auf dem Schlachtfelde hinmorden zu lassen. Was drüben in Australien geschehen ist, geht uns in der Heimat recht wenig an, sehen Sie zu, wie Sie mit den fremden Kabinetten fertig werden, denn das ist Ihr Geschäft, mit den fremden Völkern wollen wir, das arbeitende Volk, uns schon vertragen. Zwischen uns und den Reden und Telegrammen eines Herrn, der die Welt in stete Unruhe versetzt hat, besteht kein Zusammenhang. Wir mißbilligen seine Politik ...«

Ein Sturm der Entrüstung durchtoste das Haus, die Abgeordneten der rechten Seite und auch die Massen der Zentrumsabgeordneten, in denen der Funke nationaler Begeisterung zu glimmen begann, scharten sich um die Tribüne und manche derben Flüche und Verwünschungen schollen dem kreischenden Redner entgegen, dessen weitere Worte in dem allgemeinen Tumult untergingen. Auch auf den Tribünen machte sich laute Empörung geltend, und in dem brausenden Lärm verschwand auch der Schall der Präsidentenglocke, die Graf Ballestrem über dem wogenden Meer erhobener Arme lautlos schwang.

Langsam verhallte der Lärm, Herr Bebel wollte von neuem zu reden beginnen, aber der Präsident schnitt ihm den Faden ab mit den Worten: »Ich entziehe hiermit dem Abgeordneten Bebel das Wort«. Der Antrag Kardorff wurde mit 310 Stimmen angenommen, für ihres Genossen

Antrag stimmten 48 Unentwegte. Die Sitzung wurde vertagt und schnell verließen die Abgeordneten das Reichstagsgebäude, das von einer nach Zehntausenden zählenden Menschenmasse umlagert wurde. Man hielt die einzelnen Herren auf der Straße an, um von ihnen zu erfahren, was Fürst Bülow gesagt. Fremde Menschen schüttelten sich die Hände, sprachen auf einander ein und die gemeinsame Not und Gefahr ließ alle Standesunterschiede vergessen, man war Mensch zu Mensch. Man sprach laut und erregt, war empört über das, was in Samoa geschehen, und suchte dadurch, daß man immer wieder versicherte, für des Volkes Sicherheit keine Opfer scheuen zu wollen, tapfer der drohenden Gefahr ins Auge zu sehen, die dumpfe innere Angst zu übertäuben, die Angst vor einer ungekannten, furchtbaren Gefahr, die jetzt vielleicht schon über des Weltmeeres Wogen gegen die Heimatküste herankam. Man zog wieder durch die Linden, umjubelte des Fürsten Bülow Wagen, stand stundenlang, aller Tagesarbeit vergessend, vor den grauen Mauern des Kaiserschlosses und zog wieder in die Wilhelmstraße, dort vor des ersten Kanzlers Heimstätte, geduldig ausharrend und schon erhob eine neue Gefahr drohend ihr Haupt.

In den schwarzen Strom der Menschen, der in gleichmäßigen Wellen zwischen den hohen Häuserreihen der Linden auf und nieder wogte, ergoß sich plötzlich von rechts her aus einer Zeitungsdruckerei ein schäumender Gießbach weißer Papierblätter, zerfloß in ihm, zerteilte sich, weiße Schaumköpfe auf die schwarzen Wellen spritzend, in weißen Strudeln das schwarze Wasser herumquirlend und wieder stockte der Strom. Mauergleich stand er, Totenstille herrschte und gierigen Blickes durchflog man die tanzenden Zeilen auf dem knitternden Papier und »Extrablatt« – »Extrablatt« gellte der Ruf der Verkäufer über der stummen Menge.

In der französischen Deputiertenkammer hatte ein Abgeordneter der nationalistischen Partei den Minister des Auswärtigen interpelliert über den Zwischenfall von Samoa. Er hatte gefordert, daß die französische Regierung sich gegenüber der neuen Konstellation in der Politik so verhalten möchte wie es die Ehre Frankreichs, seine Bündnispflicht gegenüber England und das Andenken an alte Schmach erfordere. Der Minister des Auswärtigen hatte darauf eine Darstellung der Ereignisse vor Apia gegeben, in der bekannten Form und hatte hinzugefügt, daß die deutsche Regierung in London strenge Genugtuung gefordert habe, darauf sei die Antwort ergangen: Man sei leider nicht in der Lage eine solche zu gewähren, im Gegenteil müsse man fordern, daß Deutschland seinerseits für den unmotivierten Angriff auf die englischen Schiffsmannschaften eine Genugtuung leiste. Man war demnach in Paris schon sehr genau über den Verlauf der diplomatischen Verhandlungen orientiert und wurde anscheinend von London aus auf dem Laufenden gehalten. »Er habe, so fuhr der Minister fort, unbedingt zuverlässige Nachricht durch Frankreichs diplomatischen Vertreter erhalten, daß man in London fest entschlossen sei, auf seinen Forderungen zu beharren. Wenn Deutschland durch das Verhalten seines Gouverneurs auf Samoa den Krieg vom Zaune gebrochen habe, so sei England entschlossen, den Handschuh aufzunehmen und, wie mir versichert wird, lassen die Vorbereitungen der englischen Flotte keinen Zweifel darüber zu, daß eine friedliche Beilegung des Zwischenfalles wenig wahrscheinlich ist. Man ist jenseits des Kanales der Ansicht, daß das Auftreten Deutschlands in internationalen Fragen seit Jahren ein derartiges gewesen ist, daß kein Zweifel darüber bestehen kann, daß Deutschland die Absicht hat, sich über die im internationalen Verkehr traditionellen Formen hinwegzusehen und in falscher Beurteilung seiner Machtmittel zur See es auf einen Bruch der Beziehungen zu den Völkern angelsächsischer Rasse ankommen zu lassen. Er stelle dem Hause anheim, ob dies der Moment sei, das provozierende Auftreten des deutschen Reiches in die gebührenden Schranken zurückzuweisen, auf daß man für alle Zukunft Ruhe vor diesem Friedensstörer habe. Er stelle es dem Hause anheim, ob Frankreich in der Lage sei, eine solche Beunruhigung der ganzen Welt durch Deutschland und insbesondere der Staaten, mit denen man einesteils durch nationale Traditionen verbunden sei und mit denen man andererseits einen Vertrag geschlossen habe, der zwar Frankreich im Kriegsfalle keine Verpflichtungen auferlege, es jedoch vor die Frage stelle, ob es die Hoffnung auf die Wiedererlangung ihm geraubter Länder auf ewig begraben solle«.

– Es hieß weiter in der Depesche, in der französischen Kammer hätten sämtliche Parteien (mit Einschluß der Sozialdemokraten) eine Tagesordnung eingebracht, die der Regierung in ihren Entschlüssen vollkommenes Vertrauen ausspreche. Diese Tagesordnung sei einstimmig angenommen worden und die Kammersitzung habe geschlossen unter Rufen: à Berlin, à Berlin! In Paris herrschte größte Begeisterung und eine Stimmung, die keinen Zweifel darüber ließ, daß man mit dem Ausbruch eines Krieges gegen Deutschland bereits in den nächsten Stunden rechne.

Eine weitere Meldung aus Genf ließ erkennen, daß in Brest, Cherbourg und Toulon Maßregeln zur Mobilisierung der Flotte getroffen würden.

Eine Depesche aus Brüssel wollte bereits wissen, der Befehl zur Mobilmachung der französischen Ostkorps sei schon am Vormittag ergangen.

Das war also das, worüber man so oft gesprochen hatte, was man so oft sich als in ferner Zukunft liegend ausgemalt hatte, das war der Krieg. Überall stockte der Pulsschlag auf einer Sekunde Dauer. Über die Vergangenheit, über das friedliche Leben des Tages machte man in Gedanken einen Strich, von heute und dieser Stunde an war man ein anderer als gestern und ehegestern. Das ganze Leben der Kulturwelt versank in einem Augenblick in Vergessenheit, das Leben der europäischen Völker ward in einer Stunde zurückgeschraubt um Jahrzehnte, um Jahrhunderte. Man stand wieder, die Flinte im Arm, als Volk in Waffen an des Reiches Grenzen.

Und immer weiter schäumte der Gießbach, Wirbel und Strudel ziehend in den dunklen Wogen der Menge. Dann flossen die Wasser wieder zusammen, breit und majestätisch, und dahin brauste ein breiter Strom, aus allen Seitenstraßen weiteren Zufluß an sich ziehend und wogte kaum sich einengen lassend von den Häusermauern, zu einem See sich erweiternd vor des alten Kaisers schlichtem Hause, dann wieder sich einpressend vor dem Zeughaus, wo die erkämpften Waffen und Fahnen stumme Zeugen waren von des preußischen Heeres Ruhm und Tapferkeit. Noch einmal eingeengt zwischen den Geländern der Steinbrücke floß er dann breit hinaus auf den weiten Platz vor dem Kaiserschloß. Und jetzt lohte sie auf die nationale Begeisterung des Volkes, und während man bisher stumm, gedrückt von dem plötzlich hereinbrechenden Unheil schweigend dahin gewandert war, jetzt brach der Sturm los unwiderstehlich, alles mit sich fortreißend und treibend, auch die behelmten Diener der öffentlichen Ordnung, die vergebens versucht hatten, die erregten Volksmassen in Reihen längs der Bürgersteige zu ordnen; alles durcheinander wirbelnd, so flutete der Strom der Menschenmenge hin auf den Schloßplatz, dort sich stauend und bis zu den Terrassen vor dem Schlosse emporschäumend und über sie hinwegleckend.

Und nun begann es irgendwo, einer fing an und die anderen stimmten ein, und wie mit dem donnernden Tosen der Brandung scholl er hinauf, der alte Siegessang der Hohenzollern, daß nicht der Rosse und Reisigen Macht, sondern des freien Mannes Liebe den Herrscherthron wie ein Fels im Meere gründet: »Heil Dir im Siegerkranz!« Wie Sturmgebrüll, wie des Orkans Gewalt klang es, Zehntausende jubelten hier des Reiches Kaiser entgegen und nicht enden wollte es und immer wieder von neuem begann es, über den grauen Mauern des Schlosses schwebte flatternd im Märzwinde das königliche Blutpanier der Hohenzollern. Und hinter dem Balkon, auf dem einst Friedrich Wilhelm IV. die tiefste Demütigung erlitt, begann jetzt die eine Hälfte der Glastür zu zittern, sie wich nach innen zurück, eine Hand erschien oben am anderen Türrahmen, schob mühsam einen Riegel zurück, einen Moment sah man in das Dunkel des dahinter liegenden Raumes, dann ward eine blaue Uniform sichtbar und festen Schrittes trat der Kaiser auf den Balkon. Er schien zu zögern, wandte sich nochmals nach rückwärts, winkte mit der Hand, die Kaiserin stand neben ihm, und während der Gesang plötzlich stockte und abflaute und sich in die Tiefe des Lustgartens bis hinten zum Museum verlor, wo er zwischen den Gebäuden langsam im Widerhall erstarb, brausten dem Kaiser donnernde Hochrufe entgegen. Er legte die Hand grüßend an den Helm, sprach zu der Kaiserin, wies auf die Menschenmassen dort unten vor ihm und grüßte wieder und wieder. Und von neuem begann der Gesang, diesmal das alte Sturmlied von anno 70: »Die Wacht am Rhein«, das unser Volk auf seinem Siegeszuge geleitet. Es ward von neuem hinausgesungen, des Reiches Schirmherrn das Gelübde bietend, daß auch in dieser ernsten Stunde des Volkes Heer treue Wacht halten werde an des Reiches Westgrenze.

Und immer neue Jubelrufe erschollen, als neben dem Kaiser die schlanke Gestalt des Kronprinzen auf dem Balkon erschien. Kaiser Wilhelm legte seinem Sohne die Hand auf die Schulter, zu ihm eindringlich sprechend. Dann trat er an die Brüstung des Balkons und stützte sich mit der Linken auf ihren steinernen Rand, festen Blickes auf die Menge herniederschauend, und als sich sein Blick nach links verlor, wo die *Via triumphalis*der Linden bis an den Säulenbau des Brandenburger Tores schwarz von Menschen sich schier endlos dehnte, und er den Blick dann wieder zurückwandte auf die Menschenmasse vor ihm, die mit erhobener Rechten ihm gleichsam neue Heeresfolge zuschwor, da führte er in tiefer Ergriffenheit die Hand an die Augen, von denen eine Träne hernieder perlte. Da ward es leise still dort unten, ein jeder fühlte, daß in dieser heiligen Stunde des Kaisers Herz zusammenschlug mit dem des Volkes. Der Kaiser schien sprechen zu wollen, man sah wie er die Lippen bewegte, doch von neuem brauste der Jubel empor und mit einer kurzen, schnellen Bewegung trat der Kaiser zurück von der Brüstung, winkte noch einmal und verschwand mit der Kaiserin und dem Kronprinzen im Dunkel des Zimmers. Da kam plötzlich neue Bewegung in die Menge, über den Köpfen derselben erblickte man den oberen Teil einer Droschke, die sich langsam und nur ruckweise vorwärts zu schieben vermochte, bis sie kurz vor der Schloßbrücke still hielt und wie ein Wrack in der Brandung hilflos liegen blieb. Dann öffnete sich eine schmale Gasse und langsam erkämpfte sich der Reichskanzler Fürst Bülow, von stürmischen Rufen begrüßt, den Weg zum Schloß. Erst spät am Abend kehrte der Kanzler, der sich nur schwer aller derer erwehren konnte, die ihm die Hand schütteln wollten, aus dem Schlosse in sein Palais zurück. Inzwischen hatte der Telegraph auf allen Stationen zwei inhaltsschwere Worte übermittelt: *Krieg mobil.*

* *
*

Noch an demselben Abend wurden sämtliche diplomatischen Vertreter des Reiches im Ausland über die politische Lage dahin informiert, daß die Verhandlungen in London völlig ergebnislos verlaufen seien und daß die deutsche Regierung der drohenden Gefahr Rechnung getragen habe, indem sie die Mobilisierung des Landheeres, sowie der Flotte angeordnet habe. Es herrsche noch kein Kriegszustand, aber man müsse auf Grund der Nachrichten, die man aus England erhalten habe, befürchten, daß die englische Flotte ohne Kriegserklärung die deutschen Häfen und Küsten angreifen werde, wie das ja vom Zivillord der englischen Admiralität und in der englischen Presse in der letzten Zeit öfters ausgesprochen worden sei. Sollte die telegraphische Verbindung zwischen Berlin und dem Auslande unterbrochen werden, wie das zu erwarten sei, so seien die diplomatischen Vertreter des Reiches angewiesen, ihren letzten Instruktionen gemäß, die am Tage vorher noch in einer chiffrierten Depesche versandt worden seien, zu handeln. Die Vorgänge in Paris legten die ernstesten Befürchtungen nahe, daß Frankreich sich dem britischen Feinde anschließen werde, ja daß es vielleicht von vornherein gesonnen sei, die Operationsbasis zu Lande gegen die deutschen Grenzen abzugeben. Es scheine, daß Abmachungen zwischen London und Paris beständen, derartig, daß man annehmen könnte, die Mobilisierung des französischen Heeres sei bereits weiter gediehen, als die französische Presse in den letzten Tagen habe erkennen lassen. Jedenfalls sei zu befürchten, daß die französische Flotte gleichzeitig mit der englischen vorgehen

werde. Es sei so gut wie sicher, daß Österreich sich Deutschland anschließen werde, soweit es überhaupt über seine militärischen Kräfte in Anbe-
tracht der inneren Krisis werde verfügen können. Nach Meldungen aus
Rom gewinne es den Anschein, daß England durch ein Ultimatum,
welches durch ein plötzliches Erscheinen der englischen Flotte vor den
italienischen Häfen gestützt werde, Italien zum Abfall vom Dreibund
drängen werde. Man hoffe, daß Italien sich durch englische Drohungen
nicht zwingen lassen werde, seine Dreibundsverpflichtung zu ignorieren.
Die Entscheidung hänge in Rom jedenfalls an Stunden, die letzte Versicherung von seiten der italienischen Regierung laute dahin, daß sie in
der gegenwärtigen Krisis es mit ihrer Ehre nicht für vereinbar halte, alte
Bündnisverpflichtungen zu ignorieren, doch sei dem gegenüber zu bedenken, daß solche Entschlüsse vielleicht doch durch ein übermächtiges
Auftreten einer feindlichen Macht wankend gemacht werden könnten.
Einstweilen sei man also ganz auf sich selber angewiesen und jedenfalls
habe man die Macht des ersten Anpralls allein auszuhalten. Daß Rußland
sich neutral verhalten werde, sei so gut wie sicher.

Als Fürst Bülow nach durcharbeiteter Nacht in früher Morgenstunde,
da bereits der junge Tag durch die Vorhänge schimmerte, seinem Lega-
tionssekretär die eben eingelaufene letzte Post abnahm, fand er oben
aufliegend ein offizielles Schreiben des deutschen Botschafters in London.
Er öffnete es und durchflog es.

»Da teilt uns unser Botschafter offiziell mit, die Universität London
habe Sr. Majestät dem Kaiser am 10. März die juristische Doktorwürde
verliehen in Anerkennung seiner großen Verdienste um die Erhaltung
des Weltfriedens«.

»Das nennt man einen Treppenwitz der Weltgeschichte«, sagte der
Kanzler, »kommen Sie, Hollmann, jetzt wollen wir noch einige Stunden
schlafen! Den ersten Vortrag bitte ich mir um 8 Uhr zu halten.«

Krieg mobil

Wie einst zwischen Odins Adler und dem Drachen Nidhöggr das Eich-
hörnchen Ratatöskr am Stamme der Weltesche auf und nieder springend
Zankworte hin und her trug, den nimmermüden Streit zwischen den
Kämpfern des Lichtes und den dunklen Mächten immer aufs neue ent-
fachend, so weckte der elektrische Funke jetzt den Drachen der Zwietracht

aus seinem Schlummer. An allen Kontaktpunkten, da wo die Midgard-schlange der modernen Welt, die alle Länder umschlingt, ihren Rachen öffnet und ihre blanken Zähne bleckt, leuchtete jetzt der kleine, grüne Funke des Unheils auf. In der Abendstunde des 19. März rasselten an allen Apparaten die elektrischen Glocken, tönte das ratternde Geräusch des Morsetelegraphen, ein kurzer Streifen weißen Papieres erschien mit den inhaltschweren Worten: Krieg mobil.

Auf allen Redaktionen tönten in später Abendstunde die Telephonklin-geln: Extrablattmeldung aus Berlin, und mit zitternden Federzügen ent-standen auf dem Papier die wenigen Zeilen, die 60 Millionen die Kunde zutragen sollten, daß der Kaiser die Mobilisierung der Land- und See-macht befohlen habe.

Noch war man außer stande, die ganze Wucht dieses Ereignisses zu erfassen und schon lag das weiße Blatt am Rande des Setzerkastens, die bleiernen Lettern fügten sich aneinander, und hinein gingen diese kurzen Metallstreifen in die Maschine, die mit sausendem Schwunge diesen unscheinbaren Bissen erfaßte und herumwirbelte. Und heraus flatterten die weißen, gedruckten Papierfetzen, von Dutzenden geschäftiger Hände erfaßt, die sie hinaustrugen auf die Straße, wo sie den Strom des Lebens plötzlich zum Stillstand brachten.

Krieg mobil! – Die Extrablätter klebten bereits an allen Straßenecken und an allen Schaufenstern, wo sich die Menge vor ihnen staute und wo man mit starren Augen immer wieder die wenigen Worte las, daß der Kaiser sein Volk rufe.

Als erster Tag der Mobilmachung galt der 20. März. Das ganze fried-liche Leben des Volkes stand still. Der Arbeiter legte sein Werkzeug nieder und ging heim. In allen Schreibstuben und Kontoren ward es leer und in der stillen Arbeitsklause des Gelehrten hatte die Feder Ruhe. Des Kaisers Ruf war durch das Land gegangen und man bestellte sein Haus, um morgen hinauszuziehen auf die Sammelplätze, auf die Kasernenhöfe, um sich dort als wehrhafter Mann einzureihen und des Befehles zu harren, der das Volk in Waffen an die Grenzen führen sollte.

Die Grenzkorps waren so gut wie mobil und standen nach 24 Stunden, am Abend des 20. März, bereits in klirrender Rüstung da, bereit, dem Angriff des Feindes zu begegnen. Auf allen Bahnstationen des Reiches aber begannen bereits am Mittag und Abend des 20. März die ersten Truppentransporte. Es war fast überall das gleiche Bild. Eine kurze An-sprache der Truppenführer auf dem Kasernenhofe, die mit einem Hurra auf den obersten Kriegsherrn schloß. Dann Still gestanden! ... Bataillon marsch! ... Die Musik setzte ein und hinaus ging's auf die Straße, wo die Truppe von einer dicht gedrängten Menschenmenge mit lauten Rufen empfangen wurde. Die flotten Armeemärsche entfachten schnell eine patriotische Stimmung, die Straßenjugend ließ es sich nicht nehmen, jedes Bataillon bis zum Bahnhof zu geleiten, und man sah darüber hinweg, daß die Ordnung im Glied nicht so streng aufrecht erhalten wurde, wenn Mütter und Bräute sich an die Reihen der marschierenden Leute herandrängten, um noch einen letzten Händedruck zu erhaschen. Auf den Bahnhöfen hatte die Bevölkerung dafür gesorgt, daß den Truppen noch ein letzter Trunk und eine letzte Liebesgabe gereicht wurde.

Einsteigen! hieß es dann, noch ein Kuß, eine Umarmung, hinein dann in die Wagen, die auf Tage hinaus oft das Heim der Ausziehenden bilden sollten. Immer wieder reichte man sich die Hände durch die Fenster, dann ein schriller Pfiff der Lokomotive, ein brausender Hurraruf der Menge und unter Tücherschwenken ging es fort, immer weiter und immer schneller, bis der Zug den Blicken der Zurückgebliebenen entschwand. Es war ganz wie *anno*70, nur daß man damals, verwöhnt durch die Erfolge von 64 und 66, mit dem sicheren Gefühl des Erfolges ins Feld zog, während jetzt die Ungewißheit über die Zahl und Stärke der Gegner das freudige Siegesgefühl und die nationale Begeisterung etwas dämpfte.

Daheim saß man wieder zwischen den leeren Wänden und zergrübelte sich den Kopf über das, was werden mochte, während die, die jetzt der Grenze zueilten, doch wenigstens der Gefahr frisch und klar ins Auge sehen konnten. Man ließ die Arbeit ruhen, die Erschütterung für das gesamte wirtschaftliche Leben war zu groß, als daß man gleichmütig wieder zum Werkzeug der täglichen Arbeit greifen konnte. Man hatte das Bedürfnis sich mitzuteilen und auszusprechen, trieb sich planlos auf den Gassen herum, schloß sich jeder marschierenden Soldatenabteilung ohne weiteres an und kehrte dann immer wieder dahin zurück, wo die neuesten Extrablätter ausgegeben wurden.

Was man aus ihnen erfuhr, war jedoch wenig genug, denn durch die Erfahrungen des russisch-japanischen Krieges und auch des Burenkrieges gewitzigt, hatte die deutsche Regierung auch ihrerseits eine scharfe Depeschenzensur für alles, was im Inlande vorging und auch nur im entferntesten mit der Mobilmachung zusammenhing, eingeführt. So erfuhr das Volk eigentlich nur das, was es mit Augen sah, und selbst die entsprechenden Vorgänge in den benachbarten Städten wurden erst tagelang nachher bekannt. Denn wenn auch der Feind darüber unterrichtet war, daß die Mobilisierung beschlossen war und ausgeführt wurde, so lag doch ein hinreichender Grund vor, alle Nachrichten über die Abfahrt von Truppenkörpern, über alle Bahntransporte und ihre Richtung, vorläufig zu unterdrücken, damit der Feind keinen Anhalt dafür hatte, welche Truppen und wohin sie bereits unterwegs waren.

Der Reichskanzler hatte sofort dafür gesorgt, daß gleichzeitig mit dem Telegramm, welches die Mobilmachung bekannt gab, an sämtliche Telegraphenstationen und an sämtliche Zeitungen eine Mitteilung ergangen war, des Inhaltes: Er müsse darum ersuchen, alles, was sich auf die Truppenmobilisierung beziehe, mit der größten Diskretion zu behandeln, und auch die Berichte über Vorgänge in der eigenen Stadt so abzufassen, daß die Richtung der Eisenbahntransporte und ihre Stärke, sowie die Namen der Truppenführer nicht genannt würden. Er ersuche die Redaktionen, diesem Wunsche Folge zu leisten in der Erwägung, daß dem Feinde durch eine allzu reichliche Berichterstattung leicht wertvolles Material zugehen könnte. Er habe dafür gesorgt, daß der Verkauf von Zeitungen und ihre Versendung durch die Post an der Landesgrenze überall sistiert würde. Er bäte aber auch seinerseits, seinem Wunsche Folge zu leisten, damit nicht durch irgendwelche Indiskretionen Preßmeldungen über die Grenze gelangen könnten. Er hatte diese amtliche Mitteilung auch an die sozialdemokratische Presse gerichtet und dabei erwähnt, daß er von jedem deutschen Blatte, einerlei, welcher Parteirichtung es angehöre, erwarte, daß es dieser Regierungsverfügung Folge leiste. Er bäte, die Leser davon zu unterrichten, daß sie vorläufig über die Truppentransporte und den Aufmarsch der Armeen nichts erfahren könnten und sie darauf hinzuweisen, daß dies im Interesse der militärischen Verteidigung geschehe. Er werde jedoch dafür sorgen, daß alles Wissenswerte über die Vorgänge auf dem voraussichtlichen Kriegsschauplatze der Presse rechtzeitig zugehe; dagegen habe er die lokalen Polizeiverwaltungen damit beauftragt, darauf zu achten, daß seine Anordnungen über den Nachrichtendienst aufs Genaueste befolgt würden; er hoffe, daß es nicht nötig sein werde, von Zwangsmaßregeln Gebrauch zu machen.

Diese Verfügung des Reichskanzlers über eine freiwillige Preßzensur im militärischen Interesse wurde bekanntlich von allen Zeitungen aufs Gewissenhafteste befolgt, so daß ein Eingreifen der Behörden nirgends nötig wurde.

Antwerpen von den Engländern besetzt

Das Nachrichtenmaterial aus dem Auslande war mehr als dürftig, aber immerhin drang einiges auf Umwegen über die Grenze. So hieß es, die englische Flotte sei vor Antwerpen erschienen und habe die Festung, ohne Widerstand zu finden, besetzt. Diese Meldung, die über Amsterdam einlief und mehrfach von anderen Orten bestätigt wurde, gab verschiedenen liberalen Blättern Anlaß, sich in langen, theoretischen Artikeln über die Neutralitätsfrage an sich und insbesondere Belgiens Neutralität zu verbreiten. Diese Schreibtischpolitiker konnten sich auch jetzt noch immer nicht zu der Erkenntnis aufraffen, daß die Flut eines Krieges nicht vor papiernen Wänden Halt macht, sondern schonungslos über alle Verträge über Neutralität und derlei schöne Sachen hinwegrauscht. Es konnte kaum noch einem Zweifel unterliegen, daß sich England in Antwerpen eine Operationsbasis für den Landfeldzug gesichert hatte, gewissermaßen einen festländischen Brückenkopf für Truppentransporte. Welche Stellung die belgische Regierung dazu einnahm, war nicht zu ersehen, bis unser Gesandter am 21. März mittags in Aachen eintraf und der Berliner Regierung mitteilte, man habe ihm in Brüssel einfach seine Pässe zugestellt, mit dem Ersuchen, das Land zu verlassen; somit stand auch Belgien in der Reihe der Gegner, es war von Frankreich und England vor die Frage gestellt worden, freiwillig oder unfreiwillig seine Grenzen den einmarschierenden Truppen zu öffnen.

Die Stellung der Niederlande

Durch die Okkupierung oder den Anschluß Belgiens an die Verbündeten – Genaueres war am 20. März noch nicht darüber bekannt – waren die Niederlande in eine sehr prekäre Lage versetzt worden. Sie hingen gewissermaßen zwischen den Kriegführenden in der Luft. Außer stande durch ihre kleine Armee, die Landesgrenzen zu verteidigen und den Volksheeren der großen Nachbarreiche somit widerstandslos preisgegeben, schwankte die niederländische Regierung zwischen einem Versuch, ihre Neutralität zu bewahren und der Entscheidung, zu welcher von beiden Parteien sie sich schlagen sollte. Folgte man Englands Fahnen, so konnte man vielleicht hoffen, den ostindischen Kolonialbesitz aus dem Trümmersturz zu retten. Schloß man sich dem deutschen Nachbar an, so bestand eine Möglichkeit, daß Deutschland auch die niederländische Grenze schützte. Andererseits war dann die kleine niederländische Flotte in Gefahr, von den Engländern ohne weiteres überrannt zu werden, wodurch dann auch die Seestädte in die Gewalt der Engländer fielen. Wohl war man sich im Haag jetzt über die Versäumnisse der letzten Jahre klar, als man die Hände, die sich von Osten hilfreich darboten, immer wieder eigensinnig zurückwies und durch das Beharren auf einer mißtrauischen, chauvinistischen Politik glaubte, die Rolle einer politischen Macht spielen zu können. Jetzt fielen die Entscheidungen, ohne daß man im Haag eine Möglichkeit hatte, sie irgendwie beeinflussen zu können. Man ging über das Bestehen des niederländischen Staates einfach zur Tagesordnung über. Holland hatte dasselbe Geschick, wie das benachbarte Belgien, und ohne daß weitere Schritte von der Regierung – das Ministerium hielt zwar dauernd Sitzungen ab, wurde aber schließlich von den Ereignissen überrascht – ergriffen wurden, ohne daß überhaupt ein diplomatisches Aktenstück mit dem Auslande gewechselt wurde, hatte sich das Schicksal des Staates bereits erfüllt. Noch ehe ein sentimentaler Protest der Niederlande in London eintraf, waren die Engländer bereits vor Vlissingen erschienen und im südlichen Teile des Landes standen bereits deutsche Truppen auf niederländischem Boden. Daß man jetzt das tat, was man rechtzeitig hätte vorbereiten sollen, hatte kaum noch einen Wert; der Anschluß der Niederlande an Deutschland verstärkte die Wehrkraft des Reiches nur um die völlig unvorbereitete, kleine niederländische Armee und einige Küstenpanzerschiffe, die nicht einmal mehr die deutschen Häfen erreichten, sondern auf der Höhe von Texel von einem Detachement der englischen Flotte nach einem halbstündigen Kampfe abgetan wurden. Der Rest der niederländischen Marine wurde in den Kriegshäfen einfach von den Engländern abgewürgt. Der englische Admiral rüstete diese Fahrzeuge noch auf den niederländischen Werften mit den dortigen Beständen aus und reihte sie dann dem englischen Reservegeschwader ein.

Anfang April erschienen vor Batavia einige englische Schiffe. Das Gefecht auf der Reede endete mit der Vernichtung der geringen niederländischen Streitkräfte. Nach Verlust zweier kleiner Kreuzer besetzten die Engländer Batavia und machten die Stadt zu einer englischen Flottenbasis. Die Gefechte der (von Hongkong aus) gelandeten englischen Truppen mit der niederländischen Kolonialarmee dauerten bekanntlich noch einige Monate, dann aber zogen die Niederländer es vor, eingeengt zwischen einem europäischen Feind und den grausamen Banden der eingeborenen Volksstämme, zu kapitulieren, um ihr Leben nicht nutzlos an eine verlorene Sache zu setzen. Im Mai existierten niederländische Kolonien nicht mehr und das kleine Mutterland ward mit zum Schauplatz der Kämpfe, die hier, auf dem Grenzgebiet zwischen West und Ost, die friedlichen Bewohner furchtbar in Mitleidenschaft zogen. Über dem Grabe der niederländischen Selbständigkeit aber prangte die Inschrift: »Eine versäumte Gelegenheit«.

Alarmierende Nachrichten

Am Abend des 20. März waren überall an der westlichen Grenze vom Dollartbusen an bis hinunter nach Lörrach, alle Stationen der Grenzpolizei bereits von militärischen Kommandos besetzt. Der gesamte Grenzverkehr hatte schon um die Mittagsstunde völlig aufgehört. Wer sich von den eintreffenden Reisenden nicht als Reichsangehöriger ausweisen konnte, wurde zurückgeschickt, und andererseits ließ man niemand, auch keinen Fremden mehr von diesseits über die Grenze, schon um Indiskretionen von seiten Privatpersonen hinsichtlich der Mobilmachung zu verhindern.

Besonders in den Hafenstädten, wo die Nachrichten aus aller Welt bis dahin zusammengeflossen waren, empfand man das plötzliche Abschnappen der Kabelmeldungen als störend. Man war von der Außenwelt völlig abgeschnitten, und wenn man auch das gewöhnliche Depeschenmaterial, soweit es sich auf politische Vorgänge bezog, nicht gerade sehr entbehrte, so erzeugte doch das Ausbleiben der Meldungen über den Schiffsverkehr im Auslande große Beunruhigung. Nach dem Stand der Meldungen vom 18. März wußten die Dampfergesellschaften und Reedereien der Seestädte zwar, wo sich an diesem Tage ihre Schiffe befunden hatten, man war jedoch jetzt völlig außer stande, zu kontrollieren, was aus diesen schwimmenden Millionen des Nationalvermögens geworden war. Die Vorkehrungen zur Sicherheit, die man treffen konnte, waren verschwindend gering. Man hielt alle auslaufenden Schiffe zurück und schickte sie von Bremerhaven und Cuxhaven usw. wieder stromaufwärts, um sie von dem Schauplatz voraussichtlicher baldiger Kämpfe zu entfernen. Das war aber auch alles, was sich anordnen ließ. Der Verkehr nach den Nordseeinseln und die Küstenschiffahrt wurden sofort eingestellt. Der Hamburger und Bremer Senat hatte in Berlin angefragt, wie man sich gegenüber den in den Häfen liegenden englischen und französischen Schiffen verhalten sollte. Einige englische Dampfer hatten ohne weiteres den Hafen bereits verlassen ohne Rücksicht darauf, ob sie Ladung oder Löschung bereits beendet hatten.

Von Berlin aus kam die Anweisung, alle französischen und englischen Schiffe einstweilen im Hafen zurückzuhalten und weitere Anordnungen abzuwarten. Man beabsichtige dieses Schiffsmaterial als ein Pfandobjekt zu benutzen, falls die fremden Regierungen deutsches Privateigentum zur See aufbringen sollten. Eine entsprechende Note sei dem abreisenden englischen und französischen Botschafter vor ihrer Abfahrt aus Berlin zugestellt worden, mit der Bemerkung, daß die deutsche Regierung gesonnen sei, sich in dieser Frage nach dem Verhalten der fremden Regierungen zu richten. Man blieb hierüber nicht lange im unklaren.

Selbst wenn man den zahlreichen Meldungen, daß deutsche Dampfer und Segelschiffe auf der Nordsee und im Kanal, sowie an der englischen Küste bereits von englischen Kreuzern und Torpedobooten aufgebracht sein sollten, einstweilen keinen Glauben beimessen wollte, so lag doch andererseits von Amsterdam aus schon die Meldung vor, daß der Dampfer »Gretchen Bohlen«, sowie der Dampfer der Deutsch-Ostafrikalinie »Bundesrat« (Durbaner Andenkens) sofort nach dem Verlassen des Hafens von Rotterdam von einem englischen Kriegsfahrzeuge aufgebracht waren. Ferner wurde gemeldet, daß der Norddeutsche Lloyd-Dampfer »Kronprinz Wilhelm«, auf der Rückfahrt von New York, auf der Höhe von Dover angehalten und in den Hafen geschleppt worden sei. Es wurde auch noch von mehreren Schiffen berichtet; so sollten auf der Höhe von Texel der Touristendampfer »Therapia« von der Levantelinie und mehrere kleine Hamburger und Bremer Dampfer von einem großen englischen Kreuzer gekapert worden sein. Alle diese Nachrichten wirkten sehr alarmierend, und an der Börse von Hamburg herrschte große Aufregung. Dazu kamen noch andere Meldungen, so hieß es, die englische Flotte liege bereits auf der Höhe von Norderney. Dann wurde aus Frederikshavn (Nordküste Jütlands) gemeldet, eine schwimmende Batterie ohne Landesflagge habe in einer Entfernung von vier Seemeilen südlich steuernd die jütische Ostküste passiert. Ein in Esbjerg eingetroffener dänischer Fischdampfer wollte ferner unweit der Doggersbank ein englisches Geschwader manövrierend und nach Osten steuernd angetroffen haben; diese Meldung war bereits drei Tage alt. Schließlich wollte ein in Cuxhaven am Mittag des 19. aus Hull angekommener schwedischer Dampfer auf der Reede von Hull und im Hafen nicht weniger als 30 große Passagierdampfer gesehen haben. Es war dem Dampfer, ohne Hull anzulaufen, gelungen, beim Anbruch der Nacht heimlich davonzukommen. So verging der 20. März.

Die Reede von Cuxhaven und die Elbmündung war völlig verlassen, nur nahe am Ufer waren noch einige Fischerboote von Finkenwärder und Blankenese verankert, die sich nicht getraut hatten, gewarnt von der Hafenbehörde, draußen ihrem Fang nachzugehen. In dem kleinen Hafen lagen zwei Dampfer der Nordseelinie, die ihre regelmäßigen Fahrten nach Helgoland usw. bereits eingestellt hatten. Draußen auf der Reede sah man den Lotsendampfer »Kapitän Karpfanger« langsam in die Elbmündung zurückdampfen. Er hatte im Schlepp die drei Feuerschiffe, die auf Anordnung der Marinebehörde eingezogen wurden. Zwei andere Dampfer, darunter ein weißgestrichenes Marineboot, sah man draußen die Seezeichen einsammeln. Mitten im Fahrwasser lag der »Pelikan« von der Kaiserlichen Marine, von Booten umschwärmt, und weiter stromabwärts sah man mehrere Minenleger, die der Hamburger so drastisch Eierleger nennt, das Fahrwasser bereits mit einer Minensperre versehen. Zu demselben Zwecke wurden einige Fischdampfer und Torpedoboote verwendet. In den Batterien von Kugelbaake und Grimmerhörn herrschte reges Leben, und von den Kasernen tönten Signale herüber. Die Küstenbahn hatte ihren Betrieb eingeschränkt und war ausschließlich für Militärtransporte zur Verfügung gestellt worden.

Was landeinwärts von Cuxhaven vorging, davon wurden unberufene Augen durch eine doppelte Postenlinie ferngehalten; das eine war klar, daß dort hinten etwas vorging, aber die vielen morgens nach Cuxhaven gefahrenen Hamburger waren infolge der strengen Absperrung nicht in der Lage, ihre Neugierde zu befriedigen. Sie hielten sich dafür schadlos, indem sie vor den beiden Batterien, deren gewaltige Rohre zwischen den Erdtraversen hervorschauten, auf der Strandpromenade auf und ab patrouillierten, die Möglichkeiten eines feindlichen Angriffes erwägend. Mittags liefen zwei Torpedodivisionen aus Cuxhaven aus. Von der Flotte sah man sonst weiter nichts, es hieß nur, in Brunsbüttel werde die Durchfahrt mehrerer Schiffe erwartet. Der Kanal war seit morgens um 6 Uhr für jedes Handelsschiff gesperrt. So verging der 20. März, ohne daß man über den Fortgang der Ereignisse etwas Positives erfuhr, unter größter Spannung. Der Transport von Marinekommandos und ihre Verteilung auf die einzelnen Befestigungen an der Elbmündung entzog sich der Beobachtung, da über alle diese Transporte nichts in der Presse mitgeteilt wurde, der Dienst auf der Küstenbahn sich unter einer strengen Aufsicht vollzog und von lokalen Ereignissen nur die Zuschauer an Ort und Stelle erfuhren.

Im Dom

Der 21. März war durch kaiserliche Verordnung zum allgemeinen Buß- und Bettag bestimmt. Noch einmal wollte man den Schutz des Höchsten auf die deutschen Waffen herabflehen, noch einmal wollte man eine Stunde ruhiger Sammlung haben, bevor der Sturm losbrauste. Der Gottesdienst im Berliner Dom war auf 10 Uhr vormittags angesetzt. Der Kaiser hatte seine Residenz um 8 Uhr morgens verlassen und war mit der Kaiserin und dem Kronprinzen hinausgefahren nach Charlottenburg und Potsdam, um in den beiden stillen Kapellen, die die Gräber der beiden ersten Hohenzollernkaiser bergen, einen stillen Abschied zu nehmen. Niemand war Zeuge gewesen dieser Stunden, da des Reiches Herrscher mit den Seinen an jenen, durch große Erinnerungen geweihten, Stätten weilte.

Reges Leben herrschte in der Reichshauptstadt, als die kaiserliche Equipage sich dem Brandenburger Tore wieder näherte. Ohne allen militärischen Pomp durchfuhr der Kaiser die Linden, überall von der Menge mit donnernden Zurufen begrüßt. Zahllose Blumen flogen in den kaiserlichen Wagen, man hatte das Bedürfnis, dem Monarchen seine Liebe und Anhänglichkeit durch diese letzten Spenden zu bezeichnen, denn am Tage darauf wollte der Kaiser zur Armee abreisen. Am Morgen hatte ein Berliner Blatt berichtet, ein Großindustrieller habe ein Gesuch an den Kaiser gerichtet, er wolle eine Million für die verwundeten Krieger zur Verfügung stellen, wenn sein einziger Sohn von der Dienstpflicht befreit werde. Der Kaiser habe am Rande der Bittschrift bemerkt: Ablehnen, mein Sohn muß auch mit.

Der gewaltige Prachtbau des Berliner Domes war bis auf den letzten Platz gefüllt. Fast nur Uniformen; hier war noch einmal die Führerschaft der Armee, soweit sie nicht schon an der Grenze stand, um ihren Kaiser versammelt. Als die kaiserliche Familie ihre Loge betrat, ging ein Gemurmel durch die Versammlung. Ein metallisches Klirren und Knirschen des kriegerischen Schmuckes, aller Augen wandten sich einen Moment dem Herrscher zu und eine rauschende Bewegung ging durch die Menge.

Die Worte des Predigers waren in dem weiten Gotteshaus verhallt; und während alle, die hier die Knie gebeugt hatten vor dem Gott, der die Geschicke der Völker in seiner Hand hält, noch ihren Gedanken nachhingen und von der Vergangenheit Abschied nahmen, begann leise die Orgel mit ganz leisen, kaum hörbaren perlenden Akkorden, bald anschwellend zu brausenden Tönen, bald fast verklingend in den Wölbungen der Decke und in den Kapellen und Nischen ein leises Echo weckend. Dann setzte die Orgel wieder machtvoll ein und der Sturmgesang, der einst ein armes Volk begeistert und geführt hatte zum Kampfe gegen den übermächtigen Feind, er brach hervor mit ergreifender Gewalt, und jetzt begann der Domchor, und er klang hinaus wie Donnerhall dieser Schlachtensang, dieser eifernde Schrei um Hilfe: »Wir treten zum Beten vor Gott den Gerechten« und hinaus sangen sie es alle und fromme Begeisterung, die dem Höchsten bekennt, daß ohne ihn kein Sieg, erklang hinaus, daß die gewaltigen Mauern dieser Trutzkirche des protestantischen Glaubens erdröhnten.

Leise öffneten sich die Türen, die ersten Bänke leerten sich bereits, in den breiten Eingangspforten drängten sich glitzernde Uniformen, da mischte sich in die Töne des verhallenden Chorals von draußen her ein scharfer, heller Klang. Der Gottesfrieden ward durch einen rauhen Ton zerrissen, die Gotteswelt versank, ein Rasseln wie von klirrendem Metall. Als die Ersten hinaustraten in den sonnigen, strahlenden Frühlingstag, hielten ihnen tausend Hände etwas entgegen, was, rasch entziffert, die Meldung trug: *»Die Engländer bombardieren Cuxhaven«.* Donnernde Zurufe empfingen den Kaiser, als er das Gotteshaus verließ und rasch zu Fuß, die Kaiserin am Arm, die Straße überschritt und im Portal des kaiserlichen Schlosses verschwand.

Der erste Blitz war herniedergefahren, zündend, vernichtend, verwüstend und zertrümmernd, wann folgte der zweite und wohin traf er?

Ran an den Feind!

Um 4 Uhr nachmittags am 20. März lief auf der Funkspruchsstation Helgoland ein Zifferntelegramm aus Cuxhaven ein, das den kommandierenden Admiral des auf der Reede liegenden Geschwaders über die politische Lage informierte und ihm neue Befehle übermittelte. Der Admiral begab sich von Bord seines Flaggschiffes »Kaiser Wilhelm II.« sofort an Land und hatte eine längere Unterredung mit dem Kommandanten von Helgoland. ½ Stunde später legten sich die zehn Hamburger Kohlendampfer, die sich beim Geschwader befanden, in einige Entfernung längsseits der Linienschiffe, und an den durch Stahltrossen konstruierten Schwebebahnen krochen bald die schwarzen Kohlengefäße hinüber zu den nur leise auf und nieder stampfenden Panzern, wo sie prasselnd in die schwarzen Schlünde der Bunker entleert wurden, während die Torpedoboote unten an der kleinen Mole anlegten und dort ihre Kohlenvorräte auffüllten. Gegen 6 Uhr wurden die Trossen wieder eingeholt und die Kohlenschiffe nahmen ihren Weg nach der Richtung von Cuxhaven, bald im abendlichen Dämmerlicht nur noch als eine braune Rauchwolke am Horizont erkennbar.

In der ruhigen See wiegten sich die grauen Leiber der fünf Panzer der »Wittelsbach«-Klasse neben ihnen der »Kaiser Wilhelm II.« und etwas seewärts die Kreuzer »Friedrich Karl« und »Prinz Adalbert« mit ihren drei schlanken Schloten. Weiter draußen, einen Halbkreis nach Westen bildend, lagen die vier Kreuzer »Gazelle«, »Medusa«, »Niobe« und »Nymphe«. Die scheidende Sonne überstrahlte den abendlichen Himmel mit gelben und glutroten Farben, die sich auf der leise wogenden Meeresflut in schimmernden Reflexen widerspiegelten. Fortwährend wurden zwischen dem Lande und dem Admiralsschiff, sowie zwischen diesem und den einzelnen Schiffen des Geschwaders, Signale gewechselt. Als im Abenddämmern die Winkflaggen nicht mehr zu erkennen waren, blitzten oben zwischen den Signalmasten die farbigen, elektrischen Lichter als feurige Funken auf, einen steten Kontakt zwischen dem Kommandanten und seinen Unterführern unterhaltend. Die Schiffe des Geschwaders waren die einzigen Punkte, die das eintönige Graugrün der Meeresfläche unterbrachen. Nur ganz fern im Norden steuerte ein schwarzer, niedriger Frachtdampfer, an den hellen Flächen auf seinen Vorder- und Hinterdeck als Holzdampfer erkennbar, nach Südwest, offenbar ein Schiff, das von dem drohenden Unwetter noch keine Nachricht erhalten hatte und friedlich seinen Weg fortsetzte, der einzige lebende Punkt in der weiten Wasserwüste. Die Bewohner der Insel standen in dichten Scharen oben an der steinernen Brüstung der Falm von dort aus mit scharfen Gläsern den Horizont absuchend.

Unten am Marinepier lagen die sechs schwarzen Hochseeboote »S. 114« bis »119«, taktmäßig auf der ans Ufer drängenden breiten Dünung sich an der Mole hebend und senkend. Kapitänleutnant Westerkamp betrat jetzt, vom Oberlande kommend, begleitet von den Führern der anderen Boote, eiligst die Mole, verabschiedete sich mit kurzem Händedruck von seinen Kameraden und ging an Bord von »S. 114«. Im Schatten des hohen Felsenufers von Helgoland lagen die sechs Boote fast schon in vollkommener Dunkelheit, und die wenigen Neugierigen, die von dem Doppelposten am Strande vor der Mole zurückgehalten wurden, vermochten nur wenig von dem zu unterscheiden, was an Bord der Torpedoboote vor sich ging. Daß dort aber rege Tätigkeit herrschte, konnte man daran erkennen, daß huschende Schatten die rotglühenden Deckslichter bald verdeckten, bald wieder freigaben. Allmählich aber ward alles ruhig, die Wache ging in hallenden Schritten auf den Decksplatten auf und nieder und alles Leben schien auf den schwarzen ernsten Schiffen erstorben.

Um dieselbe Zeit konnte man oben von der Falm aus und von der am meisten nach Südwest vorgeschobenen Batterie des Oberlandes ein merkwürdiges Schauspiel beobachten. Nur ein dunkelroter Streifen, der die düsteren Regenwolken, die sich am westlichen Horizont zusammengeballt hatten, in ihren unteren Konturen noch scharf erkennen ließ, zeigte die Stelle, wo die Sonne untergegangen war. Eine frische Brise von Westen war aufgesprungen und schlug die Drähte des Signalmastes der Funkenspruchstation hart aneinander. Es lag wie Gewitterstimmung in der warmen Luft. Das Licht des steinernen Leuchtturmes brannte diese Nacht nicht mehr, das erste Zeichen des Kriegszustandes. Da blitzte es plötzlich im Südwesten auf wie fernes Wetterleuchten, und weiße Lichtgarben schossen plötzlich aus der Wasserfläche empor, dreimal, viermal, in kurzen, unregelmäßigen Zwischenräumen, lautlos aufsprühend wie Raketenfeuer. Plötzlich zuckten auch vom Leuchtturm aus mehrere Blitze, den westlichen Teil der Insel mit weißem Licht übergießend. Dann war mit Gedankenschnelle diese stumme Lichtsprache wieder verschwunden und die Dunkelheit schlug über diesem Feuerwerk wieder zusammen, nur in dem kleinen Gebäude der Funkenspruchstation prasselten und knatterten die elektrischen Funken, die Mitteilung an den kommandierenden Admiral weitergebend, daß das Kreuzergeschwader Wilhelmshaven um 4 Uhr nachmittags verlassen habe und, jetzt auf der Höhe von Helgoland befindlich, seinen Weg entsprechend der dem Admiral bekannten Befehle nach Norden fortsetze.

Um ½8 Uhr betrat Kapitänleutnant Westerkamp wieder das Deck des Torpedobootes »S. 114«. In die Tür des niedrigen Signalhauses tretend, hielt er seine Uhr gegen das Licht der kleinen Laterne an der Steuermaschine. »½8 Uhr«, sagte er leise zu dem Mann an der Maschine, schloß die Tür hinter sich und ergriff den Hebel des Maschinentelegraphen. Unten im Maschinenraum rasselten die Klingeln und kurz darauf warfen die dicken Schlote der Boote schwere Rauchwolken aus. Die Trossen wurden gelöst, noch ein Signal an die Maschinen und lautlos verließen die Boote ihren Liegeplatz, sofort von der Dunkelheit verschluckt, in der einige Minuten später zwei grüne Funken wie gierige Raubtieraugen erglühten, von der Stelle, wo das Admiralsschiff lag, mit einem anderen Glühsignal beantwortet.

Helgoland war gesichert gegen jeden unvermuteten Überfall. Während das Geschwader südöstlich der Insel liegen blieb, bildeten die Kreuzer in weiter Entfernung einen Halbkreis um die Insel und zwischen ihnen hielt eine Reihe vorgeschobener Torpedobootposten scharfe Wacht. Die von Kapitänleutnant Westerkamp befehligte Division hatte den Auftrag, in der Richtung auf den Kanal aufzuklären, während die Panzerkreuzer »Prinz Adalbert« und »Friedrich Karl« in derselben Richtung Fühlung mit dem Feinde suchen sollten, dessen Herannahen in dieser Nacht bereits zu erwarten war. Die einzelnen Schiffe standen durch Funkspruch miteinander in Verbindung, so daß jede Nachricht sofort auf der ganzen Postenkette bekannt werden konnte.

Gegen Mitternacht befand sich die Division des Kapitänleutnant Westerkamp, mit 25 Knoten Geschwindigkeit die Wogen durchrasend, etwa auf der Höhe von Terschelling. Kein Lichtschimmer, keine Laterne verriet den Weg der schwarzen Schiffe. Um den messerscharfen Bug sprudelte das dunkle Wasser, helle Schaummassen bis zum Wellenbrecher emporwerfend. Kapitänleutnant Westerkamp befand sich unten in der Offiziersmesse, dort auf der Seekarte den Weg der Division eine Seemeile um die andere verfolgend. Leise nur drang das taktmäßige Stampfen der Maschine, die den ganzen Schiffskörper in harten Schwingungen vibrieren ließ, aus dem Maschinenraum zu ihm herüber. Die Division hatte den Befehl, den Feind, falls er schon unterwegs angetroffen werden sollte, ohne weiteres anzugreifen. Würde man den Feind nicht finden, so hatte die Division den Befehl, bei Tagesanbruch auf die beiden Panzerkreuzer zurückzufallen und abends wieder vorzugehen, um womöglich in der Nacht noch die englischen Kriegshäfen zu erreichen und, wenn eine Gelegenheit günstig, feindliche Schiffe überraschend anzugreifen.

Gegen Mitternacht zog sich Kapitänleutnant Westerkamp seinen Ölrock an und begab sich, die schmale, steile Treppe emporklimmend, wobei schon die starken Schwankungen des Bootes infolge heftiger werdenden Seeganges, deutlich zu spüren waren, wieder an Deck.

Es war eine finstere, sternenlose Nacht. Schon wenige Meter vom Schiffe aus verschwamm alles in absoluter Dunkelheit und nur das an diese bereits gewöhnte Auge vermochte links und rechts die beiden zur Seite fahrenden Boote als schwebende Schatten zu erkennen. Gurgelnd und schäumend verschwanden die von leichten Schaumstreifen gekrönten Wogen in rascher Fahrt hinter dem Schiffskörper, der auf ihnen eine graue Bahn rauschender Schaumblasen zurückließ. Die hinteren drei Boote vermochte man in der Finsternis, die wie aus Stahlblöcken gefügt wie eine Wand vor den Augen stand, nicht zu erkennen. Das taktmäßige Schlagen der Maschinen und ihre dumpfen Kolbenstöße waren der einzige, rings vernehmbare Laut. Im Feuerraum flogen die Kohlen Schaufel um Schaufel in die glühenden Öffnungen der Kesselfeuerungen. Der hochgespannte Dampf surrte und brauste in den Ventilen und wie am offenen Höllenrachen sah man die schwarzen Gestalten der Heizer in dem rotglühenden Lichte arbeiten, sobald die Feuertüren sich öffneten, und unablässig flogen die Kohlen Schaufel um Schaufel in die Feuerungen.

Vergebens suchte man mit starren Augen die kompakte Dunkelheit zu durchbohren. Da blitzte plötzlich über Steuerbord eine weiße Lichtgarbe auf, ganz fern die wogende Meeresfläche mit bleichem Lichte überziehend und nach Sekunden wieder verlöschend: War das Freund oder Feind? Überall rasselten die Klingeln der Maschinentelegraphen. Die Fahrt wurde auf 28 Knoten erhöht. Einen Moment drängten sich die Boote auf einen Haufen zusammen, um dann strahlengleich nach vorwärts auseinander zu schießen, jedes das andere aus dem Gesichtskreis verlierend. Der Wind pfiff frisch über die dunkle Seefläche, und jetzt, wo man die Wogen schräg vom Backbord bekam, platschten wuchtige

Spritzer über Deck. Kapitänleutnant Westerkamp übernahm nunmehr das Kommando seines Bootes selber und hielt nach der Stelle, wo der Blitz des Scheinwerfers die Anwesenheit fremder Schiffe verraten hatte. Und weiter pflügte der schwarze Schiffsleib und die peitschenden Schrauben das schwarze Meerwasser.

Da erschien vorn übers Steuerbord ein huschender Schatten, der den Weg von »S. 114« kreuzte. Zwei Minuten später und man passierte einen grauen, kaum bemerkbaren Schaumstreifen, der den Weg eines feindlichen Bootes flüchtig markierte. Die erste Postenlinie des Feindes war passiert. Alle Pulse flogen, fest und sicher aber ruhte des Führers Hand auf dem Hebel des Maschinentelegraphen. Noch ein Moment und noch einer, da stieg eine graue nach oben zackig ausgerissene Wand vor den Blicken auf, herumgerissen den Hebel, ein leiser metallener Klang von unten aus der Maschine, der Schiffskörper erbebte unter den Vibrationen, »S. 114« änderte seinen Kurs, ein wenig nach Backbord abfallend. Jetzt war man auf gleicher Höhe mit dem dunklen Schatten.

Der Leutnant stand bei den Mannschaften am ersten Torpedorohr, jetzt das Kommandosignal: »Los«, ein Riß am Abzuge und klatschend sauste der blanke Metallkörper ins schwarze Wasser. Wird der Schuß treffen, man zählte in Gedanken 100 m … 200 m … 300 m … 400 m … jetzt, da schäumte gerade aus, ganz hinten ein weißer Wasserberg auf, ein dumpfer Krach wie von zerreißendem Metall und eine glänzende Wassergarbe stieg mittschiffs des feindlichen Panzerkreuzers auf …

Da, blendende Helle, weiße Strahlengarben. Plötzlich war das Deck in grelles Licht getaucht. Die Mannschaften an den Torpedorohren erschienen wie Gespenster aus der Dunkelheit auftauchend, zwei andere Boote zur linken Seite ebenfalls in Tageshelle. Von ihr geblendet vermochte das Auge den rasch aufeinander folgenden Ereignissen kaum noch zu folgen. Rasselnde Signale, laute Kommandos, das Wasser spritzte auf und von drüben her, wo plötzlich die sich kreuzenden elektrischen Scheinwerfer eine ganze Flotte dem überraschten Blick zeigten, begann das taktmäßige Knattern der Maschinengeschütze, der Schnellfeuergeschütze. Wieder eine dumpfe Explosion, man war mitten in der feindlichen Flotte und es galt jetzt, wo der eigene Untergang gewiß, dem Feinde nach Kräften noch Schaden zu tun. Überall plumpsten die schweren Stahlgranaten ins Wasser, spritzende Geyser in die Luft schleudernd, hier und da knickten an den Lancierrohren die Mannschaften zusammen. Auf »S. 115« fehlte plötzlich ein Schornstein. Am Heck von »S. 114« platzte eine 15 cm Granate die Decksplatten aufreißend und das hintere Lancierrohr über Bord werfend. »S. 117« kämpfte nach Backbord, dort einem englischen kleinen Kreuzer von der »Pelorus«-Klasse, dessen Konturen sich gegen das Licht der hinter ihm aufleuchtenden Scheinwerfer deutlich abzeichneten, aus beiden Rohren Torpedos lancierend. Sobald die Wasserstrahlen an seiner Backbordseite aufschäumten, legte sich der Kreuzer weit über, dem Feinde sein schräges von Menschen wimmelndes Deck zeigend. Heulende Geschosse durchfuhren die Luft. »S. 118« hatte seinen Gegner zweimal gefehlt und während es die Rohre von neuem lud, faßte es einen neuen Feind ins Auge. Plötzlich fühlte die Besatzung den Boden unter sich wanken, der am hinteren Torpedorohr stehende Maat sah eine riesenhohe schwarze Wand zum Greifen nahe neben sich erscheinen, fühlte die Decksplatten unter sich zerreißen und suchte sich vergebens an der glatten, nassen Eisenwand neben ihm zu halten, aus der oben gelbe Blitze zuckten. Ein feindlicher Kreuzer war einfach über »S. 118« hinweggefahren, das Boot mitten zerschneidend und es unter sich in die Tiefe drückend. Der Maat erzählte nachher – er war der einzige Überlebende der Besatzung – er sei mit dem Boote in die Tiefe gegangen und habe im letzten Augenblick noch den glühenden Dampf der explodierenden Maschine, der von unten herausströmte, gespürt; als er wieder an der Oberfläche erschien, fühlte er einen schweren Körper neben sich im Wasser treiben, ein Stück von der Deckeinrichtung des gesunkenen englischen Kreuzers. Hieran sich anklammernd und von seiner Korkweste getragen, habe er sich bis Tagesanbruch über Wasser gehalten, worauf er von einem englischen Torpedoboot aufgefischt wurde.

Nach einer Viertelstunde herrschte wieder tiefe Stille auf dieser Stätte der Vernichtung. Das englische Geschwader hatte zwei Kreuzer »Pelorus« und »Diadem« verloren, die fast augenblicklich gesunken waren. Der englische Panzerkreuzer »Cressy«, von einem Torpedo an der Stelle an Steuerbord getroffen, wo der Panzergürtel dicht hinter dem zweiten Mast aufhört, war mit schwerer Havarie zurückgekehrt, um im heimatlichen Dock zu reparieren. Außerdem waren zwei englische Torpedoboote, die sich gegenseitig in dem *pêle-mêle* angerannt hatten, gesunken. Von den deutschen Booten war nur »S. 115« fast unbeschädigt durch die englische Linie durchgebrochen, »S. 114« gelang es in der Dunkelheit nach Wilhelmshaven zu entkommen. Alle anderen Boote hatten den Angriff mit ihrer eigenen Vernichtung bezahlt. Im allgemeinen konnte man mit dem Ergebnis zufrieden sein.

Die beiden Panzerkreuzer »Prinz Adalbert« und »Friedrich Carl« hatten von fern aus das Gefecht beobachtet. Außer stande bei einem so ungleichen Kampfe einzugreifen, hatten sie sich zurückziehen müssen. Sie erschienen, Fühlung mit dem Feinde behaltend, gegen 7 Uhr morgens in der Nähe von Helgoland, die durch die kleinen Kreuzer gebildete Postenkette langsam mit sich zurücknehmend. Da die elektrischen Wellen der Funksprüche sich fortwährend störten und eine Verständigung zwischen den Kreuzern und der Station in Helgoland unmöglich machten, erfuhr man erst gegen 8 Uhr in Helgoland Genaueres von dem Gefecht.

Gleichzeitig meldete der im Nordosten der Insel, auf der Höhe von Westerland stationierte Kreuzer »Kaiserin Augusta« das Herannahen des zweiten feindlichen Geschwaders und um 9 Uhr meldete ein Funkspruch, daß das Torpedoboot »S. 115« bei Sylt eingetroffen sei. Das Boot habe nach dem Nachtgefecht beim Passieren der englischen Flotte deren ungefähre Stärke feststellen können, sie bestände aus ca. 20 Schiffen und habe eine ganze Reihe von Kohlendampfern bei sich. Der Feind nahte also heran.

Das Bombardement von Cuxhaven

Am 21. März morgens 9 Uhr war für die Besatzung von Cuxhaven – der Tag war bekanntlich ein allgemeiner Buß- und Bettag – Kirchgang angesagt. Die Garnisonkirche war bis auf den letzten Platz gedrängt voll. Der Prediger hatte kaum begonnen, da tönten plötzlich von draußen her schmetternde Signalhörner und rasselnde Trommelwirbel. Auf den Straßen wurde Generalmarsch geschlagen, und während der Prediger eine Pause machte und nach den ungewohnten Tönen hinhorchte, wurde die Tür aufgerissen und jemand schrie ins Gotteshaus hinein: »Die Engländer kommen«. Keiner hörte mehr auf die Friedensworte von der Kanzel, scharfe Kommandoworte und hinaus strömten Mannschaften und Offiziere aus den Kirchtüren. Draußen wurde schnell angetreten und während die Signale aus den Straßen des Städtchens herübertönten und drüben an der Ecke ein blasender Hornist erschien, eilten schon einzelne Abteilungen der Matrosenartillerie im Laufschritt in der Richtung nach den beiden Batterien Kugelbaake und Grimmerhörn.

Aus allen Häusern traten die Bewohner mit angsterfüllten Blicken auf die Straße, anscheinend noch die Bedeutung dieses plötzlichen Alarms nicht erfassend, aber schon verbreitete sich mit Windeseile das Gerücht vom Herannahen des Feindes. Und in fliegender Hast stürzte man wieder in die Wohnungen, dort die wenigen Kostbarkeiten zusammenraffend und in der lähmenden Aufregung Dinge rettend und bergend, die des Aufhebens nicht wert waren. Noch konnte es ja Stunden dauern, vielleicht war auch der Feind schon in nächster Nähe, aber bereits begann die Einwohnerschaft von Cuxhaven die Stadt zu verlassen. Vom Hafen her dröhnten heulende Dampfpfeifen und die Sirenen der Schleppdampfer, die die Fischerboote, breite Ewer und schlankere Kutter, auf denen die Fischerbevölkerung ihre Habseligkeiten schon am Tage vorher in Sicherheit gebracht hatte, nunmehr in langen Reihen stromaufwärts zogen. Polizisten gingen von Haus zu Haus, um die Bewohner im Hinblick auf ein mögliches Bombardement zum Verlassen ihrer Wohnungen aufzufordern. Auf dem Bahnhofe wurden Züge rangiert und hastendes, nervöses Leben herrschte plötzlich in der kleinen Stadt. Allerlei Hausrat lud man auf Wagen, andere schrien sich heiser nach Karren und sonstigen Beförderungsmitteln und rangen verzweifelt die Hände, ihr Eigentum im Stich lassen zu müssen. Der Bahnhof war bald von dichten Scharen umlagert, die immer neuen Zufluß aus allen Straßen erhielten. Obgleich eine Abteilung der Hamburger Polizei alles aufbot, Ordnung in das Chaos zu bringen, entspannen sich wüste Szenen als man erfuhr, daß jede umfangreichere Gepäckbeförderung mit den schon seit dem Tage vorher bereitstehenden Bahnzügen ausgeschlossen sei. Und immer von neuem schmetterten die Signalhörner.

Eine Schar von Hamburger Herren hatte sich auf der »alten Liebe« gesammelt, von dort aus mit Ferngläsern die Reede beobachtend und die Vorgänge in den Batterien verfolgend.

Gegen 11 Uhr war der Hafen und der Strand völlig verödet. Die Straßen lagen still und menschenleer und nur vom Bahnhof herüber dröhnte das Pfeifen der Lokomotiven und Rangieren der Züge.

Aller Augen richteten sich jetzt nach dem Meere, von wo ferner Kanonendonner bereits herüber tönte. Am Horizont sah man eine Reihe von Schiffen langsam herandampfen. Zunächst kamen die beiden Küstenverteidiger »Odin« und »Hagen«, die an Cuxhaven schnell vorüberfuhren. Dann erschienen vier kleine Kreuzer draußen zwischen den Sänden, wo sonst die roten Feuerschiffe das Fahrwasser bezeichnet hatten, und dann kam die Linie der sechs Panzerschiffe langsam in die Elbmündung herein. Unter den dicken braunen Rauchfahnen, die ihren Schloten entquollen, konnte man deutlich die gelben Flammenblitze der Geschütze erkennen. Vom Feind war noch nichts zu sehen, doch zeigten die spritzenden Fontänen zwischen und diesseits der deutschen Schiffe, daß ein ernster Kampf im Gange war. Langsam zogen sich die deutschen Schiffe in die breite Elbmündung zurück, und immer lauter erscholl der Donner der schweren Geschütze. Gegen 11 Uhr erschien ganz weit draußen, noch weiter hinaus als da, wo ein grauer Schatten die Lage des plumpen viereckigen Leuchtturms von Neuwerk andeutete, eine Reihe feuersprü- hender Linien, über denen ein leichter blauer Rauchschleier hing: die englische Flotte. Die sechs deutschen Panzer lagen ungefähr auf der Höhe von Kugelbaake. Hinter ihnen, Cuxhaven rasch passierend, barg sich ein Schwarm von Torpedobooten. Die vier kleinen Kreuzer und die »Kaiserin Augusta«, sowie die beiden schweren Panzerkreuzer waren bereits aus dem Gefechte ausgeschieden und dampften elbaufwärts. Auf dem »Friedrich Karl« war der vordere Schornstein zerschossen, der mächtige Schlot lag, nach vornüber gebrochen, neben der Kommando- brücke. Die »Gazelle« hatte zwei große Schußlöcher dicht über der Wasserlinie. Auf der »Kaiserin Augusta« war ein Backbordgeschütz aus seiner Lafette geworfen und ragte steil in die Luft. Im übrigen waren an den Schiffen keine schweren Beschädigungen zu erkennen. Jedes einlau- fende Schiff wurde von der »Alten Liebe« aus, die jetzt durch Militärpos- ten von Neugierigen langsam geräumt wurde, mit lautem Hurra begrüßt.

Noch immer schwiegen die Geschütze der Küstenbatterien, da die Entfernung bis zum Feind noch zu groß war, auch seine Geschosse die Batterien noch nicht erreichten. Aber immer zahlreicher wurden die englischen Schiffe. Anscheinend gingen sie jetzt zum Angriff vor. Gleichzeitig steuerten die sechs deutschen Linienschiffe, in Kiellinie ein- ander folgend, vorsichtig – offenbar durch eine Lücke in der Minensperre fahrend – an Cuxhaven vorüber und legten sich etwas stromaufwärts des neuen Hafens vor Anker.

Da flammte es in der Batterie im Fort Kugelbaake auf. Die schweren 30,5 cm-Geschütze griffen in den Kampf ein, und heulend sandte die Batterie ihren ersten Gruß dem Feinde entgegen. Der nachhallende Donner des Schusses ließ alle Fensterscheiben in der Stadt erklirren. Nur in langen Pausen fielen die Schüsse von deutscher Seite. Eine Viertelstun- de später blitzte es auch zwischen den grünen Erdtraversen des Forts

Grimmerhörn auf. Das Gefecht wurde diesseits nur von den Küstenbatterien geführt, während das Geschwader, dessen stärkstes Kaliber von 24 cm den Feind nicht mehr erreichte, auf diese Schußweite gezwungen war, untätig dem Artilleriekampfe zuzusehen. Der Feind war dagegen im stande, vermittels seiner zahlreichen 30,5 cm (dem gleichen Kaliber wie in den deutschen Küstenbatterien) und da seine Linienschiffe eine größere Maschinenkraft besaßen, die Einhaltung dieser Feuerdistanz zu erzwingen. Ein Vordringen unserer Linienschiffe auf die Schußweite ihrer 24 cm-Geschütze hätte sie, wenn überhaupt die englischen Panzer dann nicht zurückwichen, gezwungen, zunächst eine Strecke zurückzulegen, auf der sie der feindlichen schweren Artillerie schutzlos preisgegeben waren, zumal die Engländer, im Besitze genauer Seekarten, bei jedem Vorstoß der deutschen Schiffe die immerhin schmale Fahrrinne mit dem stärksten Kaliber energisch unter Feuer nahmen. Daher gab der Geschwaderchef den Befehl zum vorläufigen Rückzuge und ging, wie erwähnt, etwas stromaufwärts, außerhalb des feindlichen Schußbereiches vor Anker.

Inzwischen tobte der Geschützkampf mit voller Wut weiter. Alle kleineren Kaliber schwiegen, da nur das Feuer der schwersten Geschütze auf solche Entfernungen wirksam war. Immerhin folgten sich die Schüsse nur in langen Pausen, da man beiderseits bestrebt war, in Rücksicht auf die beschränkte Leistungsfähigkeit der schweren 30,5 cm-Rohre, das Material zu schonen. Sobald die »Kaiserin Augusta« die »Alte Liebe« passiert hatte, ging ihre Dampfpinasse zu Wasser, und steuerte in den Hafen hinein. Ein Offizier stieg an Land und begab sich alsbald zu dem Kommandoführer der Küstenbatterien, um ihm seine genaueren Beobachtungen über die Stärke und Zusammensetzung der feindlichen Flotte mitzuteilen. Diese stimmten im großen und ganzen überein mit der letzten Meldung, die man von der Beobachtungsstation auf dem Neuwerker Leuchtturm erhalten hatte, bevor eine feindliche Granate dessen Laterne und den Signalapparat zerstörte. Nur waren von Neuwerk aus noch vier schwere Panzer gemeldet worden, mit merkwürdig hohen Aufbauten, also Schiffe, die nicht zu der charakteristischen niedrigen Form englischer Linienschiffe paßten. Demnach befand sich bereits eine französische Panzerdivision bei der englischen Flotte. Sie umfaßte, wie sich später herausstellte, die französischen Linienschiffe »Charlemagne«, »Gaulois«, »St. Louis« und »Bouvet«.

Während das Fort Kugelbaake weniger zu leiden hatte, fiel die erste auf Fort Grimmerhörn gerichtete feindliche Granate mitten in die Batterie, und mit mathematischer Genauigkeit gezielt, folgten mehr als ein Dutzend weiterer Geschosse. Reihenweise sanken die Kanoniere dahin, und zwischen den nur durch Erdtraversen, aber durch keine Panzerung geschützten Kanonen räumten die feindlichen Granatsplitter in grauenvoller Weise auf. Immer neue Mannschaften ersetzten die Gefallenen, die zu blutigen Fleischklumpen zerhackt, ein entsetzliches Ende gefunden hatten. Die Podeste hinter den Geschützen waren von Blut und Fleischfetzen schlüpfrig, auf ihnen handhabten die dem Verderben schutzlos preisgegebenen Artilleristen maschinenmäßig mit sehnigen Armen die Ladevorrichtungen und schoben ein Geschoß nach dem anderen in die heißen Rohre. Schuß um Schuß erschütterte die Luft und in dem Höllenspektakel des eigenen und des fremden Feuers konnte man sich nur pantomimisch verständigen.

Um 2 Uhr war die Hälfte der Geschütze in Grimmerhörn außer Gefecht gesetzt. Bei zwei Rohren waren die Liderungen durch hineinspritzenden Sand und Steinstücke undicht geworden. Ein anderes Geschütz war durch einen seitlichen Volltreffer auf die Lafette aus seiner Stellung geworfen worden, und hatte einige Artilleristen mit seiner schweren Masse unter sich zerquetscht. Das Innere der Batterie bot ein scheußliches Bild der Verwüstung. Blutige Fleischmassen in verbrannte und zerrissene Uniformfetzen gehüllt und rauchende Blutlachen da, wo eben noch lebende Menschen gestanden. Eine Sanitätsabteilung schleppte unter dem feindlichen Feuer von Granatsplittern umsaust, einige Schwerverwundete in die bombensicher eingedeckten Räume. Aber ohne Zaudern traten neue Ersatzmannschaften aus dem Innern des Forts auf die Ladepodeste, unablässig brüllten und donnerten die Geschütze zwischen den Erdtraversen hervor, die allmählich, von krepierenden Geschossen zerwühlt, ihre regelmäßigen Formen verloren und zu grauen Erdhaufen wurden.

Draußen auf der Reede schoben sich die dunklen Silhouetten der englischen Panzer immer enger zusammen. Der Feind feuerte nur aus den vorderen Türmen mit dem schwersten Kaliber und drängte langsam in einem Halbrund immer näher gegen die Elbmündung vor, den deutschen Verteidigern so seine bestgeschützte Stirnseite zukehrend. Aus den grauen Schiffskörpern, deren Signalmasten und hohen Schornsteine (teilweise paarweise nebeneinander gestellt, daran die »Majestic«-Klasse erkennen lassend) jetzt deutlich zu unterscheiden waren, zuckten und sprühten unaufhörlich die gelben Blitze, Tod und Verderben in die deutschen Küstenbatterien schleudernd. Mit dem Glase konnte man jetzt auch aufspritzende Wassersäulen erkennen, wenn deutsche Granaten zwischen den feindlichen Schiffen einschlugen. Aber nicht alle Projektile versanken so nutzlos in den Wogen der See. Man hatte auf dem Vorderdeck mehrerer englischer Schiffe deutlich die Explosion deutscher Geschosse feststellen können. An Bord eines der Schiffe der »Majestic«-Klasse sah man eine schwarze Rauchwolke aufsteigen, worauf der vordere Signalmast seitwärts über Bord stürzte. Ein anderes Schiff schor plötzlich nach Backbord aus, so den deutschen Kanonieren die ganze Steuerbordseite zeigend, worauf ein anderer Engländer herandampfte, um das inzwischen noch mehrmals in der Wasserlinie getroffene und schwer überliegende Linienschiff aus der Gefechtslinie zu schleppen.

Alles dies zeichnete sich für das bloße Auge nur silhouettenhaft am Horizonte ab. Vom Leuchtturm in Cuxhaven konnte man jedoch mit guten Ferngläsern die Treffer genauer beobachten. Es war von dort festzustellen, daß mehrere englische Schiffe drehten und nunmehr mit den hinteren Turmgeschützen das Gefecht weiterführten.

Sehr viel mehr als die Engländer litten die Franzosen, die mit ihren hohen, leicht verletzlichen und nur ganz schwach gepanzerten Aufbauten den deutschen Kanonieren bessere Zielpunkte boten als die niedrig gehaltenen englischen Panzer. Zwei der französischen Linienschiffe (eins von ihnen war anscheinend in Brand geraten), mußten schon, nachdem das Gefecht zwei Stunden gedauert hatte, aus dem Kampfe ausscheiden und dampften seewärts. Ein drittes französisches Schiff, der »Bouvet«, hatte das Feuer eingestellt. Es trieb schwerfällig schlingernd auf den Wogen hin und her.

Es hatte sich wie man später erfuhr folgendes ereignet: Eine deutsche Granate hatte, zwischen dem vorderen Geschützturm und dem etwas höher liegenden Kommandoturm durchschlagend, nicht nur viele Telegraphensignalleitungen durchschlagen, sondern war, schräg den vorderen Schornstein durchbohrend, zwischen beiden Schloten durch das Panzerdeck gefahren und hatte, im Maschinenraum krepierend, die ganze Backbordmaschine mit fast sämtlichen Kesseln zerstört. Da der englische Admiral kein Linienschiff aus der Feuerlinie herausnehmen wollte, um den »Bouvet« abzuschleppen, ließ man ihn einfach liegen, in der Hoffnung, das Rettungswerk beim Dunkelwerden ausführen zu können. Gegen 5 Uhr nachmittags war der »Bouvet«, von drei weiteren deutschen Granaten getroffen, vollständig manövrierunfähig. Zwar nahmen die schweren Turmgeschütze hin und wieder das Feuer wieder auf, doch wurde gegen 5 Uhr die Decke des vorderen Turmes von einer Granate durchschlagen, die, im Innern des Turmes explodierend, die Geschützbedienung einfach zu Brei zerquetschte. Da gleichzeitig eine Menge bereitliegender Kartuschen in die Luft flog, entstand eine Panik an Bord. Hierauf geriet der »Bouvet«, nur noch mit seiner Steuerbordmaschine arbeitend, durch Versagen des Rudermechanismus ins Treiben, lag etwa 10 Minuten quer zu der Richtung der deutschen Geschütze, wurde noch mehrmals getroffen und strandete dann auf einer Sandbank, nunmehr ein hilfloses Wrack.

Es mußte auffallen, daß der Feind, während er dem Fort Kugelbaake nur wenig anhaben konnte und dort kein Geschütz dauernd außer Gefecht setzte, bereits mit dem ersten Schuß in die Batterie von Grimmerhörn getroffen hatte. Das Rätsel löste sich leicht. An Bord der englischen Flotte befanden sich als Lotsen für die deutschen Gewässer und insbesondere für die Elbe- und Wesermündung englische Dampferkapitäne und Steuerleute, die auf ihren regelmäßigen Fahrten nach Hamburg und Bremen die Fahrrinne so genau kennen gelernt hatten, daß sie auch nach Entfernung der Seezeichen hinreichend Bescheid wußten, um die englische Flotte sicher zwischen den Sänden und Untiefen der Wattenküste zu geleiten. Diese englischen Kapitäne kannten selbstverständlich auch die Lage der deutschen Küstenbatterien und für ein einigermaßen geschultes Auge war es ohne weiteres klar, daß der Kanonier, der sein Geschütz auf Grimmerhörn richten wollte, nichts weiter zu tun brauchte, als den spitzen Turm der dicht dahinter liegenden Garnisonskirche als Richtpunkt zu nehmen. Bei dem überraschenden Ausbruch des Krieges hatte man diesen, der deutschen Marine natürlich gut bekannten Umstand übersehen und hatte es beim Herannahen der feindlichen Flotte versäumt, hier die nötigen Vorkehrungen zu treffen. Das wurde durch Sprengung des Turmes jetzt im feindlichen Feuer nachgeholt. Gegen 2 Uhr mittags war der Kirchturm plötzlich von einer Staubwolke umhüllt, worauf er und die Mauern der Kirche unter lautem Krachen in sich zusammen sanken. Dem Feind war dadurch ein bequemer Zielpunkt geraubt, womit sich dann auch die Zahl der Treffer in Fort Grimmerhörn sehr schnell verminderte. Leider hatte kurz vorher noch ein feindliches Geschoß die bombensichere Decke einer Munitionskammer durchschlagen, worauf dieses Magazin mit seinem Inhalt in die Luft flog. Die niederfallenden Geschoßtrümmer und der Steinschutt richteten unter den Häusern von Cuxhaven gewaltige Zerstörungen an.

Um 4 Uhr nachmittags brannte Cuxhaven an mehreren Stellen. Da die Stadt von den Einwohnern geräumt war, hatte das wenig zu bedeuten. Man beschränkte, um nicht nutzlos Menschenleben aufzuopfern, die Löscharbeiten auf das Notwendigste, und ließ brennen, was brennen wollte, in der richtigen Erkenntnis, daß durch die Feuersbrunst die Engländer vielleicht übertriebene Vorstellungen von der Wirkung des Bombardements erhalten würden. In derselben Erwägung ließ man ½6 Uhr abends in den Forts langsam ein Geschütz nach dem anderen bis auf zwei Rohre verstummen. Und es schien wirklich, daß der Feind glaube, daß er nicht nur die Batterien niedergekämpft habe, sondern auch die Küstenstadt mit ihren Hafenanlagen in einen Trümmerhaufen verwandelt habe, zumal die Lagerhäuser und das Depot der Hamburg-Amerika-Linie am Hafen lichterloh brannten.

Plötzlich kam Bewegung in die feindlichen Linien, Signale wurden gewechselt, aus allen Schloten quollen dicke Rauchwolken, nur der havarierte »Bouvet« blieb regungslos liegen. Die feindlichen Geschwader bewegten sich vorwärts, das Feuer aus den schweren Geschützen verringernd und es bald darauf ganz einstellend. Eine Pause entstand auch in dem diesseitigen Feuer.

Mit rauchgeschwärzten Gesichtern standen die deutschen Kanoniere an ihren Geschützen. Die letzte Ladung saß im Rohre und mit atemloser Spannung verfolgte man das Herannahen der feindlichen Flotte, des Kommandowortes harrend, das den Riesengeschützen von neuem den Mund öffnen sollte. Schon mit bloßem Auge konnte man am Bug der vorderen feindlichen Schiffe den sprudelnden Schaum erkennen, der durch die rasche Fahrt, mit der die stählernen Kolosse durch Tausende von Pferdekräften vorwärts getrieben wurden, aufgewirbelt wurde. Es war ein majestätischer und zugleich herzbeklemmender Anblick, diese Reihe feindlicher Panzer heranrauschen zu sehen.

Die plötzlich eintretende Stille wirkte so eigenartig; das Tosen des so schnell verstummten Geschützkampfes klang im Ohre noch so intensiv nach, daß jedes kleinste Geräusch sofort die Vorstellung von dem Wiederkehren des eben verhallten Donnergebrülls erweckte. Es war charakteristisch, daß, als man in der ungewohnten Stille nun das Knattern und Prasseln der Feuersbrunst in dem hinter den Batterien liegenden Städtchen hörte, sich viele Artilleristen umwandten, in dem bestimmten Gefühl, von rückwärts Maschinengeschützfeuer zu erhalten.

Über Cuxhaven lag eine qualmende Rauchwolke, von unten durch die aufleckenden Feuerzungen brandrot gefärbt, oben von den Strahlen der scheidenden Abendsonne mit gelben Lichtern umrandet. Leise schäumten und brandeten die Wogen am Strande empor. Noch war der Feind etwa eine Seemeile von der ersten Minensperre entfernt. Die nächsten Minuten mußten bereits die unterseeischen Minen mit den ersten englischen Schiffen in Berührung bringen, da tönte der bellende Schrei einer Dampfsirene vom englischen Admiralsschiffe und fast im selben Augenblick erhob sich, während die Panzerschiffe ihre Fahrt verlangsamten, mitten im Fahrwasser, einer Riesenfontäne gleich, ein weißer, schäumender Wasserberg, und neben ihm noch einer und noch einer, und zwischen diesen aufschießenden Strudeln erschienen an der Oberfläche zwei schwarze Körper, wie treibende Wrackstücke hin und her geworfen zwischen den wütend aufgepeitschten Wogen. Und immer neue Fontänen und weiße Gischtsäulen stiegen empor. Die Zeugen dieses wunderbar schrecklichen Schauspieles auf dem Wasser vermochten sich die Vorgänge in den ersten Sekunden nicht zu erklären. Dann aber, als eine gewaltige Woge an den Strand prallte, bis auf den steinernen Uferdamm Schaummassen spritzend und dann wieder in unwiderstehlichem Sog zurücksinkend, und eine neue schaumgepeitschte Welle einen jener schwarzen Gegenstände hoch hinauf auf den flachen Strand schleuderte, wo er wie ein umgekipptes Boot liegen blieb, da ward es klar, daß die Engländer mit ihren *Unterseebooten*, die sie der Flotte vorangeschickt hatten, Kontreminen ausgelegt hatten und diese in der Nähe der deutschen Minen zur Explosion gebracht und so die äußere Minensperre vernichtet hatten. Die Mannschaft der vier englischen Unterseeboote war hierbei dem sicheren Untergang geweiht. Keiner von der Besatzung entkam und was dort unter der Wasserfläche vorgegangen, blieb ein stummes Geheimnis.

In demselben Moment, als der erste Wasserberg aufschäumte, verwandelten sich die bleigrauen, schweigenden Panzerschiffe wieder in feuerspeiende Vulkane. Aus allen Geschützöffnungen lohten die gelben Flammen. Aus allen Winkeln und Ecken, aus allen Stockwerken der Decksaufbauten, aus allen Turmöffnungen und Geschützpforten sprühte und zuckte der Tod. Wie Schloßenhagel fuhren die Geschosse aus allen feindlichen Kalibern heran, warfen ganze Lagen von Sand und aufgewirbelten Steinen über die Batterien, überall zersprangen feindliche Granaten und die dichten Salven aus den Schnellfeuergeschützen zerfetzten die

Geschützbedienungen. Lautlos oder gräßliche Schreie ausstoßend, sanken die deutschen Artilleristen dahin, durch keine Panzerwand gegen das feindliche Feuer geschützt. Das Donnern und Gebrüll aller Geschütze vereinigte sich zu einem Höllensabbat, als öffne sich die Erde und als schössen aus ihr die lodernden Gluten hervor. Hier vor der brennenden Stadt die feuerspeienden Sandhaufen der deutschen Forts, drüben die flammenumzuckten, stählernen Berge auf der wogenden Meeresflut.

Jetzt wo der Feind so nahe, jetzt war der Moment gekommen, wo die deutschen *Mörserbatterien*mit ihrem Steilfeuer eingreifen konnten. Gedeckt durch die dicken Stahlwände der Panzerungen, begannen sie ihr Feuer. Wohin man blickte, nichts als flammende Blitze, tanzende, zuckende, sprühende Flammen.

Und drüben schlug's jetzt ein. Noch waren die feindlichen Staffeln wohlgeordnet, aber jetzt gerieten sie in Verwirrung. Auf dem Linienschiffe »Ocean« schoß plötzlich eine weiße Dampfwolke zwischen den Schloten empor, den einen von ihnen über Bord werfend. Eine Mörsergranate hatte das Panzerdeck durchschlagen und hatte, im Maschinenraum berstend, verschiedene Kessel zur Explosion gebracht. Auf dem Panzer »Glory« explodierte ein Geschoß im hinteren Turm, die zwei langen Geschützrohre nach vorwärts über das Deck werfend. Der Panzer verlangsamte seine Fahrt, bog nach Steuerbord aus, stieß mit dem ihm seitwärts folgenden »Albion« zusammen und beide Schiffe wurden jetzt das Zielobjekt für die Küstenbatterien. Auf dem Admiralsschiffe stürzte der hintere Gefechtsmast zerschmettert über Bord, mit seinen Drahtseilen anscheinend die eine Schraube unklar machend, denn das Schiff stoppte und beschrieb plötzlich einen Kreis. Es herrschte durch diese plötzliche Wirkung des deutschen Steilfeuers, dem die englischen Panzerdecks nicht gewachsen waren, Verwirrung in den Reihen des Feindes. In dem verhältnismäßig schmalen Fahrwasser ließ sich die ursprüngliche Formation nicht mehr innehalten, mehrere Schiffe berührten sich gegenseitig. Das Linienschiff »Ocean« war leck geschossen und durch eine Maschinenhavarie gefechtsunfähig. Dicke Wasserstrahlen der Lenzpumpen quollen nach der dem Leck abgekehrten Seite aus dem Schiffsrumpfe hervor. Dann wurde der Panzer von einem Kameraden zurückgeschleppt, wo er jedoch unweit der Stelle, wo der »Bouvet« gestrandet war, ebenfalls auf den Sand geriet.

Das war der Augenblick für die deutschen Linienschiffe, in den Kampf einzugreifen. Vorsichtig die zweite Minensperre in Kiellinie passierend, ging es jetzt mit Volldampf auf den Feind los. Aber schneller, als man erwartet, hatte sich dieser wieder rangiert, Kehrt gemacht und ging unter voller Maschinenkraft wieder seewärts. Als die deutschen Panzer das Feuer der Küstenbatterien maskierten, brach dieses plötzlich ab, die Verfolgung des mit seinem Angriff abgeschlagenen Feindes dem Geschwader überlassend.

Das Gefecht auf der Reede, welches von unserer Seite gegen den mehrfach überlegenen Feind nicht weiter fortgeführt werden konnte, entzog sich in dem Abenddunkel der Beobachtung vom Lande. Vermöge seiner größeren Schnelligkeit vermochte sich der Feind mit seinen stärkeren Kalibern die sechs deutschen Linienschiffe sehr bald vom Leibe zu halten. Um 8 Uhr kehrte das deutsche Geschwader wieder in die Elbmündung zurück, die Sicherung gegen feindliche Angriffe einer Postenkette von schnellen Kreuzern überlassend, deren Zahl durch die am Nachmittag von Brunsbüttel eingetroffenen Schiffe »Lübeck«, »Berlin«, »München« wesentlich vermehrt worden war.

Die deutschen Panzerschiffe waren vom Kampfe hart mitgenommen. Namentlich die hohen Decksaufbauten waren arg zusammengeschossen und durch die Splitterwirkung waren die Mannschaftsverluste recht hoch. Doch sahen die Beschädigungen für das Laienauge schlimmer aus, als sie in Wirklichkeit waren. Vitale Teile waren kaum verletzt und alle deutschen Panzer waren gefechtsfähig geblieben. Der 21. März hatte jedoch das bestätigt, was in den letzten Jahren von verschiedenen Marineschriftstellern immer wieder hervorgehoben worden war, daß nämlich die überlegene, niedrigere Bauart der englischen Panzerschiffe praktischer für den Kampf sei, als die der deutschen mit ihren hohen, zwar martialisch aussehenden, dem Feinde aber ein gutes Zielobjekt liefernden Aufbauten über Deck. Und nun erst die Franzosen, die Geschützstände und Brückendecks etagenweise übereinander stapeln bis zur Grenze der Seefähigkeit dieser wuchtigen, hoch aufragenden schwimmenden Festen! Während die niedrigen englischen Linienschiffe schwer zu treffende Ziele waren, hatten die Franzosen ihre Liebhaberei für groteske Schiffsformen mit großen Mannschaftsverlusten und furchtbaren Zerfetzungen des Schiffskörpers über Wasser zu büßen. Das deutsche Geschwader nahm wieder seinen Ankerplatz innerhalb der zweiten Minensperre ein. Zwei weitere Torpedo-Divisionen rückten noch spät am Abend in die äußere Vorpostenlinie vor. Der Standpunkt der feindlichen Flotte, die sich anscheinend mit ihrem Gros auf Helgoland zurückgezogen hatte, war um 9 Uhr abends noch in dieser Richtung an den zwischen den Schiffen gewechselten Scheinwerfersignalen erkennbar. Während der Nacht liefen durch Funksprüche Meldungen ein, denen zufolge die feindliche Flotte sich durch eine mehrfache Postenkette von Kreuzern und Hochseebooten gegen einen Torpedoangriff von deutscher Seite geschützt hatte.

Nach dem Rückzuge des Feindes begannen beim Scheine elektrischer Bogenlampen Pionierabteilungen die Verwüstungen in den Küstenforts mit möglichster Beschleunigung auszubessern, damit am nächsten Tage der Feind auch hier wieder alles gefechtsbereit fände. Abends trafen noch mit der Küstenbahn zwei Züge der Hamburger Feuerwehr in Cuxhaven ein, die mit ihren Dampfspritzen und von Spritzendampfern unterstützt das Löschen des Feuers in der Stadt energisch in Angriff nahmen, aber noch bis in die frühe Morgenstunde lag eine brandrote Wolke über der unglücklichen Stadt, ein Feuermal über dem Grabe von Hunderten deutscher Männer. Der erste Vorstoß des Gegners war, allerdings unter schweren Opfern, abgeschlagen worden. Während der ganzen Nacht wurden durch Sanitätstransporte die Schwerverwundeten aus den Küstenforts nach dem Bahnhofe überführt, um von dort nach den Hamburger Lazaretten evakuiert zu werden.

Die Blockade

Nach dem Bombardement von Cuxhaven trat eine gewisse Stockung in den feindlichen Operationen ein. Die Verluste, die das vereinigte Angriffsgeschwader erlitten hatte, mahnten es zur Vorsicht. Die zerschossenen und havarierten Schiffe schickte man in die heimatlichen Häfen und füllte die Lücken mit inzwischen neu mobilisierten Schiffen aus.

Auch die Ausrüstung der deutschen Schiffe wurde mit allem Eifer vollendet. Am 2. April war die Mobilisierung auf jedem in Frage kommenden Schiffe abgeschlossen, nur das Mitte März vor Kiel aufgelaufene Linienschiff »Schwaben« lag auf der dortigen Werft, um die erhaltene schwere Bodenbeschädigung zu reparieren. Außerdem lagen die Küstenpanzer »Siegfried« und »Hagen«, die vor der Kanalmündung zusammengerannt waren, im Dock. Die veralteten Schiffe der »Sachsen«-Klasse blieben in Wilhelmshaven vorläufig in Reserve.

Mit fieberhafter Eile wurden in Cuxhaven die zerschossenen Batterien wieder hergestellt, einzelne demolierte Geschütze ausgewechselt und außerdem wurden mit den bei Krupp und Erhardt vorhandenen Beständen an schwerer Artillerie neue Batterien errichtet. Der Panzer »Wittelsbach« wurde, um eine rasche Reparatur seiner Beschädigung zu ermöglichen, in die eine Schleusenkammer von Brunsbüttel gelegt, dort flickte man in drei Tagen seine Schußlöcher wieder aus. Die schwer beschädigte »Gazelle« wurde in das Dock von Blohm & Voß gelegt, das nach Brunsbüttel geschleppt worden war und dort auch später nach der Schlacht bei Helgoland gute Dienste tat. Ebenso wurden sämtliche anderen Hamburger Schwimmdocks an die Elbmündung befördert, wo sie havarierte Torpedoboote und kleine Kreuzer immer sofort aufnahmen, wenn diese mit Beschädigungen aus der Blockadelinie zurückkehrten. Die zerstörte Minensperre wurde wieder hergestellt und durch eine neue Linie ergänzt, in der man zum ersten Male eine aus Stahltrossen gefertigte netzartige Sperre als Schutz gegen die Unterseeboote anwandte.

Als ein guter Erfolg konnte es angesehen werden, daß es am 28. März gelang, auf der Insel Neuwerk eine Ballonstation zu errichten, die in Verbindung mit dem Fesselballon, der ständig über dem Fort Kugelbaake schwebte, nicht nur zur Beobachtung der Blockadeflotte diente, sondern auch bei Tage wenigstens einen gewissen Schutz gegen Angriffe durch Unterseeboote darstellte, die sich namentlich zahlreich bei dem französischen Geschwader befanden. Bekanntlich sind flache Küstengewässer aus einer gewissen Höhe für den von dort aus Beobachtenden durchsichtig, und die dunklen Körper der Unterseeboote zeichnen sich auf dem hellen Meeresgrunde scharf ab. Es gelang mehrere Male, von dem Beobachtungsposten im Ballon das Geschwader in der Elbmündung rechtzeitig vor herannahenden Unterseebooten zu warnen. In Verbindung mit diesem Nachrichtendienst erwiesen sich mehrfach die Beobachtungsminen, die auf ein Signal der Ballonstation entzündet wurden und durch ihre Explosion feindliche Unterseeboote zerstörten, als ein ziemlich wirksamer Schutz. Nebenher wurde ein scharfer Postendienst unterhalten; auch von Kiel aus sicherte man durch vorgeschobene Kreuzer und die inzwischen als Hilfskreuzer eingestellten Schnelldampfer unserer großen Reedereien die dänischen Gewässer gegen eine feindliche Annäherung.

Die in der Ostsee erreichbaren englischen Schiffe waren von deutschen Kreuzern gekapert worden. Die meisten englischen Kauffahrer hatten jedoch rechtzeitig in neutralen Häfen einen Unterschlupf gefunden. Besonders in Kopenhagen lagen Dutzende von englischen Dampfern in langen Reihen an den Kais. Leider konnte man nicht verhindern, daß ihre Besatzung auf Umwegen in die Heimat zurückkehrte, wo sie an Bord der englischen Flotte eingestellt wurde.

Auf Vorposten

Für den Feind begann jetzt, weil man vor der Komplettierung der eigenen Streitkräfte keinen neuen Schlag versuchen wollte, der ungeheuer anstrengende Blockadedienst. Da man mit den ziemlich intakten deutschen Streitkräften Tag und Nacht rechnen mußte, wirkte dieser Dienst auf die feindlichen Seeleute sehr ermüdend. Wollte man durch Scheinwerfer nicht seinen eigenen Aufenthalt verraten, war man an Bord der Engländer und Franzosen nachts allein auf Auge und Ohr angewiesen. Dazu wurden die Schiffe durch die rauhe See und durch heftige Stürme fürchterlich hin und her geworfen. Durch kühne Vorstöße deutscher Torpedoboote verlor die Blockadeflotte eine Reihe von kleineren Schiffen, auch ein französisches Panzerschiff wurde durch eine Torpedoexplosion schwer leck. Unter Deck benutzte man empfindliche Telephonapparate, da man bei ruhiger See auf diese Weise das Geräusch der feindlichen Torpedoschrauben im Wasser auf weite Strecken hören kann. Solcher Vorpostendienst erschöpfte die Besatzung derart, daß man, um die Mannschaften frisch zu erhalten, die Kreuzer höchstens eine Woche in der Postenlinie ließ und sie dann ablöste und zurückzog. Die dienstfreien Schiffe lagen seewärts der Blockadelinie, halbwegs zwischen der dänischen Küste und der Doggerbank.

Der Panzerkreuzer »Friedrich Karl«, der durch den Kanal nach Kiel zurückgekehrt war, befand sich nördlich von Skagen in der äußersten Postenlinie, die gegen ein Herannahen des Feindes durch die skandinavischen Gewässer sicherte. Alle Lichter waren sorgfältig abgeblendet, die See ging hoch und spritzte weiße Schaumflocken an den Bordwänden empor. Oben auf dem Kommandostand erhielt der wachthabende Offizier die Meldung aus dem ersten Signalmast, es scheine so, als ob sich wenige Striche über Backbord mehrere Schiffe bewegten. Ein leises Signal in die Maschine ließ diese mit voller Kraft angehen. Die Posten an den Scheinwerfern erhielten ein Achtungssignal, der Kreuzer wühlte sich mit 21 Knoten durch die schwarze See. Plötzlich eine Wand weißen, blendenden Lichtes, das in den Augen schmerzte; vorn über Backbord flammte dicht über den Wellen der Lichtstrom eines Scheinwerfers auf, der mit seinem breiten Kegel plötzlich die schäumenden Wogen vor dem Bug des »Friedrich Karl« in voller Deutlichkeit zeigte. Einen Moment, und das Vorschiff des Kreuzers sank in diese Lichtflut ein, durch die die aufgespritzten Schaumtropfen wie Schneeflocken herniederrieselten. Wie ein Phantom erschien der graue Schiffsrumpf von blendenden Reflexen umspielt. Wie an Bord eines Geisterschiffes tauchten die hinter ihren Geschützen wie eherne Statuen stehenden Artilleristen gleichsam aus dem Nichts empor, dann wuchs der ragende Signalmast mit seinem zierlichen Gerippe von Stahldrähten aus der Dunkelheit heraus.

Drüben zuckten jetzt in der Nacht ein paar gelbe Feuerzungen auf und heulend sausten mehrere Granaten durch das Takelwerk des »Friedrich Karl«, aber schon war sein Vorderschiff wieder von der Dunkelheit verschluckt, und der letzte Schein des weißglühenden Lichtes fegte nur noch über das Achterdeck, den sprudelnden Wasserwirbel am Heck und den über die Wellen nachgezogenen Schaumstreifen im silbernen Schimmer aufleuchten lassend. Die wieder einfallende Dunkelheit betäubte das geblendete Auge, und nur die roten Flammen aus den feindlichen Geschützrohren und das Sausen und das klatschende Einschlagen der ziellos verfeuerten Granaten auf der Wasserfläche gemahnte daran, daß das soeben Geschaute nicht nur eine Vision gewesen.

Da, ein tausendfacher, gellender Schrei, das Vorschiff des »Friedrich Karl« hob sich von einem gewaltigen Stoß. Der Scheinwerfer oben auf dem ersten Signalmast blitzte auf und sandte seine weiße Lichtflut aus der Höhe nach vorn, wo ein Krachen und Bersten von zerrissenem Metall und stürzende schwere Gewichte einen Höllenspektakel machten. Ein grauenhaftes Schauspiel bot sich dem entsetzten Blick: Der scharfe Sporn des »Friedrich Karl« hatte sich in die Breitseite eines großen Ozeandampfers eingewühlt. Der Wind trieb aus dessen drei mächtigen Schloten die braunen Rauchschwaden seewärts, wo sie wie ein flatternder Schleier über den Wogen hinkrochen. Auf dem fremden Schiffe, an dessen Bug der Name »Lucania« deutlich zu lesen war, liefen schreiend und kommandierend ein paar Leute hin und her.

In diesem kritischen Moment platzten auf dem »Friedrich Karl« zwei feindliche Granaten dicht neben dem vorderen Turm, der sofort automatisch drehte und mit seinem 21 cm-Geschütz in die Dunkelheit hineinschoß. Auch die Backbordartillerie nahm das Feuer langsam auf. Jetzt blitzte der englische Scheinwerfer von neuem auf und die dunkle Meeresfläche erschien plötzlich belebt von einer langen Reihe feindlicher Schiffe: Die auf Kiel herandampfende englische Flotte.

Durch die gewaltige Maschinenkraft des deutschen Kreuzers war sein mächtiger Rumpf weit in das feindliche Transportschiff hineingetrieben. Ein paar Sekunden nach dem Zusammenprall ließ der »Friedrich Karl« die Schrauben rückwärts schlagen und ging langsam Zoll um Zoll rückwärts. Als sich sein grauer Stahlleib zurückschob, klaffte über ihm ein riesenhaftes Loch mit verbogenen und zerrissenen Rändern an der Bordseite der »Lucania«, aus dessen schwarzen Tiefen weißer Wasserdampf hervorquoll, und in das die See rauschend und polternd hineinstürzte. Kaum war der »Friedrich Karl« wieder frei, so legte sich die »Lucania« nach Steuerbord über, dem deutschen Schiffe sein schräges, von Hunderten von schreienden Menschen belebtes Deck weisend.

Einige der englischen Soldaten waren im naiven Selbsterhaltungstrieb auf den »Friedrich Karl« hinübergesprungen, andere suchten die Boote klar zu machen, was aber nicht mehr an der Steuerbordseite gelang, wo die Reeling mit dem Bootsdeck bereits ins Wasser tauchte. Durch mehrere Scheinwerfer war die schwarze Wasserfläche hell beleuchtet. In der ersten Überraschung konzentrierten alle englischen Schiffe ihre Aufmerksamkeit auf die unglückliche »Lucania«. Von den an Bord befindlichen 1500 Mann Infanterie wurde jedoch kaum der dritte Teil gerettet. Fast tausend Mann nahm das Unglücksschiff, als es nach wenigen Minuten infolge einer Kesselexplosion, die den Schiffsrumpf in zwei Teile zerriß, sank, mit in die Tiefe. Noch ehe man sich über die Größe des Unglücks klar geworden, war der »Friedrich Karl« wieder von der Dunkelheit verschlungen.

Die geplante Überraschung des Kieler Hafens war also mißglückt. Bereits um 5 Uhr morgens wurde dort das Herannahen der englischen Flotte bekannt; sie erschien am Tage darauf, durch den großen Belt dampfend, weit draußen vor der Kieler Föhrde, worauf die beobachtenden deutschen Kreuzer sich zurückzogen und sich auf einen intensiven Postendienst beschränkten. Da die englische Flotte den in Kiel stationierten Streitkräften weit überlegen war, konnte man zunächst einen Angriff von deutscher Seite mit Aussicht auf Erfolg nicht versuchen und begnügte sich damit, dem Feinde seinen Blockadedienst durch stetige nächtliche Vorstöße zu erschweren. Nach den Erfahrungen des Bombardements von Cuxhaven, welches die schwere Artillerie an Bord der angreifenden englischen Flotte außerordentlich strapaziert hatte, war man offenbar auf feindlicher Seite entschlossen, die Lebensdauer der schweren Geschützrohre nicht durch zweckloses Schießen unnötigerweise zu verkürzen.

Die Vernichtung der »Lucania« wurde in der Presse bekanntlich lebhaft erörtert, da man sich wunderte, wie ein solcher Zusammenstoß *unvermutet* erfolgen konnte, da doch der feindliche Scheinwerfer dem »Friedrich Karl« jenes Transportschiff gezeigt haben müßte. Dabei wurde vergessen, daß der Lichtkegel eines Scheinwerfers undurchsichtig ist. Der Lichtkegel des englischen Scheinwerfers hatte sich gewissermaßen wie eine trennende Wand zwischen den »Friedrich Karl« und die »Lucania« gelegt, so daß der »Friedrich Karl«, nachdem er die Lichtzone durchfahren, tatsächlich unerwartet mit der »Lucania« zusammenstieß.

Am Feinde

Der am 21. März mittags in Aachen eintreffende deutsche Gesandte aus Brüssel brachte die Bestätigung, daß die Franzosen die belgische Grenze überschritten hatten. Man hatte sich bis dahin auf deutscher Seite darauf beschränkt, den Tunneleingang der Aachen-Lütticher Linie militärisch zu besetzen, um so eine Unterbrechung dieser wichtigen Strecke zu verhindern. Jetzt, da die politische Lage klar, erging der Befehl, in Belgien einzurücken. Die beiden Kavallerieregimenter mit einer Maschinengewehrabteilung und die beiden Bataillone, die am Tage vorher schon unweit des Aachener Bahnhofes Alarmquartiere bezogen hatten, um sofort die bereitgehaltenen Züge besteigen zu können, verließen, von den lauten Hurrarufen der Volksmenge begleitet, nachmittags um 4 Uhr den Bahnhof der alten Kaiserstadt. Der erste Zug, auf dessen erstem Lowry, der sich noch vor der Lokomotive befand, aus Schienen und Eisenbahnschwellen für zwei Maschinengewehre kugelsichere Deckungen hergerichtet waren, erhielt gegen 6 Uhr abends dreiviertel Wegs nach Lüttich aus einem Walde heftiges Gewehrfeuer. Die Maschinengewehre brachten es schnell zum Schweigen, die Truppen verließen die Wagen und bezogen zu beiden Seiten der Bahn eine ausgedehnte Vorpostenstellung. Es galt zunächst festzustellen, ob, wie die Gerüchte wissen wollten, bereits französische Truppen soweit gegen die deutsche Grenze vorgeschoben seien. Einfach heute schon nach Lüttich hineinzufahren, verbot die Schwäche dieser Vortruppen.

Kurz vor der Stelle, wo die Bahn den zu beiden Seiten sich hinziehenden Wald verläßt, um dann auf einer kleinen Brücke einen Bach zu passieren, worauf sie jenseits bald wieder im dichten Walde verschwindet, hielt am anderen Morgen eine Patrouille des rheinischen Husarenregimentes.

»Meyer«, sagte der Gefreite Busch, »wir wollen einmal bis an die Waldzunge vorgehen, mir ist so, als hörte ich ein leises Geräusch in den Schienen; möglich, daß ein Zug herankommt. Von dort werden wir ihn jedenfalls besser beobachten können.«

Vorsichtig die beiden Pferde am Zügel führend, folgte Meyer durch das Unterholz dem Gefreiten. Nach etwa zehn Minuten standen sie am Rande des Waldes und überblickten jetzt den Bahnkörper, die kleine Brücke und den in der Morgensonne weißlich glänzenden zweifachen Schienenstrang, der sich weiterhin zwischen den schwarzen Stämmen des Waldes wieder verlor. Vom Feinde war nichts zu sehen; tiefe Ruhe herrschte unter den hie und da schon einen hellgrünen Schimmer zeigenden Baumwipfeln, in denen die Vögel ihr lustiges Morgenliedchen pfiffen. Da wo sich der gegenüberliegende Wald zum Bahndamm herniedersenkte, stand auf den Schienen eine Lokomotive, ganz ruhig, wie hingezaubert in diese friedliche Stille.

Flüsternd machten sich die beiden Husaren auf diese überraschende Erscheinung aufmerksam. Wie vergessen stand die Maschine da, kein Dampfwölkchen verriet, ob Bewegung in ihr wohnte. Kein Mensch war hinter den ovalen Fenstern des Führerstandes zu erblicken, ringsum zwitscherten die Vögel und rauschten leise im Morgenwinde die Zweige der Bäume.

»Meyer, wir müssen weiter vor, folgen Sie mir, wir wollen hier links durch den Wald über den Bach hinübergehen und dieses belgische Verkehrsinstrument einmal untersuchen.« Langsam sich hinter den Baumstämmen deckend, ritten die beiden Husaren nach vorne. Jetzt mußten sie den schützenden Wald verlassen und stiegen den sanften, nur von wenigen Bäumen bestandenen Abhang hinunter.

»Klapp«, sagte es plötzlich über ihnen und noch einmal »klapp«, und ein paar Äste fielen vor ihnen herunter. Gleichzeitig weckten zwei Schüsse ein in den Waldschluchten lang hinrollendes Echo.

»Also doch«, sagte Busch, »ich dachte es mir, dann also zurück.« Da ertönten mehrere lange und kurze Pfiffe der Lokomotive, ein weißer Dampfstrahl stieg über ihrem blanken Kesseldom auf und langsam, wie von unsichtbarer Gewalt geschoben, bewegte sich die Maschine rückwärts. »Sie geben ein Signal für ihre Posten«, sagte Busch, »hören Sie: lang, kurz, lang, kurz, kurz, lang; ganz nach dem Morsesystem. Nun Vorsicht.« Die Lokomotive, die lautlos auf den Schienen zurückgeglitten, machte wieder Halt. »Ich bleibe hier«, sagte Busch, »Meyer, reiten Sie zurück und melden Sie dem nächsten Posten, was wir gesehen.«

»Zu Be...«, mehr hörte Busch nicht, er spürte neben sich einen klatschenden Schlag und fühlte eine widerlich warme Masse sich auf die Wange spritzen. Meyer stürzte seitwärts vom Pferde und blieb liegen. Eine feindliche Kugel hatte ihn mitten in die Stirn getroffen. »Der erste«, sagte Busch, zog Meyers Säbel heraus und stieß ihn neben der Leiche in den weichen Waldboden.

Und nun ging's vorwärts auf Lüttich zu, langsam kroch die eherne Schlange auf den Schienensträngen vorwärts, während zu beiden Seiten des Bahnkörpers die Kavallerie sicherte. Als die ersten deutschen Truppen in die Vorstadt von Lüttich am Mittage des 22. März eindrangen, verließ der letzte Zug mit einem französischen Infanteriebataillon den Bahnhof auf der anderen Seite, und die französischen Chasseurs räumten vor der einrückenden deutschen Kavallerie die Vorstadt Lüttichs. Die belgischen Truppen gingen teils in südwestlicher Richtung auf die französische Grenze mit ihren französischen Kameraden zurück, teils wichen sie kampflos in der Richtung auf Antwerpen, wo bereits englische Truppen einen Rückhalt für sie bildeten. Vor Brüssel beabsichtigte man keinen weiteren Widerstand zu leisten. Da die Engländer zunächst auch im Verein mit den Belgiern bei weitem nicht stark genug waren, um die Forts von Antwerpen zu besetzen *und* gleichzeitig ungefähr bei Löwen, wie ursprünglich beabsichtigt, dem deutschen Vormarsch einen Riegel vorzuschieben, war von dieser Seite, von wo aus man eventuell den deutschen Vormarsch hätte flankieren können, einstweilen nichts Ernstliches zu befürchten.

Der schnelle Vorstoß der deutschen ersten Armee richtete sich auf die französische Grenze, die geringen belgischen Truppen und die hastig nach Belgien hinübergeworfenen französischen Truppen vor sich aufrollend und zusammentreibend. Bis nach Namur war die Bahnlinie seltsamerweise völlig unversehrt. In Namur traf man auf die ersten gesprengten Brücken und zerstörten Schienenstränge. Da die Hauptlinie Lüttich–Namur–Charleroi schnell von den Deutschen besetzt wurde, fiel das gesamte rollende Material auch auf den Zweiglinien der belgischen Bahn in deutsche Hände. Das war das erste Versäumnis des Feindes. Die teilweise aufgerissenen Schienen und die ziemlich ungeschickt gesprengten Brücken wurden in wenigen Tagen wieder repariert, so daß der Verkehr bis Charleroi sofort funktionierte, ein erfreulicher Erfolg. Für die Niederhaltung der unruhigen belgischen Arbeiterbevölkerung, die von fanatischen Pfaffen zwar aufgereizt wurde, sich aber passiv verhielt, sorgten in allen Städten verstreute starke Truppenabteilungen, denen teilweise auch noch recht bedeutendes Kriegsmaterial in die Hände fiel.

Der sozialistische Aufstand in Charleroi

Als sich der erste deutsche Truppentransport Charleroi näherte, brannte der dortige Bahnhof lichterloh. Die seitwärts der Bahn gegen die Stadt vorrückenden deutschen Truppen stießen zwischen den ersten Häusern bereits auf Widerstand. Fast sämtliche Straßen waren durch Barrikaden gesperrt, die sich innerhalb der Stadt zu einem Kreise zusammenfügten, der auch den Bahnhof mit einschloß. Ein von dem Bürgermeister der Stadt den Deutschen entgegengesandter Parlamentär klärte über die Sachlage auf. Die sozialistischen Arbeiterführer hatten, empört über das Verhalten des Königshauses, welches beim Einrücken der fremden Heere sein Heil in der Flucht gesucht hatte und das unglückliche Land in der furchtbaren Lage zurückließ, den Kampfplatz zwischen den beiden Gegnern abgeben zu müssen, den städtischen Magistrat abgesetzt und hatten dafür die rote Republik erklärt. Mit den Bergarbeitern des Bezirkes von Charleroi, die von allen Seiten in die Stadt hineinströmten, verfügten die Sozialisten über nicht unbeträchtliche Streitkräfte, die zudem alle militärisch geschult und gut bewaffnet waren. Man hatte in der Stadt die öffentlichen Gebäude angezündet, wüste Plünderungsszenen hatten bereits in den Bürgerhäusern stattgefunden und Mord und Brand und unerhörte Grausamkeiten bezeichneten den Anfang des roten Schreckens.

Die deutsche Armeeleitung führte die Truppentransporte um die Stadt herum und stellte hinter ihr die zerstörten Bahnlinien ziemlich schnell wieder her, so daß man nach vier Tagen an der französischen Grenze stand. Hinter der deutschen Front fiel drei Regimentern mit starker Artillerie die Aufgabe zu, den Widerstand der zum Äußersten entschlossenen sozialistischen Terroristen zu brechen. Die deutschen Truppen, die zunächst Charleroi zernierten, hatten sich das erste Zusammentreffen mit dem Feinde etwas anders vorgestellt. Anstatt in offener Feldschlacht dem Gegner entgegentreten zu können, hatte man sich hier zwischen brennenden Straßen mit allem möglichen Gesindel und einer zum blinden Fanatismus aufgehetzten Zivilbevölkerung herumzuschlagen. Langsam nur gelang es, eine Barrikade nach der anderen einzunehmen, sie waren aus den Trümmern zerstörter Häuser errichtet und gegen diese meterdicken Steinwälle erwies sich die Artillerie ziemlich wirkungslos, und für die Hunderte, die unter dem deutschen Schrapnellfeuer verendeten, traten immer neue Kämpfer in die Lücken. Die Hauptsache war, daß man den Bahnhof bald in die Hände bekam, damit die doch recht unzulängliche provisorische Bahn um die Stadt herum wieder ausgeschaltet werden konnte. Aber gerade über die Schienenstränge vor dem Bahnhof zogen sich die stärksten Barrikaden hin. Sie waren teilweise aus den meterhohen Papierrollen hergestellt, wie sie von Zeitungsrotationspressen verwendet werden, und dieses zähe, elastische Material war durch Granatfeuer kaum zu zerstören. Selbst gegen Haubitzgranaten erwiesen sich diese Papierrollen als eine außerordentlich widerstandsfähige Deckung, so daß man im weiteren Verlauf des Krieges auch auf deutscher Seite solche Zeitungspapierrollen beim Bau von Schanzen und Blindagen sehr gern verwendete.

Erst nach mehreren Tagen, nachdem eine Pionierabteilung regelrechte Minengänge an die Barrikaden herangeführt hatte, wurden diese Stellungen erobert. Aber auch dann noch erforderte die Einnahme der Stadt ungeheure Opfer, da die Bergleute in allen Straßen mit den ihnen in die Hände gefallenen Dynamit- und Pulvervorräten Flatterminen gelegt hatten, die, unter den vorstürmenden deutschen Truppen explodierend, ganze Abteilungen zerrissen. Als dann der Bahnhof in deutschen Händen war, wurde das Ende dieser Schreckensherrschaft dadurch beschleunigt, daß unter den sozialistischen Anführern selber Streitigkeiten ausbrachen. Am letzten Tage des Kampfes kehrten sich die Waffen der Empörer gegen einander, als die deutschen Regimenter bereits die Verteidigung der völlig in Trümmer liegenden und an allen Orten brennenden Stadt auf einen nur noch kleinen Kreis von Barrikaden beschränkt hatten. Die Blutorgie von Charleroi erlosch, als sich die Wut des Pöbels in seinem eigenen Blute kühlte.

Diese Ereignisse blieben nicht ohne Eindruck auf die sozialistische Partei in Deutschland, hatte man doch hier gesehen, welche Opfer auf die Schlachtbank geführt werden, wenn man der Bestie den Käfig öffnet.

Die ersten Gefechte an der französischen Grenze hatten mit der Zurückwerfung der drei französischen Armeen geendet. Die von Calais her erhofften englischen Hilfstruppen waren noch immer ausgeblieben, und mit der Besetzung von Calais durch deutsche Truppen war Antwerpen nach Süden isoliert und von dort den Engländern der Weg in den Norden Frankreichs abgeschnitten. Die englischen Transportdampfer führten Tag um Tag neue Truppen nach Antwerpen, aber dieser Strom wurde sehr bald dünner, nachdem die mobilen Truppen aus den englischen Häfen evakuiert waren und bis zur Mobilisierung der Miliz eine große Pause eintrat. Infolgedessen entschloß man sich erst spät zu einem Vorstoß auf die rechte deutsche Flanke, die hier unmittelbar nur durch ein Beobachtungskorps gedeckt war, das jedoch senkrecht auf der breiten Basis der deutschen Etappenlinie stand. Die unaufhörlich hier in der Richtung nach Südwest vorüberflutenden Truppenmassen brauchten gewissermaßen nur rechtsum zu machen und standen als eine riesenhafte Front Antwerpen gegenüber.

Schon lagen die französischen Grenzfestungen im Rücken der siegreich vordringenden deutschen Armeen, man begnügte sich damit, sie durch kleinere Detachements zu cernieren, die ausreichend waren, einen Ausfall zu verhindern und überließ es der Zeit und dem Hunger der eingeschlossenen Besatzung, sich selber den Tag der Übergabe zu wählen. Wenn diese Detachierung deutscher Beobachtungskorps immerhin auch die Feldarmee um eine große Anzahl von Streitern schwächte, so war dasselbe doch auch beim Gegner der Fall und die verhängnisvolle Bedeutung zwecklos gehaltener Festungen machte sich auf französischer Seite sehr bald geltend. In den französischen Festungen lagen Linientruppen, während man auf deutscher Seite diese vor den Festungen durch Landwehr sehr schnell ersetzte und dadurch die Feldarmee von einer mühseligen, zeitraubenden Aufgabe entlastete.

Der Krieg erzieht den Krieg. Die Erfahrungen, die man in den ersten Gefechten machte, führten zu einer Reihe von Änderungen an der Uniform und der Ausrüstung. So verschwanden schon nach wenigen Tagen die Fähnchen an den Lanzen der Kavallerie. Die Metallbeschläge und die Uniformknöpfe durften nicht mehr geputzt werden. Die glänzenden Säbelscheiden der Offiziere erhielten einen Farbanstrich und sehr bald gewöhnten sich die Offiziere daran, im Gefecht den ziemlich zwecklosen Säbel zurückzulassen, und griffen in der Feuerlinie lieber zum Karabiner, der dann überhaupt als Offizierswaffe eingeführt wurde. Im Gefechte wurden die Helmbezüge allgemein getragen und da die blinkende Helmspitze leicht den Platz liegender Schützen verriet, wurde sie abgeschraubt, wodurch freilich das Aussehen der Truppen dem von Feuerwehrleuten ähnelte. Aber mit kriegerischen Schmuckstücken gewinnt man keine Schlachten. Wenn auch der grundlose Schmutz ausgefahrener Landstraßen, das Biwakieren in Wind und Wetter allen Uniformen allmählich das gleiche »Kriegsgrau« verlieh, so fertigte man doch in der Heimat ein neues graues Militärtuch, dessen Farbenton ungefähr die Mitte hielt zwischen der Uniform der Maschinengewehrabteilungen und dem »Feldgrau«, welches bei einzelnen Truppenteilen 1905 versuchsweise eingeführt worden war, in großen Massen an, so daß bald die Feldarmee neu eingekleidet werden konnte. Es hatte sich nämlich herausgestellt, daß weniger die lebhaften Farben der Kavallerieuniform als vielmehr der dunklere Ton des Waffenrockes der Infanterie den Mann im Gelände auf weite Entfernungen erkennen ließ. Ebenso ließ man allem Lederzeug die Naturfarbe oder stellte sie nachträglich wieder her, da man in den ersten Gefechten besonders dem leuchtenden weißen Riemenzeug viele Verluste verdankte.

Die französischen Armeen hatten sich langsam rückwärts konzentriert. Die außerordentlich blutige Schlacht westlich von Lille und das gleichzeitige Gefecht bei Tournay hatten die französische Armee von der Küste und von Calais und somit von einer englischen Unterstützung an diesen Punkten abgeschnitten. Über 100000 Kämpfer deckten bereits das Schlachtfeld als die französische Armee auf der Linie Arras, Bapaume, St. Quentin, Laon und Châlons feste Stellungen einnahm, zwischen Laon und Châlons dann in Rheims einen gewaltigen Stützpunkt findend. Hier sollte zunächst die Entscheidung fallen. Auf französischer Seite standen hier etwa 600000 Mann, während die ihnen gegenüberstehende erste und zweite deutsche Armee etwa 400000 Mann zählen mochte. Über die Erfolge der dritten und vierten Armee, die bei Nancy und südlich davon standen, fehlten zur Zeit noch bestimmte Nachrichten, als der Kampf auf der langen Front hier im Norden begann. Die ersten Gefechte hatten sich hier in der Nähe der französischen Sperrforts entsponnen, von denen ein Teil nach wenigen Tagen bereits unter dem Steilfeuer der deutschen Belagerungsartillerie fiel und die somit ihren Ruf als eine absolut sichere Verteidigungslinie gegen Deutschland nicht rechtfertigten. Andere von diesen Sperrforts waren noch cerniert. Aus dem Süden, in der Nähe von Belfort, wurden zunächst die ersten in Deutschland sehr alarmierend wirkenden französischen Erfolge gemeldet, während auf dem südlichen Kriegsschauplatz die italienische und französische Armee sich unweit der Grenze ziemlich das Gleichgewicht hielten, ohne daß bisher ein entscheidender Schlag erfolgt war.

Das Ultimatum in Italien

Die Nachricht von dem Gefecht auf der Reede von Apia war, ebenso wie in Berlin, am Nachmittag des 18. März in Rom eingetroffen und hatte dort große Erregung hervorgerufen. Handelte es sich doch, wenn es zu dem anscheinend unvermeidlichen Kriege zwischen England und Deutschland kam, um die Frage, welche Stellung Italien zu seinem Dreibundsgenossen einnehmen würde. Der erste Eindruck war lediglich der einer gewaltigen Bestürzung, und der Schrecken vor dem nahenden Unglück eines Krieges übte einen lähmenden Druck aus. Dazu kam, daß man dank des englischen Kabelmonopoles ja nicht einmal die volle Wahrheit kannte, man mußte also nach den vorliegenden Nachrichten Deutschland für den Staat halten, der durch seine schroffe Haltung den Zwischenfall von Samoa provoziert hatte. Daraus ergab sich auch, daß irgendwelche Begeisterung nicht aufkommen konnte; man fühlte sich wider seinen Willen von dem Verbündeten im Norden in eine Krisis hineingezerrt, deren Ausgang nicht abzusehen war.

Ebenso wie in Berlin, war die Nachricht aus Samoa während der Sitzung des Parlaments bekannt geworden. Der Ministerpräsident hatte schleunigst die Sitzung verlassen und war ins Königliche Palais gefahren. Als die Sitzung vorzeitig schloß, verließen die sozialdemokratischen Abgeordneten den Saal unter Hochrufen auf Frankreich. Da keine formulierten Abmachungen vorlagen über Italiens Verhältnis zu England, man sich aber an die Versprechungen, gelegentlich des Besuchs Eduards VII. im Quirinal bezüglich der Erwerbung von Tripolis erinnerte, so waren die Sympathien für beide in dem Drama von Samoa beteiligten Mächte geteilt. Man wußte, daß, sobald das Bündnis wirksam würde, das englische Mittelmeergeschwader mit dem Angriff auf italienische Häfen keinen Tag zögern würde.

Auf den Straßen wogten dichte Menschenmassen hin und her, und in den Kaffeehäusern wurde die politische Lage eifrig diskutiert. Erst spät ward der Platz vor dem Quirinal leer. Der Ministerpräsident, der abends um 8 Uhr vom König zurückkehrte, wurde auf der Straße Gegenstand lebhafter Ovationen, in die Hochrufe auf Deutschland mischten sich aber auch solche auf England und das dem Volksempfinden doch immerhin näher stehende Frankreich.

Auch der 19. März verlief ohne eine Entscheidung zu bringen. Man erfuhr nun allerdings aus Paris die ganze Wahrheit über das Gefecht vor Apia und über den schließlichen Sieg der deutschen Schiffe. Außerdem trafen Meldungen ein, die von einer Mobilisierung der englischen und französischen Flotte wissen wollten. Während man in London alle wichtigen Depeschen zurückhielt, hatte man eine wohl absichtlich passieren lassen, nämlich die Meldung der »Times«, daß guten Informationen zufolge, die englische Regierung es nicht dulden werde, daß Deutschland auf Bündnisverträge aus früherer Zeit zurückgreife, da es vor Apia nicht der Angegriffene, sondern der Angreifer gewesen sei. Das konnte nur als eine Warnung an Österreich und Italien aufgefaßt werden.

So verging der 19. März unter allgemeiner Unruhe. Der Ministerpräsident hatte erklärt, er sei vorläufig nicht in der Lage eine Interpellation in der Kammer zu beantworten, bevor nicht die Regierung nähere Nachrichten über die Vorgeschichte der Krisis erhalten habe. Ein anscheinend offiziös inspirierter Artikel der »Tribuna« aber erklärte, daß ein Konflikt mit irgend einer Macht Italiens Heer und Flotte vollauf gerüstet finden würde. Aus Spezzia und aus Neapel, wo das zweite Geschwader der Manöverflotte im Hafen lag, erfuhren die Zeitungen, daß dort alle Vorbereitungen getroffen würden, um eine schleunige Mobilisierung der Flotte vorzubereiten. Wo sich Truppenabteilungen auf der Straße zeigten, wurden sie von der Menge mit begeisterten Ovationen empfangen, und besonders die Marineoffiziere wurden in den Cafés als politische Orakelspender eifrig umlagert und ausgeforscht.

* *
*

Ein herrlicher Frühlingstag ging in Neapel zu Ende. Glutrot verschwand die Sonne hinter dem Kimm des tiefblauen Meeres, mit ihrem Glanz alle Vorgebirge und Bergspitzen vergoldend und das weiße Häusermeer der Stadt mit ihren letzten Strahlen überschüttend. Die leichte Rauchwolke über dem Vesuv begann sich bereits an der inneren Glut des Berges rötlich zu färben. Wer dieses einzig schöne Schauspiel oben von der Höhe des Castel St. Elmo genoß, dem ward es schwer, sich angesichts dieses Bildes tiefsten Friedens in den Gedanken zu versetzen, daß vielleicht innerhalb weniger Tage die Fluten des Krieges wiederum gegen diese sonnigen Gestade heranbranden könnten. Von unten her aus der Stadt drang das Geräusch der Volksmenge, die auf den Straßen hin und her zog. Ab und zu verdichtete sich das leise Brausen zu explosiv wirkendem Geschrei, wenn hier und da sich dichtere Gruppen um einen Redner zusammenschlossen, der wie ein hüpfender Punkt über der dunklen Masse der Köpfe schwamm. Unten am Hafen wo die vier schweren Panzer still auf der blauen Flut lagen, und vor den Kasernen am Castel Nuovo sah man die Menschenmenge sich stauen.

Während der Abend herabsank auf die bella Napoli wurden drüben in der Meerenge, wo Capri in einem blauen Meere von Dunst und Sonnengold schwamm, einige Rauchwolken sichtbar und beim letzten Schimmer des Tages sah man am Horizonte eine Reihe massiver Schiffskörper auftauchen. Drunten in der Stadt konnte man sie nicht mehr bemerken, dort lag bereits alles im Dunkel. Es fiel allerdings auf, daß man am Hafen die Ankunft des fälligen Dampfers aus Messina vergebens erwartete. Dieser, der Postdampfer »Calabria«, war nämlich von einem Teil des englischen Mittelmeergeschwaders unterwegs angehalten worden, welches in der Stille der Nacht langsam bis auf die halbe Entfernung zwischen Capri und Neapel herandampfte.

Gegen 11 Uhr abends legte in Neapel am äußersten Molo eine kleine pustende Dampfpinasse des englischen Kreuzers »Dido« an. Ein Leutnant stieg an Land, meldete im Auftrage seines Kommandanten auf dem Hafenamte das Eintreffen des englischen Kreuzers auf der Reede und begab sich hierauf von der Menge, die englische und italienische Marineuniformen nicht unterscheidet, unbeachtet auf das Telegraphenamt. Hier gab er nach Rom an die Adresse des englischen Botschaftssekretärs Hopkins folgende Depesche auf:

»Bin um 5 Uhr 58 Neapel eingetroffen und hoffe morgen mittag 12 Uhr Bescheid, wann meine Braut in Rom eintrifft«.

Der Telegraphenbeamte beförderte diese Depesche unbeanstandet, ohne zu wissen, daß Admiral Beresford damit dem englischen Botschafter am Quirinal mitteilte, daß er mit dem Geschwader von fünf Panzern, fünf Kreuzern und acht Zerstörern auf der Reede liege und bis zum 20. März mittags 12 Uhr Bescheid darüber erwartete, ob er gegen die italienischen

Schiffe die Feindseligkeiten beginnen sollte. Noch bevor auf dem Hafenamte eine Ordonnanz aus dem Marinekommando eingetroffen war um den Führer der englischen Pinasse dorthin zu bitten, war diese bereits wieder lautlos im Dunkel der Nacht verschwunden.

Trotzdem die Ankunft des englischen Kreuzers, wie sie ihm das Hafenamt gemeldet hatte, den kommandierenden Admiral der zweiten Division des Manövergeschwaders stutzig gemacht hatte, nahm er, im Vertrauen darauf, daß ein einzelnes Schiff, gegenüber einer so starken Verteidigungsflotte, dem Hafen keine Gefahr bringen konnte, an dem Festmahl im Marinekasino teil, welches bis tief in die Nacht hinein dauerte, weil die widerstreitenden Ansichten der Offiziere über den Ausgang der politischen Krisis dem Gespräch immer neue Nahrung gaben.

* *
*

Während ein fahles Dämmerlicht den heranbrechenden Morgen in der römischen Hauptstadt ankündigte, fuhr ein schlichter Wagen vor dem Ministerium des Auswärtigen in Rom vor. Der englische Botschafter ließ den italienischen Minister um eine dringende Unterredung im Auftrage seiner Regierung ersuchen. Eine Viertelstunde später standen sich beide Männer gegenüber. Der Engländer griff kurz zurück auf die Vorgänge in Samoa und erinnerte daran, daß der deutsche Kreuzer die englischen Schiffe angegriffen habe. »Es ist uns bekannt«, fuhr er fort, »daß gewisse Bündnisverträge aus früherer Zeit bestehen, die Italien verpflichten könnten, Deutschland seinen militärischen Beistand zu leihen. Soweit wir diese Verträge kennen, kommt der Bündnisfall jetzt nicht in Frage, da Deutschland der Angreifer gewesen ist. Da um diese Stunde aber vielleicht (*I suppose*) die Feindseligkeiten in der Nordsee schon ausgebrochen sind, ist es für uns von Wert, zu wissen, welche Haltung die italienische Regierung einzunehmen beliebt. Wir können leider (*I regret sincerely*) nicht darauf warten, ob sich Italien auf die eine oder die andere Seite schlagen, oder neutral bleiben wird. Wir müssen daher darauf bestehen, eine klare Antwort zu erhalten und zwar bis heute mittag um 12 Uhr, da bereits die nächsten Stunden schwere Entscheidungen für uns enthalten können. Ich bin daher beauftragt von meiner Regierung«, der Botschafter erhob sich und stützte die rechte Hand auf den

Schreibtisch des Ministers, »dem italienischen Ministerium des Auswärtigen folgendes zu unterbreiten:

In der verflossenen Nacht hat unser Mittelmeergeschwader Aufstellung genommen auf der Reede von Neapel und vor dem Kriegshafen von Tarent; gleichzeitig wird ein Teil der mit uns verbündeten französischen Flotte vor Spezzia erscheinen und ist beauftragt, Maddalena zu observieren. Wir sind gezwungen, diese Maßregeln zu ergreifen, um zu verhüten, daß die italienische Regierung, von Berlin aus beeinflußt, eine feindselige Haltung gegen uns einnimmt. Ich bin beauftragt, folgende Forderungen zu stellen: Die italienische Regierung erklärt, daß sie in dem jetzt ausgebrochenen Kriege völlig neutral bleiben will. Als Pfand für diese Versicherung fordern wir, daß uns für die Dauer des Krieges die Benutzung des Kriegshafens von Venedig als einer eventuellen Operationsbasis für unsere Flotte gegen die österreichischen Kriegshäfen von Pola und Triest eingeräumt wird. Diese Benutzung hat nur soweit zu gehen, als unseren Schiffen erlaubt wird, in Venedig Kohlen zu nehmen und kleinere Reparaturen auszuführen. Ich bin beauftragt, die zustimmende Antwort der italienischen Regierung bis 12 Uhr mittags entgegenzunehmen, anderenfalls würden wir gezwungen sein, unsererseits mit dem Angriff auf Neapel und andere Küstenpunkte zu beginnen, während gleichzeitig die französische Flotte gegen Spezzia und Maddalena vorgeht. Ich bitte zu bedenken, daß nach den Mitteilungen, die sich in unserem Besitz befinden, die italienische Flotte dem gegen sie detachierten Teil unserer Marine, sowie dem französischen Geschwader vor Spezzia nicht gewachsen ist. Die Abweisung unserer Bedingungen würde im Laufe des heutigen Tages demzufolge *die Vernichtung der italienischen Marine* bedeuten und uns wahrscheinlich in Besitz der betreffenden Kriegshäfen setzen.«

Tiefes Schweigen herrschte in dem dämmerigen Gemach. Auf den Zügen des italienischen Ministers malte sich eine schlecht verhohlene Bestürzung. Der Engländer stand, die rechte Hand auf der Lehne des Stuhles, wie eine aus Erz gegossene Statue mitten im Zimmer. Der summende Schlag einer Uhr teilte die lastende Stille in kleine Stücke, es war 7 Uhr. Draußen auf der Straße hörte man den hallenden Schrei eines Ausrufers. Der Minister erhob sich und verabschiedete sich von dem Engländer mit den Worten: »Ich werde Sr. Majestät dem König die Vorschläge Eurer Exzellenz übermitteln und bedaure, daß das englische Kabinett uns in die Zwangslage versetzt, unsere Stellung in dem ausgebrochenen Konflikte so schnell zu wählen.«

Mit dem Bemerken: »Die Ereignisse sind stärker als wir«, verabschiedete sich der englische Botschafter.

Als Rom erwachte und seine Bewohner voll Erwartung nach den Zeitungen griffen, um aus ihnen zu erfahren, welche Entscheidung die letzten Stunden gebracht haben könnten, ahnte niemand, daß diese nicht draußen auf dem nordischen Meer, sondern im Königlichen Palais, wo eine ernste Beratung des Monarchen mit dem Gesamtministerium stattfand, bis um die Mittagsstunde fallen mußte. Erst um 10 Uhr wurde in Rom die Nachricht durch Extrablätter bekannt, daß auf der Reede von Neapel am Abend vorher ein englischer Kreuzer eingetroffen sei, und eine Stunde später erfuhr man, daß fünf große englische Panzerschiffe und eine Anzahl kleinerer Fahrzeuge auf der Reede Aufstellung genommen hatten.

* *
*

Um 9 Uhr machte auf der Reede von Neapel der Schiffsleutnant Hamilton dem Kommandanten des englischen Linienschiffes »London« die Meldung, daß soeben der italienische Panzer »Lepanto« an der Mole vor dem Arsenal festgemacht habe und daß ein Karrentransport aus dem Arsenale nach dem Schiffe stattfände, woraus zu schließen sei, daß man auf italienischer Seite seine Munitionsbestände ergänze. Aus den Schloten der Italiener quollen schwarze Rauchwolken, man machte Dampf auf. Durch scharfe Gläser konnten die Engländer erkennen, wie die Schutzkappen von den Geschützen entfernt wurden und wie die Mannschaften die Rohre reinigten und putzten. Es herrschte ein emsiges Leben an Bord der vier Panzer: »Lepanto«, »Italia«, »Dandolo« und »Duilio«, sowie der beiden Kreuzer »Etruria« und »Lombardia«. Ein schwarzes Torpedoboot verließ in schneller Fahrt den Hafen, dicke Rauchschwaden über den blauen, fast unbewegten Meeresspiegel hinter sich herschleppend. Es nahm den Kurs ums Kap Miseno in der Richtung nach Gaeta. Sonst herrschte eine tiefe, friedliche Stille, und nichts verriet, welche Gefahr von draußen her drohte, nur erschienen die Küstengewässer etwas verödet. Während sonst die Reede von zahllosen Fischerbooten und kleineren Fahrzeugen belebt war, und größere Dampfer und ferne Segler von der See her grüßten, schien jetzt alles Leben auf der Wasserfläche erstorben, nur die wuchtigen, langgestreckten Kriegsmaschinen stießen schwere Packen Rauchs aus, die die leichte Brise langsam in einen hellbraunen Rauchschleier auflöste.

An Bord der Engländer verfolgte man die Vorgänge am Hafen mit größter Aufmerksamkeit. Während bis gegen 9 Uhr auf den Hafenkais und in den anstoßenden Straßen dichte Menschenmassen beobachtet wurden, sah man sie in der klaren, sichtigen Luft plötzlich von einer flimmernden Linie umsäumt, die sich aus den grauen Mauern des Castel Nuovo fadenartig herauszog. Das blitzende Band umschlang die dunkle Masse, schwankte hin und her, schob sich vorwärts und zurück und rückte langsam nach dem Hintergrund des Platzes vor, hinter sich die hellen Flächen des Straßenpflasters leer lassend und allmählich die dunkle Welle in die Straßeneingänge zurückschiebend: Militär mit aufgepflanztem Bajonett räumte die Plätze und Straßen am Hafen.

Gegen 11 Uhr kam von Norden her ein weißer, schlanker Dampfer in Sicht; er schien dem Hafen zuzusteuern und schwebte einsam wie eine weiße Linie über der tiefblauen Meeresfläche. Kurz darauf erschien hinter dem Kap Miseno wieder das Torpedoboot, welches vorhin dort verschwunden war, änderte sofort den Kurs und steuerte auf den weißen Dampfer zu, an dessen Deck man mit scharfen Gläsern die *deutsche Flagge* erkennen konnte. Gleichzeitig löste sich aus der Masse des englischen Geschwaders ein Torpedoboot los, welches mit voller Fahrt, weiße Schaumberge mit seinem Bug aufwühlend, ebenfalls auf das weiße Schiff zufuhr. Es war ein seltsam aufregendes Schauspiel, dieses Wettrennen der beiden flinken schwarzen Boote um den weißen Dampfer zu verfolgen. Gleichzeitig fast erreichten sie ihn, und fast gleichzeitig blitzte an Bord beider Torpedoboote an dem vorderen Geschütz ein Funke auf, worauf der Deutsche die Maschine zu stoppen schien, denn er ward schwerfällig pendelnd von den Wogen gewiegt. Man schien zu verhandeln. Dann umspielte den vorderen niederen Schlot des englischen Torpedos eine leichte Dampfwolke und sekundenlang später dröhnte der scharfe, bellende Ton einer Sirene zum Lande hinüber. Man sah, wie der Deutsche den Kurs änderte und gefolgt von dem Torpedoboot auf das englische Geschwader zusteuerte, langsam die blauen Wogen zerteilend. Das italienische Torpedoboot fiel allmählich nach hinten ab, folgte zunächst eine halbe Seemeile, machte mürrisch Kehrt und nahm dann unter voller Maschinenkraft Kurs auf den Hafen, wo es nach einer Viertelstunde längsseits des Admiralschiffes »Dandolo« festmachte, worauf ein Offizier, kenntlich an seinem

Säbel, über den er beim Verlassen des Decks stolperte, das Fallreep zum »Dandolo« hinaufstieg.

Erst später erfuhr man, daß jenes weiße Schiff der Hamburger Vergnügungsdampfer »*Meteor*« gewesen war, der von Genua kommend hier vor dem Hafen von Neapel von den Engländern abgefangen wurde.

*   *
*

Um 11 Uhr wurde in Rom durch Maueranschläge und Extrablätter bekannt gemacht, daß der König in Übereinstimmung mit dem Ministerium die englischen Forderungen *abgelehnt* habe. Sie wurden im Wortlaut mitgeteilt, mit der angefügten Erklärung:

Aus der Übermittlung des englischen Ultimatums habe sich klar ergeben, daß England entschlossen sei, die Neutralität Italiens in *keinem* Falle zu achten. Für den Verrat am Dreibund in der Stunde der Gefahr verlange die englische Regierung obendrein noch die Einräumung des Kriegshafens von Venedig, eine Forderung, die ein ehrliebendes Volk mit alten ruhmreichen Traditionen niemals akzeptieren könne. Die königliche Regierung habe sich deshalb entschlossen, die englischen Forderungen abzulehnen und an die Entscheidung der Waffen zu appellieren, zumal das englische Geschwader vor Neapel bereits eine drohende Haltung angenommen habe. Man habe eine Erklärung nach Berlin gesandt, daß Italien auch ohne Rücksicht auf Österreichs Haltung fest entschlossen sei, sein Geschick mit dem des Deutschen Reiches zu verbinden. Der König glaube, aus dem Herzen seines treuen Volkes zu sprechen, wenn er solche Entscheidung getroffen habe, zumal es sich inzwischen, wie man aus Berlin authentisch erfahren, herausgestellt habe, daß der Zwischenfall von Samoa lediglich durch das provokatorische Verhalten der Engländer herbeigeführt sei. Es handelt sich also in Samoa, wie jetzt in den europäischen Gewässern, ganz ohne Frage um einen hinterlistigen Überfall auf Deutschland, den England längst geplant und bereits seit Wochen vorbereitet habe. Eine Drohung, wie sie der englische Botschafter heute morgen dem Minister des Auswärtigen übermittelt habe, mache es der italienischen Regierung unmöglich, weiter den Weg der Verhandlungen zu beschreiten. Man habe daher die Flotte in Neapel und Spezzia, sowie den anderen Punkten, wo ein Angriff drohe, angewiesen, diesen mit den Geschützen zurückzuweisen.

Volksstimmungen sind Augenblicksstimmungen. Das auf der Schwäche der einige Jahre lang stark vernachlässigten italienischen Marine basierende und die Empfindlichkeit eines fremden Volkes so wenig berücksichtigende Vorgehen Englands hatte eine leidenschaftliche Erregung erzeugt, die das Erscheinen der englischen Flotte vor Neapel als eine unerträgliche Beleidigung des italienischen Ehrgefühls empfand.

Brausender Jubel erscholl in den menschengefüllten Straßen; nur ein starkes Aufgebot der Munizipalgarde vermochte die tobende Menge daran zu hindern, in der englischen Botschaft die Fenster zu demolieren. Ausgelöscht, wenigstens in der augenblicklichen Begeisterung, waren auch die alten Sympathien für den französischen Nachbar, seitdem man wußte, daß er gemeinsame Sache mit dem brutalen Angreifer machte. Aber wenn selbst das klerikale Element auf den Straßen teils aus ehrlichem Empfinden, teils in kluger Berücksichtigung der momentanen Volksstimmung, sich an den patriotischen Kundgebungen beteiligte, drüben jenseits der Tiber, dort wo der Papst-König grollend über den Trümmern seiner weltlichen Herrschaft thronte, wo er auch die Leitung der Geister langsam aus seinen Händen gleiten sah, dort blieb alles stumm, dort faßte man diesen Waffengang auch nur als eine historische Episode in dem Weltendrama auf, in dem die Streiter der römischen Hierarchie mit den Kindern der Welt um die letzte Entscheidung ringen.

Die Seeschlacht vor Neapel

Wieder wie vor Jahrhunderten klopfte der Normanne mit eisernem Handschuh an Italiens Pforte, hinter der der Moloch Capua schon so viele Hekatomben blondhaariger Barbaren verschlungen hatte.

Gegen ½12 Uhr sah man die kompakte Masse des englischen Geschwaders sich in eine lange Dwarslinie auflösen und eine halbkreisförmige Stellung auf der Reede von Neapel einnehmen. Die schweren englischen Panzer wandten der Stadt ihre Vorderseite mit den riesigen Turmgeschützen zu, so die denkbar geringste Zielfläche bildend. Während die Torpedoboote bei den Linienschiffen zurückblieben und sich hinter deren schweren Stahlleibern deckten, vom Lande aus somit unsichtbar werdend, dampften die englischen Kreuzer seewärts und zogen sich aus dem Feuerbereich zurück. Zwei Panzerkreuzer an den drei Schornsteinen als Schiffe der »Kent«-Klasse erkennbar (es waren »Suffolk« und »Lancaster«)

gingen zwischen Ischia und der Küste unter Volldampf nach Nordwesten offenbar um, begleitet von vier kleineren Schiffen und einigen Hochseebooten, gegen etwa von Spezzia heranrückende italienische Streitkräfte zu sichern. Gleichzeitig verließ der italienische Kreuzer »Etruria«, der neben seinem Schwesterschiffe »Lombardia« lag, seine Boje und fuhr auf das englische Geschwader zu.

Die »Etruria« hatte den Auftrag dem englischen Geschwaderchef die Aufforderung zu überbringen, mit seinen Schiffen die Reede von Neapel zu verlassen, andernfalls werde man sein Bleiben als eine herausfordernde Handlung ansehen und die nötigen Konsequenzen daraus ziehen. Während aller Augen am Lande und auf dem Geschwader der »Etruria« folgten und in banger Erwartung der Entscheidung harrten, die die kleine Dampfpinasse des italienischen Kreuzers, die jetzt am Fallreep der »London« lag, zurückbringen werde, wollten drei französische und vier englische Dampfer diesen letzten Moment benutzen, um den Handelshafen zu verlassen. Noch hatte jedoch das erste Schiff nicht die Mole passiert, als ein Torpedoboot heransauste und die fremden Kapitäne aufforderte, sofort in den Hafen zurückzukehren, worauf der erste Dampfer, ein französischer, alsbald stoppte, Contredampf gab und rückwärts wieder in den Hafen hineinfuhr. Draußen hatte inzwischen die »Etruria« ihre Pinasse wieder an Bord genommen und steuerte in fliegender Fahrt auf den Kriegshafen zu. An ihrer Seite legte alsbald ein Marineboot an, nahm einen Offizier an Bord und ging hinüber zum »Dandolo«. Die nächsten Minuten mußten entweder den Rückzug der Engländer oder den Beginn des Kampfes bringen. Draußen auf der Reede machte sich keine Bewegung bemerkbar; die bleigrauen englischen Panzerschiffe blieben auf ihren Plätzen liegen, von den Meereswogen sanft hin und her gewiegt.

An allen englischen Geschützen standen die Artilleristen, die Ärmel an den sehnigen Armen emporgestreift, bereit dem Feind die todbringende Ladung aus allen Rohren hinüberzusenden. 5 Minuten nach ½1 Uhr ging am vorderen Maste des »Dandolo« ein Signal hoch, welches sofort von den anderen Schiffen beantwortet wurde; die Schornsteine warfen dicke Ballen Rauch aus, den ganzen Hafen in einen braunen Dunst verhüllend. Die Schrauben gingen an und das italienische Geschwader nahm den Kurs seewärts dem Feinde entgegen. »Etruria« und »Lombardia« blieben vor dem Eingang des Kriegshafens zurück. Auf englischer Seite wurden diese Manöver mit größter Aufmerksamkeit verfolgt.

Admiral Lord Beresford hatte die Anweisung, das italienische Geschwader auf die Reede hinauszulocken und dort den Kampf auszufechten, um, soweit es die Rücksicht auf die eigenen Schiffe zuließ, die Stadt Neapel zu schonen. Zehn Minuten nachdem das italienische Geschwader seinen Liegeplatz verlassen hatte, blitzte es aus allen vier Turmgeschützen des »Dandolo« auf. Heulend sausten die Geschosse heran, das erste ungefähr 400 m vor dem Admiralsschiff auf die Wasserfläche schlagend, einen Moment unter ihr verschwindend und dann dreimal rikoschettierend zwischen der »London« und der ihr zunächst liegenden »Formidable« durchfahrend. Eine zweite Granate, ein Zufallstreffer, nahm von der englischen »Venerable« den ersten Mast und den vorderen Schornstein mit über Bord, auch noch den zweiten zerfetzend. In diesem Moment erging auf allen englischen Schiffen der Befehl zum Feuern, und mit Donnergetöse entsandten die englischen Turmgeschütze ihre Ladungen. Furchtbar war die Wirkung am Lande, wo diese erste meist zu hoch gehende und über die italienischen Panzer hinwegfegende Lage einschlug. Zwei Granaten trafen den dicken Turm der Kaserne des Castel Nuovo, mehrere platzten vor dem Munizipalgebäude, dessen Frontmauer zertrümmernd. Wenige Minuten darauf brannte es im Hafenviertel an verschiedenen Stellen. Die vor dem Hafeneingang liegende »Etruria« erhielt einen Treffer mittschiffs in der ungeschützten Wasserlinie, worauf der Kreuzer von einem heraneilenden Torpedoboot langsam in den Hafen bugsiert wurde, wo er nach einer Stunde sank.

Die einschlagenden Granaten erzeugten am Land eine furchtbare Panik. Glücklicherweise waren die vom Hafen führenden Straßen bereits vorher durch Militär geräumt, so daß der Verlust an Menschenleben nur gering war. Auch das trotzige Castel dell'Ovo wurde von englischen Granaten schwer heimgesucht. Die wuchtigen Mauern sanken im Rauche explodierender Projektile in sich zusammen, ganze Steinlawinen stürzten ins Meer. In dem brennenden Hafenquartier und oben in der Stadt lärmten und bimmelten die Feuerglocken.

Auf der »Formidable« waren beide Schornsteine und Masten über Bord gegangen, aber hinter den Panzerwänden arbeiteten die Geschützbedienungen unerschütterlich weiter, ungeachtet, daß der Rumpf des Schiffes für das Laienauge nur noch einem Wrack glich, aus dessen Mitte die Flammen der Feuerungen emporschlugen. Nur widerstrebend entschloß man sich endlich dazu, die »Formidable« aus der Feuerlinie schleppen zu lassen, denn Maschinen und Artillerie waren fast völlig unversehrt, und aus der grauen Stahlmasse des Panzer lohten unaufhörlich die Blitze der Kanonen. Die englischen Schiffe litten anfangs sehr unter den panzerbrechenden Geschossen der Italiener, so erhielt der »Bulwark« beim Überholen des Schiffes im Seegange einen schweren Treffer in der Wasserlinie, der ihn nötigte, durch Einnehmen von Wasserballast auf der Backbordseite, die durch den Treffer verursachte Schlagseite nach Steuerbord wieder auszugleichen. Sehr viel schlimmer sah es aber an Bord der Italiener aus. Hier durchbrachen die englischen Granaten ohne weiteren Widerstand die ungepanzerten Bordwände, gingen teilweise glatt hindurch. Und sobald bei der geringer werdenden Entfernung zwischen beiden Flotten die englische Mittelartillerie, der die Italiener so gut wie nichts entgegensetzen konnten, in den Kampf eingriff, wurden die Verluste auf italienischer Seite so groß, daß sie fast alle Viertelstunden eine völlige Neubesetzung der Geschütze nötig machten. Es erforderte starke Nerven für die italienischen Kanoniere sich erst durch förmliche Leichenhügel und die auseinander gerissenen Körper ihrer Kameraden einen Weg an die Ladevorrichtungen bahnen zu müssen. In dem engen Raume der ungedeckten Barbettetürme, wo die riesigen 43 cm-Kanonen standen, watete man tatsächlich in Blut, stand auf zermalmten Leichen und fand in dem Brei menschlicher Gliedmaßen oft nur mit Mühe noch einen festen Standpunkt auf den Ladepodesten. Die Geschoßaufzüge waren durch Blut und verspritzte Körperteile verschmiert, und oft fanden die rastlos laufenden Ketten der Munitionsaufzüge einen Widerstand an Knochenstücken, die in sie hineingesprengt waren.

Dreiviertel Stunde hatte der Kampf gedauert. Auf allen italienischen Panzern klafften breite Schußlöcher und die dunklen Bordseiten waren wie gefleckt durch den gelben pulverartigen Belag, dem Rückstand der englischen Lydittgranaten. Nur hier und da hatte ein italienischer Panzer noch einen Schornstein oder zeigte Reste des Brückendecks, die ein wüstes Gewirr verbogener Stahlbalken, siebartig durchlöcherter Eisenwände und wie Papier zusammengerollter Teile der Reeling darstellten. Dazwischen zerfetzte und zerschmetterte menschliche Körper, ein vom Leibe getrennter Kopf, der die noch intakten Mannschaften, die mechanisch die Ladevorrichtungen handhaben und eine Granate um die andere in den heißen Schlund der Stahlrohre schoben, mit gläsernen Augen anstarrte. Der Panzer »Lepanto« hatte am Hinterschiffe mehrere schwere Treffer unter der Wasserlinie erhalten; schon leckten die Wellen zwischen den Lücken der Reeling hindurch auf die Decksplatten, sich in dem geronnenen Blut, das an allen Eisenteilen klebte, rotfärbend. Das Vorschiff ragte weit aus dem Wasser, den riesigen Rammsporn zeigend. Außerdem waren die Maschinen auf mehreren Italienern teilweise gebrauchsunfähig geworden.

Die »Lepanto« lag seit einer Viertelstunde vollkommen still, von den Wellen hin und her getrieben und zwar so, daß sie dem Feinde die Breitseite zeigte. Da flog an dem einzigen Mast des britischen Admiralsschiffes ein Signal hoch. Die ganze Linie der Engländer bewegte sich vorwärts. In den Abständen zwischen den Panzerschiffen erschienen die Torpedoboote und stürzten sich wie eine heulende Meute mit heiserem Schrei ihrer Sirenen auf den todwunden Feind. Die Entscheidung nahte. Zwar versuchten die Italiener in diesen fürchterlichen Minuten, da die dichte Linie des Feindes herandampfte, um dem grausigen Spiel ein Ende zu machen, ihr Feuer zu verstärken, indem sie ihre letzten Reserven in die Barbettetürme schickten, aber zu Dutzenden sah man sie in den Rauchwolken platzender englischer Granaten dahinsinken. Und als die britischen Linien auf Torpedoschußweite heran waren, war es still geworden hinter den stählernen Brustwehren an Bord der Italiener. Auf dem »Duilio«, wo das eindringende Wasser bereits die Maschinen- und Kesselräume füllte – denn weiße Dampfstrahlen fuhren aus den Decksöffnungen und ein paar dumpfe Detonationen ließen erkennen, daß mehrere Kessel explodiert waren – erschien jetzt eine *weiße Flagge*. Das Schiff lag auf dem rechten Flügel und so konnte hier noch Hilfe gebracht werden, indem man durch Sirenensignale die heranstürmenden Torpedoboote zurückpfiff. Zwei Zerstörer legten sich längsseit des »Duilio« und ein englischer Offizier sprang an Bord, auf dem Trümmerhaufen der zusammengeschossenen Kommandobrücke die englische Flagge aufpflanzend. Von dort sah er, während seine Leute sich mit Eifer an das Rettungswerk machten – denn die Minuten, da das Schiff noch über Wasser aushalten konnte, schienen gezählt – an der »Italia« und am »Dandolo« je zwei Torpedos explodieren. Hierauf verstummte auf beiden Schiffen das Geschützfeuer. Die »Italia« sank zwei Minuten darauf wie ein Klotz mit dem Heck zuerst, im Momente des Sinkens das ganze Vorschiff senkrecht über Wasser in die Höhe richtend und dann in den Wellen verschwindend. »Dandolo« zeigte kurz darauf die englische Flagge über der italienischen und nur »Lepanto« kämpfte noch mit einem Geschütz. Da brauste das vom Vizeadmiral Lord Beresford selber geführte englische Admiralsschiff heran und grub seinen stählernen Sporn in die Steuerbordseite des wehrlosen Feindes. Ein Moment, und »London« machte sich wieder frei, indem sie mit voller Kraft rückwärts ging, dann stürzte eine riesige Wassermasse durch das von dem Rammstoß gerissene Loch, »Lepanto« holte nach Steuerbord über und verschwand kenternd in den Wogen. Kurz darauf sank auch der »Duilio«.

Das Wrack des »Dandolo« nahm der englische Panzer »Duncan« ins Schlepp, während alle anderen englischen Schiffe ihre Boote, soweit sie nicht zerschossen waren, zu Wasser ließen, um die auf den Wogen treibenden italienischen Matrosen zu retten. Die meisten waren allerdings von den sinkenden Schiffen mit in den beim Untergang entstandenen Strudel hinabgerissen worden.

Das furchtbare Drama war zu Ende. Um 5 Uhr nachmittags fuhr der Panzerkreuzer »Juno« in den Kriegshafen von Neapel ein, setzte, während die englische Panzerflotte in einem Halbkreis gefechtsklar auf der Reede Aufstellung nahm, eine Abteilung Mannschaften ans Land, die sofort in dem Arsenal alles Material im Laufe von zwei Stunden zerstörten. Die Torpedovorräte nahm der englische Panzerkreuzer an Bord. Das einzige im Hafen zurückgebliebene intakte Schiff, der Kreuzer »Lombardia« strich die Flagge und wurde unter dem Union Jack nach Malta gebracht, wo zwei Tage später auch das Wrack des »Dandolo« eintraf.

Da eine Landung nicht beabsichtigt war, wurde das englische Kommando mit Einbruch der Nacht zurückgezogen; die Marineanlagen kamen nach diesem Besuche für eine weitere Verwendung während des Krieges nicht mehr in Betracht. Auf der Reede blieben nur zwei englische Panzerkreuzer als Beobachtungsposten liegen. Eine sehr wertvolle Kriegsbeute bildeten zwei deutsche und 18 italienische Dampfer, die man nach Malta führte. Die im Hafen liegenden Segelschiffe und Fischerboote ließ man unbehelligt.

An demselben Tage fand bekanntlich auch der Kampf mit den drei in *Tarent* stationierten italienischen Panzerschiffen »Ruggero di Lauria«, »Andrea Doria« und »Francesco Morosini« statt, das mit der Vernichtung der beiden ersteren endigte, während der in Reparatur auf der Werft liegende »Morosini« kampflos in die Hände des Feindes fiel und dann der englischen Flotte einverleibt wurde. Die vier englischen Linienschiffe hatten nach kurzem Gefecht die Einfahrt in den Hafen forciert, nachdem sie die gleich anfangs mit ihrem Drehmechanismus in Unordnung geratenen Panzertürme auf der Insel San Paolo niedergekämpft hatten. Da eine Besetzung des Hafens von Tarent nicht beabsichtigt war, begnügte man sich auch hier damit, das Arsenal und die Docks in ähnlich gründlicher Weise wie in Neapel zu zerstören. Schließlich vernichteten die Engländer auch noch die wenigen kleineren italienischen Schiffe auf der Flottenstation von Maddalena nach einem kurzen Gefecht. Maddalena diente hinfort der englisch-französischen Flotte als Stützpunkt für die Blockade der italienischen Westküste.

Bekanntlich rief die Beschießung von Neapel eine ungeheure Entrüstung hervor. Man warf den Engländern vor, eine offene Stadt bombardiert zu haben, wobei man jedoch vergaß, daß Neapel Kriegshafen war. Die anfängliche Absicht der Engländer, den Kampf auf der Reede zu führen, um die Stadt nicht in Mitleidenschaft zu ziehen, wurde, wie oben geschildert, durch die Eröffnung des Gefechtes von seiten des italienischen Admirals durchkreuzt. Immerhin herrschte große Aufregung im englischen Parlament, als der irische Abgeordnete John Redmont den englischen Premierminister deswegen interpellierte. Die Antwort, die dieser gab, war echt bezeichnend für die englische Auffassung. Der Minister las zunächst die Instruktion für Lord Beresford im Wortlaute vor, woraus hervorging, daß dem englischen Vizeadmiral von vornherein größte Schonung der Stadt zur Pflicht gemacht worden war. Er schilderte die bekannten Vorgänge zu Anfang des Gefechtes und sagte dann:

»Ebenso, wie Lord Beresford selber, bedauere ich die notwendig gewordene Beschießung des Hafenquartiers von Neapel. Wir beklagen es aufrichtig, daß wir gezwungen waren, einige Granaten in das Arsenal zu senden und daß mehrere zu hoch gehende Schüsse in die benachbarten Straßen trafen. Hierbei ist aber zu bedenken, daß die Verantwortung dafür auf den italienischen Admiral fällt. Weiter möchte ich darauf aufmerksam machen, daß Neapel zwar mit seinen baugeschichtlichen Denkmälern eine große Anziehungskraft für den Fremdenverkehr hat und daß der Besuch besonders englischer Reisender der Stadt eine große Einnahme bringt. Wollen Sie aber, meine Herren, bedenken, daß der Reiz, den Neapel bietet durch die exakte Schießleistung unserer Schiffsartilleristen in keiner Weise verloren, sondern im Gegenteil gewonnen hat. Die Zerstörung einzelner Bauwerke fügt vielmehr den zahlreichen Sehenswürdigkeiten Neapels einige neue hinzu, denn ich bin sicher, daß nach Beendigung dieses Krieges jene Ruinen für alle Reisenden und besonders für englische Touristen eine Hauptsehenswürdigkeit der Stadt bilden werden. Für die Zerstörung einiger zwar malerischer, aber nicht

sehr wertvoller Gebäude wird die Stadt jedenfalls durch einen reichliche-
ren Besuch fremder Touristen vollauf entschädigt werden. Und ich
denke, daß die efeuumsponnenen Trümmer der zerstörten Gebäude,
verbunden mit der Erinnerung an den für England so glorreichen Tag
von Neapel für alle Fremden eine größere Sehenswürdigkeit darstellen,
als das zu der Zeit der Fall sein konnte, da jene Gebäude noch unverletzt
waren. Ich glaube, daß sich auch das sehr ehrenwerte Mitglied dieses
Hauses, welches im Namen einer etwas übertriebenen Humanität die
Anfrage an mich richtete, mit meiner Antwort zufrieden sein wird, und
sich dabei beruhigen wird, daß wir die Baudenkmäler fremder Länder
danach einschätzen, ein wie großes Interesse sie für die Mitglieder unseres
glorreichen Volkes haben«.

Wie gesagt, eine echt englische, aber nicht ganz zurückzuweisende
Auffassung, denn der kolossale Fremdenbesuch, den Neapel jetzt aufzuweisen hat, zeigt ja deutlich, daß die durch das englische Bombardement
zerstörten Gebäude für alle Touristen vorläufig fast so interessant sind,
wie die Trümmerstätte von Pompeji. Die Einwohnerschaft von Neapel,
die den Fremden englische Granatensplitter (die übrigens aus England
neuerdings selber *en gros* bezogen werden) verkauft, ist ein Beispiel dafür,
wie man ein nationales Unglück in Scheidemünze für den Touristenver-
kehr umwechselt.

Die Seeschlacht von Spezzia

Der englisch-französische Plan war ursprünglich folgender gewesen: Zu
gleicher Zeit, da die englische Flotte vor Neapel und Tarent erschien,
um dem in Rom überreichten Ultimatum den nötigen Nachdruck zu
verleihen, sollte die französische Flotte mit imponierenden Streitkräften,
d. h. unter Aufbietung sämtlicher in Toulon gefechtsbereiter Panzerschiffe,
auf der Höhe von Spezzia eintreffen. Jedoch hielten die Franzosen dieses
Programm nicht ein, da Havarien auf verschiedenen Schiffen die
Marschgeschwindigkeit ihres Geschwaders erheblich herabgesetzt hatte.
Dieses, bestehend aus den sieben Linienschiffen: »Suffren«, »Jena«,
»Hoche«, »Neptune«, »Henri IV.«, »Massena« und »Brennus«, sowie den
Panzerkreuzern: »Gambetta«, »Gloire«, »Montcalm« und »Chancy« –
also den wahrscheinlich in Spezzia zu erwartenden und voraussichtlich
noch in der Ausrüstung begriffenen Schiffen überlegen – hatte zwar am

Mittag des 19. März die Reede von Toulon verlassen, unterwegs aber versagten die Maschinen des »Brennus« und auf dem »Neptune« brach die Steuerbord-Schraubenwelle. Unfälle, die, wollte man das Geschwader nicht um zwei wertvolle Einheiten schwächen, zu einem längeren Halt auf hoher See zwangen, bis der Schaden auf dem »Neptune« leidlich repariert war. Die Maschinenhavarie auf dem »Brennus« stellte sich allerdings als so erheblich heraus, – acht Bellevillekessel leckten hoffnungslos – daß der Panzer nach Toulon zurückkehren mußte. Zu der Zeit, da die Entscheidung über Krieg und Frieden schon gefallen war, befand sich die französische Flotte erst halbwegs zwischen Toulon und Spezzia; das aber wurde verhängnisvoll.

Die italienische Regierung hatte hier im Norden schneller ihre Maßregeln getroffen, als vor Neapel. Der in Genua liegende Panzerkreuzer »Carlo Alberto« ergänzte dort Kohlen und Munition und ging am 18. März morgens um 10 Uhr mit vier Torpedobooten in See, mit der Funkspruchsstation Genua ständig in Verbindung bleibend und durch sie auch über den Ausbruch des Krieges unterrichtet. Nachmittags um 3 Uhr meldete der französische Kreuzer »Chancy«, daß er unverständliche Funksprüche erhalte, was die Annahme nahelegte, daß diese von italienischer Seite stammten. Um diese Zeit setzte die französische Flotte nach dem oben erwähnten Aufenthalt ihren Marsch auf Spezzia fort, während, wie gesagt, der Panzer »Brennus« langsam nach Toulon zurückdampfte. Als er sich auf der Höhe der Hyères-Inseln befand, erfolgten abends gegen 10 Uhr plötzlich, fast gleichzeitig an Steuerbord und Backbord, am Hinterschiffe zwei furchtbare Detonationen, die das Hinterdeck des Schiffes unter einem Wassersturz begruben: Ein überraschender Angriff der von Genua ausgelaufenen italienischen Torpedoboote, der den Erfolg hatte, daß der »Brennus« nach kaum 20 Minuten sank.

Fast um dieselbe Zeit fand südlich von Genua ein anderes Gefecht statt, welches ein ebenso schnelles Ende nahm. Der nach Norden zu sichernde französische Panzerkreuzer »Chancy« erhielt zwei schnell aufeinanderfolgende Torpedoschüsse, und wenn er auch das feindliche Torpedoboot anscheinend in der Dunkelheit überrannt hatte, – man hörte nie wieder etwas von dem Fahrzeuge – so war doch das Schiff nicht zu retten. Die Torpedos hatten 20 m von einander mittschiffs auftreffend fast ein Drittel der Schiffswand zerrissen. Das Wasser stürzte in die Maschinen, sofort die Feuer löschend, so daß jede Rettungsarbeit unmöglich wurde. Der »Chancy« kenterte und sank so rasch, daß kaum 40 Mann von seiner

Besatzung sich in den Booten retteten, die zwei Tage darauf vor Genua eintrafen. Das waren zwei empfindliche Verluste noch vor Beginn des Kampfes.

Die französische Flotte traf um Mitternacht des 20. März vor Spezzia ein. Der alsbald unternommene Versuch von zehn Torpedobooten, in den Hafen einzudringen, scheiterte an der Wachsamkeit der Italiener. In Spezzia war man insofern in einer günstigeren Lage, als man volle 24 Stunden Zeit hatte, die Ausrüstung des im Hafen liegenden Geschwaders zu vollenden, und als im Morgengrauen des 21. März die französische Flotte den Kampf mit den Küstenbatterien begann, fand sie einen wohlgerüsteten Feind. Da von den Franzosen das Linienschiff »Suffren« allein einen Oberdeckspanzer trug und somit gegen das Feuer aus den italienischen Mörserbatterien leidlich geschützt war, so legte es sich näher an die Küste und nahm mit seinen schweren Geschützen den Hafen und die Arsenale unter ein gleich anfangs sehr wirksames Feuer, während die übrigen französischen Schiffe weiter auf der Reede zurückblieben.

Die leidige Jahrhunderte alte Gewohnheit der Franzosen, ihr Schiffsmaterial zu ängstlich zu schonen, machte sich hier verhängnisvoll geltend. Anstatt alle Kräfte an den ersten Offensivstoß zu setzen – eine jede Stunde des Zögerns zählte auf seiten der Italiener, da sie der Ausrüstung und Gefechtsklarmachung ihrer Schiffe zu gute kam – ließen sie zunächst fast allein den »Suffren« das Bombardement weiterführen.

Etwa um 9 Uhr erhielt man von Süden her von einem englischen Kreuzer die Funkspruchmeldung von dem Siege vor Neapel. Als dieser auf der französischen Flotte bekannt wurde, erregte er großen Enthusiasmus und der französische Admiral beschloß jetzt die Hafeneinfahrt von Spezzia zu forcieren, indem er Unterseeboote voranschickte, um die Minensperre zu zerstören. Während sich nun die französischen Linienschiffe formierten, erfolgte durch das Versagen des Rudermechanismus auf dem »Henri IV.« ein an sich belangloser Zusammenstoß zwischen diesem und der »Jena«. Jedoch entstand eine momentane Unordnung in den französischen Reihen. In diesem Augenblick erschien die italienische Flotte in der weiten Hafeneinfahrt von Spezzia. Die sechs Linienschiffe »Regina Margarita«, »Benedetto Brin«, »Emmanuel Filiberto« (sein Schwesterschiff »Admiral di St. Bon« lag in Reparatur im Dock), »Sardegna«, »Sicilia« und »Umberto« gingen unter Volldampf dem Feinde entgegen. Gleich in den ersten Minuten des Kampfes erhielt der dem Feinde die verhängnisvolle Breitseite bietende »Henri IV.« vier

Treffer mittschiffs, die seine Mittelartillerie an dieser Seite außer Gefecht setzte. Außerdem mußte ein Treffer unter den Kommandoturm dessen Signalleitungen zerstört haben, denn das Schiff verharrte ruhig in seiner gefährlichen Lage. Da brauste unter voller Maschinenkraft die »Sardegna« heran. Doch plötzlich hob sich deren Bug mit dem Rammsporn hoch aus dem Wasser. Dann tauchte die »Sardegna« mit dem Vorschiff tief in die Wellen ein und setzte hierauf, wie eine Ente das übergekommene Sturzwasser abschüttelnd, ihren Weg fort.[3]

Wenige Minuten später grub sich der Sporn der »Sardegna« in die Backbordseite des »Henri IV.« ein. Dieser legte sich unter der Wucht des Stoßes nach Steuerbord über, und als die »Sardegna« sich wieder frei gemacht hatte, schwankte er zurück, tauchte die Backbordreeling tief in die Wellen, einen Moment stand das Deck senkrecht zu den Wogen, die schweren Signalmasten klatschten auf das hoch aufspritzende Wasser; eine dumpfe Detonation erfolgte. Der »Henri IV.« kenterte und lag kurze Zeit kieloben, während die Schrauben das Wasser peitschten. Dann versank der schwere Schiffskörper in den Wellen, die ganze Besatzung, auch die, die sich in den letzten Minuten auf seinen Rumpf gerettet hatte, und auf der rotgestrichenen Metallmasse des Unterschiffes wie hilflose Ameisen herumkrochen, mit sich in die Tiefe reißend.

Die Schlacht dauerte kaum eine Stunde. Über ihren Verlauf wissen die Augenzeugen die widersprechendsten Aussagen zu machen. Die Ereignisse folgten sich so schnell, daß menschliche Sinne der sich jagenden entsetzlichen Eindrücke kaum Herr zu werden vermochten. Als am Vordermast des französischen Admiralsschiffes das Signal erschien »Sammeln und nach Toulon zurückkehren«, (das Signal wurde nicht mehr von allen Schiffen verstanden, da der Signalmast wenige Sekunden darauf seitwärts über Bord stürzte) waren nur drei französische Panzer noch leidlich imstande den Befehl auszuführen. »Henri IV.« und »Hoche« waren gesunken, »Neptune«, von mehreren Torpedoschüssen getroffen,

---

3   Die Besatzung der »Sardegna« erzählte später, man habe auf den »Henri IV.« zusteuernd einen gewaltigen Stoß gespürt, der alle an Bord Befindlichen zu Boden warf. Man glaubte zunächst einen Torpedoschuß erhalten zu haben. Da aber nichts weiter erfolgte, alle wasserdichten Abteilungen meldeten, daß das Schiff intakt sei und nur das Kollisionsschott etwas Wasser zog, so konnte man sich den Vorfall nicht erklären. Erst viel später stellte sich heraus, daß die »Sardegna« auf eines der französischen Unterseeboote gestoßen sein mußte.

war, um die Besatzung zu retten, auf die Küste losgefahren und war unweit des Hafeneinganges langsam, das Vorschiff voran, untergegangen. In seinem turmartigen Signalmast, in dem sich schreckliche Szenen der Verzweiflung zwischen den nach oben enternden Mannschaften abgespielt hatten, hatte sich ein Teil der Besatzung gerettet; andere wurden von italienischen Zerstörern und Minenbooten aufgefischt.

Den Rückzug der schwer havarierten drei Panzer »Suffren«, »Jena« und »Massena« deckten die jetzt in den Kampf eingreifenden Panzerkreuzer. Doch wurde der »Gambetta« nach einer halben Stunde so zugerichtet, daß er, nach einem vergeblichen Versuch, nach Süden zu entkommen, nur noch zwischen Übergabe oder Vernichtung zu wählen hatte. Er hißte die weiße Flagge. Die »Gloire« opferte sich vergebens gegenüber den italienischen Panzern auf.

Nur dadurch, daß die italienischen Schiffe selber sehr stark gelitten hatten und im Hinblick auf die möglicherweise von Süden zur Hilfe eilende englische Flotte sich nicht zu weit von Spezzia entfernen wollten, wurde es möglich, daß die arg zusammengeschossene »Jena« und der »Suffren«, der nur noch einem rauchenden Wrack glich, nach Toulon entkamen, während der »Massena« in den Händen des siegreichen Feindes blieb.

Am 23. März liefen die Trümmer der französischen Flotte, zwei fast gefechtsunfähige Panzerschiffe, fünf intakte Torpedoboote und fast alle kleinen Kreuzer, die sich an der Schlacht nicht beteiligt hatten, in Toulon wieder ein. Der Eindruck dieser Niederlage war ungeheuer. Er führte in Toulon zu einer Arbeiterrevolte. Dieselbe Stimmung teilte sich auch der Bevölkerung von Marseille mit, deren sozialistischer Stadtrat in einer phrasenreichen Entrüstungskundgebung der Regierung, die sich leichtsinnig in diesen Krieg gestürzt habe, die Verantwortung für das nationale Unglück aufbürdete. Die ersten Schüsse, die französische Truppen in dem Feldzuge an der Südgrenze abgaben, waren auf die eigenen Landsleute gerichtet, die das Arsenal von Toulon stürmten und mehrere Marineoffiziere im Straßenkampf töteten. Zwar gelang es der Regierungsgewalt die Ordnung wieder herzustellen, jedoch das Vertrauen auf die Flotte und auch, bei der leicht umschlagenden Stimmung der Südländer, auf das Heer, war geschwunden und nur widerwillig zogen die unter diesem Eindruck stehenden französischen Truppen in den Krieg.

Frankreichs neueste Waffe, die so sehr protegierten Unterseeboote, hatten nichts ausgerichtet. Unentbehrlich für die Hafenverteidigung und den Küstenkrieg, hatten diese Fahrzeuge in ihnen unbekannten Gewässern beim *Angriff*auf einen unbekannten Hafen völlig versagt. Mehrere Boote waren übrigens vor Spezzia gesunken, eines, wie erwähnt, von der »Sardegna« überrannt. Der Verlauf des Seekampfes hatte außerdem den Beweis erbracht, daß man in der französischen Marine bei der Anhäufung schwerer Gewichte auf den Decks in den festungsartigen Signalmasten und in den zu massigen Decksaufbauten zu wenig Rücksicht darauf genommen hatte, daß dadurch die Schiffe überlastig wurden und beim einseitigen Einbruch von Wassermassen in die Schotten der Gefahr des Kenterns ausgesetzt waren. Auch die italienische Flotte hatte schwer gelitten, zwar war kein Schiff gesunken, doch schieden der »Emmanuel Filiberto«, sowie der kaum noch schwimmfähige »Umberto« die nur mit Mühe noch ins Dock gebracht wurden fürs Erste aus der Flotte aus. Nach Beendigung der notwendigsten Reparaturen konnte jedoch der italienische Admiral bei einer Revue auf der Reede von Spezzia Mitte April konstatieren, daß vier Panzerschiffe und die vier Panzerkreuzer wieder vollauf gefechtsfähig waren. Außerdem wurden die beiden im Bau befindlichen Linienschiffe »Vittoria Emanuela« und »Regina Elena« bald in die Flotte eingestellt.

Die englische Flotte verhielt sich nach der Schlacht von Neapel zunächst passiv, hatte auch genug mit dem Ausflicken ihrer Schiffe zu tun, und begnügte sich damit, zwischen Toulon, Maddalena und Neapel eine sichernde Postenlinie zu unterhalten, und außerdem die Straße von Brindisi, wo ein starkes Geschwader stationiert blieb, zu beobachten. Man traute der kleinen österreichischen Flotte zunächst keine Offensive zu und hatte darin auch, wie sich zeigte, recht. Das österreichische Geschwader in Pola und Triest, zu dem drei kleine italienische Kreuzer von Venedig stießen, wagte vorläufig keinen Vorstoß, war es doch auch ein gefährliches Wagnis, über Brindisi hinauszugehen, wo man voraussichtlich mit einem zwei- bis dreifach überlegenen Gegner zusammentreffen mußte. Die Aufgabe der österreichischen Flotte war es fürs Erste, nur auf dem Posten zu sein, um die Engländer und Franzosen zu zwingen, ein größeres Geschwader bei Brindisi und Tarent konzentriert zu halten. So zog man wenigstens einen Teil der feindlichen Machtmittel zur See von der deutschen Küste ab.

Das Nächste, was die französisch-englischen Kreuzer im Mittelmeer unternahmen, war, überall die deutschen, österreichischen und italienischen Schiffe aufzubringen, soweit sie nicht in türkischen Häfen lagen oder ins schwarze Meer geflüchtet waren. Dann herrschte einige Zeit fast völlige Ruhe. Es mag hier gleich erwähnt werden, daß es dann am 17. Juli auf der Höhe von Brindisi zu einer Seeschlacht kam, die dadurch herbeigeführt wurde, daß der Unwille des österreichischen Volkes über die Untätigkeit der Flotte die Regierung zwang, sie den Feind angreifen zu lassen. Sie wurde dabei durch eine Diversion der Italiener von Spezzia unterstützt, die Schlacht blieb unentschieden, sie kostete den Österreichern die Hälfte ihrer Panzerschiffe und den Engländern ein Linienschiff und zwei Panzerkreuzer. Das unweit Messina gleichzeitig stattfindende Gefecht endete mit dem Untergang der »Sardegna« und der Gefangennahme der fast sinkenden »Sicilia« durch die Engländer, die aber hierbei ebenfalls ein Linienschiff einbüßten. Dann trat für diesen Kriegsschauplatz bis zum Herbst wieder vollständige Ruhe ein. Die Italiener blieben mit ihren letzten vier Linienschiffen in Spezzia (die beiden am 21. März havarierten waren wieder ausgebessert) und die Verbündeten beschränkten sich weiterhin auf einen ziemlich lockeren Blockadedienst vor Brindisi und an der italienischen Westküste. Verstärkt wurde das Blockadegeschwader im Laufe des Sommers durch die inzwischen in Toulon endlich fertiggestellten französischen Panzerschiffe, die aber nicht mehr zum Kampfe kamen.

Und die andern Mächte ...?

Ihre Stellung ergab sich gewissermaßen von selbst. Wer die politischen Vorgänge der letzten Zeit aufmerksam studiert hatte und wer durch den Phrasenschleier der Presse hindurchzublicken vermochte, für den gab es keine Enttäuschungen. Wohl aber Überraschungen. Die erste war Italiens Anschluß an Deutschland. Man hatte sich daran gewöhnt, den Dreibund als eine *quantité négligeable* anzusehen. Und es waren ja auch nicht so sehr geschriebene Paragraphen, die die Dreibundsmächte aufs neue zusammenschweißten, es war bei Italien mehr das Ungeschick der englischen Diplomatie, was die Regierung zwang zwischen einer Demütigung vor England, zwischen der Gefahr der Unpopularität und womöglich Abdankung und dem Kriege an der Seite Deutschlands zu wählen.

Auch die Geduld Österreichs hatte die Ungeniertheit Englands bei der Entfachung des Nationalitätenkampfes auf der Balkanhalbinsel bis zum äußersten erschöpft. Die ganz offen mit englischem Gelde betriebene

Wühlarbeit, die englischen Waffenlieferungen nach Saloniki trugen die Kriegsgefahr bis an die Grenze Bosniens. Hier wurden Österreich gefährliche Fußangeln gelegt, um es bei der Abrechnung mit Deutschland zu paralysieren. Zudem griff durch Englands provozierende Behandlung der makedonischen Frage, wobei es Österreich, Italien und Rußland gegeneinander auszuspielen versuchte, allmählich eine außerordentliche Gereiztheit beim Austausch endloser diplomatischer Aktenstücke Platz, daß hier Anfang März bereits ein Konflikt entstand. Er wurde, da englische Sovereigns in Bulgarien und Serbien kräftig »einheizten«, auf diesem alten Tummelplatz nationaler Interessenkonflikte vielleicht einen Brand entzündet haben, hätte der Zwischenfall von Samoa nicht der Entwickelung vorgegriffen. Durch Rußlands Auftreten in Sofia und Belgrad, durch seine Drohung, nicht nur die heimlichen Schürer des Aufstandes zur Verantwortung zu ziehen – die russische Flotte lag zum Auslaufen bereit in Sewastopol – sondern gleichzeitig die alte »Potemkin«-Rechnung in Bukarest zu präsentieren, flaute die Bewegung ab. Die Rajahvölker zogen es vor, die englischen Pfunde in geräuschvollen Versammlungen in Slivovitz, Wodki und andere landesübliche Getränke anstatt in Patronen umzusetzen und ihre Haut für die Herren der Londoner City zu Markte zu tragen.

Österreich glaubte mit einem Federstrich seine alte Kabinettspolitik ohne Rücksicht auf die Empfindungen seiner zahllosen Nationalitäten fortsetzen zu können, und verfügte am 22. März die Mobilmachung der Armee. Als sich bereits zwei Armeekorps auf dem Wege nach der französischen Grenze befanden, brachen die bekannten Revolten des tschechischen Pöbels in Prag und andern Städten aus. Lärmende Volksversammlungen sandten Sympathieadressen nach Paris und auch aus Ungarn wurden massenhafte Gehorsamsverweigerungen bei der Mobilisierung bekannt. Die zum Garnisonsdienste einberufene Honvedarmee stellte im Rücken des österreichischen Heeres eine so bedeutende Gefahr dar, daß sie die Wiener Regierung zwang, die Hälfte der mobilen Armee im Lande zu lassen. Nur langsam vollzog sich deshalb der Transport der österreichischen Truppen auf dem Weg durch Süddeutschland und die Lombardei nach der französischen Grenze. Das hatte bekanntlich den Vorstoß der Franzosen auf Mülhausen zur Folge. Während im Norden Schlag auf Schlag folgte, während die deutschen Heere in Frankreich hineinfluteten, blieb die österreichische Führung stets eine schleppende. Die österreichischen Korps gliederten sich im Süden der deutschen Front an. Auf ihrem linken Flügel stand die italienische Armee. Auch Italiens halbes Heer hielt das Gespenst einer englischen Landung zur Verteidigung der langen Küstenlinien in der Heimat fest. Wenn die italienischen und österreichischen Armeen manche erfreulichen Erfolge erreichten, so verdankten sie das dem Umstande, daß ihnen nur schwächere feindliche Streitkräfte und die spanischen und portugiesischen Korps gegenüber standen.

Zugleich mit dem englisch-französischen Angriff hatte Portugal, der Vasall Großbritanniens, eine bombastische Kriegserklärung erlassen. Eingeengt in diesem Schraubstock der Westmächte blieb Spanien kaum noch eine Wahl. Zudem ward es von Paris aus kategorisch an die beim Besuche Loubets in Madrid getroffenen damals so harmlos aussehenden Abmachungen erinnert. Auch Spanien trat zu den Verbündeten über, und zwar ohne eine Kriegserklärung. Es war eine gewisse »Hemdärmligkeit« im diplomatischen Verkehr eingerissen.

Und Amerika …? Im Grunde genommen war es ein einfaches Exempel, das restlos aufging. Beide angelsächsischen Staaten, Amerika wie England, empfanden die deutsche wirtschaftliche Konkurrenz auf dem Weltmarkte seit Jahrzehnten gleich lästig. Von London wie von Washington aus hatte man ja häufig genug versucht, den andern in einen Krieg mit Deutschland hineinzutreiben. Keiner wollte derjenige sein der mit der größten Militärmacht anband, damit der andere als *tertius gaudens* inzwischen die Früchte des Krieges einheimse. Hatte England s. Zt. versucht, in dem Konflikt mit Venezuela Deutschland und die Vereinigten Staaten aneinander zuzubringen und sich dabei nicht nur während der Blockade, sondern auch bei dem Intriguenspiel in Washington gefährlich exponiert, so zeigten die Vorgänge in Samoa ein Gegenstück dazu. Nur war der Erfolg diesmal ein sehr realer. Wir kennen die Vorgeschichte des Zwischenfalls von Apia nicht, und werden sie vielleicht nie kennen lernen; man wird schon dafür sorgen, daß keine Dokumente auf die Nachwelt kommen. Das eine ist aber sonnenklar, daß die Verteilung amerikanischer Gewehre an die Eingeborenen, daß die Wühlarbeit der amerikanischen Missionare hier einen Konflikt schaffen *sollte*, in dem man dann den angelsächsischen Bruder liebevoll vor dem Rest sitzen ließ. Im letzten Augenblick als schon die Geschütze schußbereit waren, verließ, wie berichtet, der amerikanische Kreuzer »Wilmington« die Reede von Apia. Die kleine Kostenrechnung auf Samoa hat man von Washington aus später unter Ausdrücken lebhaften Bedauerns bar beglichen. Es war der

Einsatz im politischen Roulettespiel. Man setzte einen Dollar und gewann Millionen, wo der Handel zweier Nationen ein Jahr lang still lag. Ein einziges Mal hat England seine altbewährte Politik, einen Zusammenstoß mit mächtigen Völkern zu vermeiden, verlassen. Es glaubte *mit*Amerika zu gehen und ward von ihm geschoben und mit einem freundschaftlichen Fußtritt in den Abgrund gestoßen. Was England hundertmal gewollt hat, worauf es seine ganze Diplomatie konzentriert, gelang dem kühl berechnenden Bruder Jonathan, als britische Schlauheit auf einen Augenblick schlafen gegangen war. Der Moment, da der »Wilmington« die Reede von Apia verließ, entschied für Amerika wie für England über Milliarden. Amerika buchte sie unter: Haben.

Und Rußland …? Rußlands Haltung war von klugen Erwägungen geleitet, die auch persönliche Neigungen am Zarenhofe zum Schweigen brachten. Vielleicht am besten charakterisierte ein Artikel der »Nowoje Wremja« die Lage, in dem es hieß: »Unserm Kriege mit Japan hat die ganze Welt mit niemals verhehlter Schadenfreude zugesehen. Es war der englischen Diplomatie gelungen, Japan auf es zu hetzen. Wir wissen, was wir England verdanken, und werden das nie vergessen. Japan hat, indem es unsere Flotte vernichtete, nur Englands Geschäfte besorgt. Heute, da Europa in Flammen steht, sind wir in der glücklichen Lage, uns an dem Feuer ruhig die Hände wärmen zu können. Jeder Sieg, jede Niederlage zählt auf unserer Seite. Je mehr tote Soldaten man auf französischer Erde verscharrt, um so größer wird die russische Armee. Sollen wir Deutschland in den Rücken fallen? Wir haben genug polnische Provinzen. Was wir wollen, nehmen wir uns, wenn der Krieg an der Erschöpfung beider Gegner zu Ende geht. Dann steht *uns*die Welt offen. Ebenso denkt man in Japan, wo man das Bündnis mit England grinsend verlacht. Kein Gelber marschiert wieder für England. Sollen wir Frankreich beispringen? Frankreich, das uns verraten, das unsere Schiffe aus Saigon verjagte? Diesmal sitzen wir im Parkett … Das Spiel hat begonnen«.

Rußland blieb neutral, so neutral, daß es selbst den englischen Kreuzer »Arrogant« der im April mit Maschinenschaden Riga anlief, kategorisch aufforderte, entweder den Hafen innerhalb 24 Stunden zu verlassen oder die Flagge zu streichen. Rußland instruierte die türkische Regierung, daß es keinerlei Unruhen auf der Balkanhalbinsel dulden werde, schob seine Grenzposten in Turkestan langsam vor, erklärte, daß es Getreide und Pferde *nicht*als Kriegskontrebande betrachte, sorgte so für die Aufrechterhaltung seiner Getreideausfuhr über die westliche Grenze und wartete im übrigen in aller Ruhe das Ende des Riesenkampfes ab.

Die skandinavischen Länder versandten an alle Regierungen eine Neutralitätserklärung, konnten aber nicht verhindern, daß englische Kreuzer häufig norwegische Fjorde aufsuchten. Dänemark setzte seine Armee auf den Kriegsfuß, und versammelte 30000 Mann in Jütland, während der Rest des Heeres in und um Kopenhagen konzentriert blieb. Es schien zunächst so, als ob die englische Flotte Esbjerg als Operationsbasis gegen die deutsche Nordseeküste benutzen wolle. Auf eine kategorische Erklärung von deutscher Seite, wenn die englischen Schiffe nicht sofort zum Verlassen Esbjergs veranlaßt würden, so werde Deutschland in Jütland einrücken, erließ die dänische Regierung einen Protest nach London, der auch den gewünschten Erfolg hatte. Nicht aus Rücksicht auf Dänemarks kleines Heer und seine wenigen Küstenpanzer, sondern weil eine Verletzung der dänischen Neutralität Jütland auf jeden Fall sofort in deutschen Besitz gebracht hätte. Zwar hätte Kopenhagen ein Stützpunkt der englischen Flotte werden können. Doch lag der Nachdruck ja nicht auf einer Landung an der deutschen Küste. Und fuhr man schließlich nicht ebenso gut mit einer wohlwollenden Neutralität Dänemarks, nach dem alten Erfahrungssatze: Neutralität ist, wenn man nicht erwischt wird?

* *
*

Es sei hier gleich der einzigen Gelegenheit gedacht, da die sozialdemokratische Phrase sich in die Tat umzusetzen versuchte. Nach der Drohung Bebels im Reichstage hatte man an so etwas wie die Proklamierung eines Massenstreiks in den Gewerben gedacht, die mittelbar mit der Mobilmachung zusammenhingen. Nichts davon geschah; der gesunde Sinn des deutschen Arbeiters war überall stark genug, um den Einfluß verhetzender Vereinsrednerei zu überwinden. Und als einige gar zu laute Schreier festgesetzt wurden, brachte man dieser Maßregel volles Verständnis entgegen. In der Volksseele klangen ernstere Empfindungen und Stimmungen wider, als daß sie sich über das Schicksal einzelner Agitatoren hätte aufregen können.

Bekanntlich erfolgte in den ersten Tagen des Krieges ein Vorstoß zweier französischer Korps ins untere Elsaß, der dort eine ungeheure Panik erzeugte. Beim Herannahen des Feindes glaubte nun der sozialistische Magistrat einer Stadt, deren Namen verschwiegen bleiben mag, seine international-sozialdemokratische Gesinnung dokumentieren zu sollen. Als eine Abteilung afrikanischer Chasseurs sich der Stadt näherte, zogen ihnen die Herren vom Magistrat mit roten Fahnen und Schärpen und sonst allerhand Rotem entgegen, um die »Befreier« willkommen zu heißen. Der französische Oberst ließ ein halbes Dutzend Ansprachen und die Arbeitermarseillaise geduldig über sich ergehen und beförderte dann die ganze Gesellschaft hinter die Front, wo man die aus allen Wolken fallenden Internationalen zunächst um ihre Unterschrift unter die Anweisung einer sechsstelligen Summe als Kontribution ersuchte. Und als sie sich weigerten, steckte man die entgeisterten Volkstribunen einfach ein und kassierte selber das Geld. Es blieb dies erfreulicherweise der einzige Fall, in dem unentwegte Genossen ihre Phrasen von Völkerverbrüderung praktisch zu verwerten suchten. In dem Riesenkampfe, in dem die Nationen sich eisenklirrend gegenüberstanden, ward die kümmerliche Treibhauspflanze der Internationalität schnell zu Boden getreten.

Auf ferner, fremder Aue …

Jetzt standen sie draußen alle die jugendfrischen Söhne eines fleißigen Volkes, die ein kurzer Befehl von ihrer Arbeit abgerufen hatte. Losgelöst von allen Bequemlichkeiten der Kultur standen sie jetzt im Felde. Leute, die vor zwei Wochen noch das Bewußtsein, einen nicht ganz tadellosen Kragen zu tragen oder ein Fleck auf dem Vorhemde aus dem moralischen Gleichgewicht gebracht hätte, verwöhnte Einwohner der Großstadt, denen bis dahin ein Mittagessen ohne weißes Tischtuch ein unvollziehbarer Gedanke deuchte, die daheim gewohnt waren nasse Stiefeln sofort zu wechseln, waren jetzt froh, wenn sie überhaupt einmal dazu kamen, den durchschwitzten Rock auszuziehen, oder ihr Hemd selber in meist sehr zweifelhaften Gewässern waschen zu können. Nach kurzer Zeit lag diesem Volksheere die ganze Kulturwelt wie eine blasse Erinnerung, von der man durch Jahre getrennt war, dahinten. Manche gefielen sich ganz besonders in der Pose des rauhen ungewaschenen Kriegers. Wenn nur die furchtbaren Regengüsse nicht gewesen wären. Da man jedoch dem Tode täglich ins Auge sah, verloren alle kleinen Leiden ihre Bedeutung. Nur trockene Strümpfe und etwas festes im Magen und im Brotsack, dann ließ sich die Sache schon ansehen.

Und dies herzzerpressende, die Kehle zuschnürende Angstgefühl, wenn es zum ersten Mal ins Gefecht ging, wenn man zum ersten Mal auf Menschen schießen sollte, die einen doch schließlich nichts angingen, die einem doch nichts getan hatten. Aber solche Empfindungen verstummen, sobald der Soldat merkt, daß dies doch etwas anderes sei als daheim ein Manöver, wenn das pfeifende Sausen wie von einer schwippenden Gerte, wenn die durch einschlagende Kugeln verursachten Sandspritzer den Mann schleunigst sich decken hießen. Dann fielen die Ersten, und der Anblick der toten und verwundeten Kameraden entfachte in den andern eine ingrimmige Wut, eine wilde Gier nach Rache bis dann der Blutgeruch die Sinne umnebelt und alles andere Empfinden erstickt, nur das Eine: nur an ihn, nieder mit ihm, der dort drüben immer schießt …

Bei dem Vormarsch der deutschen Heere durch Belgien blieb die rechte Flanke nach Norden stets durch starke Truppenmassen gedeckt, die bei einem zu erwartenden feindlichen Vorstoß von Antwerpen aus, sofort von rückwärts Verstärkungen heranziehen konnten. Da die Aufgaben der deutschen Heeresleitung im nordöstlichen Frankreich lagen, verzichtete man einstweilen auf einen Angriff auf Antwerpen und wartete, bis der Feind seinerseits vorgehen werde. Der ließ freilich lange auf sich warten. Es bedurfte erst ernsthafter Vorstellungen von französischer Seite, bis sich die englische Heeresleitung entschloß, durch eine Diversion direkt auf die deutsche Etappenlinie den französischen Verbündeten zu entlasten. Die Schlacht, die Mitte April nördlich von Löwen an der Dyle stattfand, endete nach anfänglichen englischen Erfolgen schließlich mit der Zurückwerfung der englisch-belgischen Armee auf Antwerpen, worauf mit der Belagerung der Festung begonnen wurde. Der Verlauf der Schlacht wird recht anschaulich geschildert in folgendem Briefe eines deutschen Reiteroffiziers, der zu Beginn des Kampfes verwundet wurde. Der Brief lautet:

Lazarett IV, Löwen, am 30. April 1906.

Mein lieber Vater!

Die beiden Telegramme, die Oberstabsarzt Gebhard Dir geschickt hat, werden Dich einstweilen über mein Schicksal beruhigt haben. Soweit es einem zum Krüppel geschossenen Offizier überhaupt gut gehen kann, darf ich mit meiner Lage hier zufrieden sein. Was später aus mir und Euch werden wird, ist eine Frage an eine Zukunft, über die ich kaum nachzudenken wage. Wir alle sind durch Familientraditionen gewohnt, dem Schicksal klar und scharf ins Auge zu sehen und insbesondere ist unser beiderseitiges Verhältnis ein derartiges, daß wir die üblichen konventionellen Geheimnisse nicht vor einander haben, und nicht zu haben brauchen. Deshalb hier endlich ein klares, unretouchiertes und durch keine Schönfärberei entstelltes Bild dessen, was mir die beiden letzten Wochen gebracht haben.

Zwischen dem Augenblick, als ich auf dem Sattel meines Pferdes Dir die letzte Feldpostkarte am Morgen des 18. April mit Bleistift hinkritzelte, während um mich herum die Trompeten zum Aufsitzen bliesen, und dem Augenblick, da ich in der Fliederlaube des Lazarettgartens von Löwen wiederum zur Feder greife, wo um mich der Frühling blüht und duftet, liegt eine Welt.

Laß mich kurz chronologisch erzählen. Am 18. April morgens rückten wir und ein Dragoner-Regiment zusammen auf der von Löwen nach Norden führenden Straße vor. Schweigend ritten wir in den strahlenden Frühlingsmorgen hinein. Von fern her schallte dumpfer Kanonendonner herüber. Auf dem Höhenzuge, den die Straße, kurz bevor sie in das Tal der Dyle hinabsteigt, überschreitet, stand unsere Artillerie. Als wir gegen 6 Uhr in der kleinen Talsenkung hinter dem Höhenzug in eine Reservestellung einrückten, hatte der Geschützkampf bereits Stunden gewährt, ohne daß wir oder der Gegner irgend welche nennenswerte Erfolge erreicht hätten. Man sagte, daß die kleine Stadt dort unten im Tale der Dyle fast schon in unserm Händen gewesen war, als General French mit vier neuen Infanterieregimentern unsere Pioniere und die zwei Bataillone, die sich in den ersten Häusern eingenistet und verbarrikadiert hatten, wieder hinaus warf. Seitdem, sagte man, stände das Gefecht. Unser Oberst ließ unser Regiment neben der Straße Halt machen und die Leute absitzen. Auf der anderen Seite stand ein Infanterieregiment, ebenfalls als Reserve. Die Leute saßen im Straßengraben. Während wir nach dem rasenden Lärm vor und über uns hinhorchten, wollte kein rechtes Plaudern in Gang kommen. Es ist die gedrückte Stimmung, die eine Truppe stets befällt, wenn sie den Feind nicht sehen kann und nur dem Schall der Mordarbeit zu folgen vermag. Dazu wirkte der Anblick der Verwundetentransporte wie stets niederdrückend, so daß nicht einmal die berufsmäßigen Witzemacher in der Kolonne Anklang fanden.

Ich erhielt Befehl, mich oben bei der Artillerie über den Stand der Schlacht zu orientieren, und ritt von einem Dragoner begleitet die sanft ansteigende Straße hinan. Es ist eine unvergeßliche Erinnerung für mich, das wundergewaltige Panorama einmal in meinem Leben gesehen zu haben, welches der Massenkampf der Völker in ihrem Zusammenprall entrollt. Ich hielt oben dicht hinter der Kulminationslinie des Hügels zwischen beiden Artillerieregimentern, die nur durch die Chaussee in ihrer Aufstellung getrennt wurden. Eine einzige Linie springender gelber Blitze, schwarzer Rohre, aus denen der Tod dem Feinde entgegen brüllte. Der Boden aufgewühlt und gepflügt von platzenden Granaten, oben in der Luft die weißen Dampfballen zerspringender Schrapnells. Gedeckt zwischen den Chausseebäumen konnte ich das Tal der Dyle überblicken, grüne Fluren, in denen schwarze Linien die Stellungen unserer Infanterie markierten. Die Straße senkte sich vor mir bis zu dem Städtchen, um das in früher Morgenstunde bereits so heiß gestritten war. Jetzt brannte es zur Hälfte. Die englische Artillerie stand, wie die unsere, gedeckt hinter den Kuppen der jenseitigen Hügel, war also von hier aus unsichtbar. Über den langen Schützenlinien, die sich wie Ackerfurchen über das wellige Terrain zogen, stand ein feiner blauer Dunst; wie leichter Frühnebel aufsteigt, wenn die Morgensonne die Erde grüßt. Über einem an der Chaussee hinter unserer Artilleriestellung liegenden Bauernhof flatterte eine Fahne mit dem roten Genfer Kreuz.

Ich konnte mit meinem Görzglas deutlich verfolgen, wie drüben auf der Bahnlinie, außerhalb des Bereiches unserer Artillerie von Antwerpen her Zug um Zug heranrollte, eine lange Wagenreihe hinter der anderen herkriechend, um einige Kilometer nördlich der Stadt Halt zu machen, worauf aus ihnen eine wimmelnde Ameisenschar herausquoll. Der Feind führte anscheinend von seiner Operationsbasis gerade hier nach seinem linken Flügel hin die größten Truppenmassen. Ich sah die englischen Bataillone sich formieren, sich in Schützenlinien auflösen und so eine Ackerfurche neben und hinter der anderen entstehen. In den vorderen Furchen stiegen graugelbe Rauchwolken auf, und die Ameisen, die von ihnen zur Seite geschleudert wurden, sie blieben regungslos liegen. Das klappernde Infanteriegefecht schien zuweilen ganz einschlafen zu wollen, der Donner der Geschütze blieb das Grundmotiv. Offenbar hatte der Feind ein größeres Geschützkaliber herangezogen, denn während seine Granaten und Schrapnells bisher immer nur in und über unseren Infanteriestellungen explodiert waren, flogen sie jetzt in flachem Bogen über den Höhenkamm hinweg, diesseits berstend in die dichten Kolonnen unserer Reserven versinkend. Es entstand ein Schwanken, eine wellenförmige Bewegung nach links und rechts, dann fluteten die dunklen Abteilungen zurück, man zog die Reserven aus der Feuerlinie, um sie nicht zwecklos abschlachten zu lassen.

Ich konnte mich von dem seltsam fesselnden Bilde nicht losreißen, und hatte, mit dem Glase den Bewegungen der feindlichen Schützenlinien folgend nicht darauf geachtet, daß in der Batterie links neben mir das Feuer nachzulassen begann. Zwei Rohre waren unbrauchbar geworden und an den anderen vier Geschützen lagen die Bedienungsmannschaften fast alle in einem wüsten Knäuel um die Lafetten. Schrapnell auf Schrapnell platzte über der dezimierten Batterie und eine Granate um die andere wühlte den Boden zwischen den Kanonen auf. Die Leitung des feindlichen Feuers wurde offenbar vom Ballon aus, von dem man unsere Stellungen einsehen konnte, dirigiert. Gerade als ich den Fesselballon mit dem Glase ins Auge faßte, fühlte ich den Boden unter mit erzittern. Unmittelbar neben mir stieg eine gelbe Dampfwolke auf, mein Pferd ward nach links hinüber geschleudert. Der Krach des explodierenden Geschosses machte mich fast taub. Ich lag hilflos unter dem Pferd und griff mit der rechten Hand in eine ekelhafte, schmierige, warme Masse. Ein Stück der Granate hatte meinem Pferd den Bauch aufgerissen. Ich sah, wie der Dragoner vom Pferd sprang, fühlte mich von seinen Armen emporgehoben und nach dem Grabenrande hingeschleift. Ich blickte zurück auf den Körper meines treuen Tieres, das mich ein paar Sekunden vorher noch getragen und wie sich in solchen entsetzlichen Momenten das ganze Seelenleben auf den Bruchteil einer Sekunde konzentriert, man im Augenblick Stunden erlebt und scheinbar Gleichgültiges mit aller Schärfe beobachtet, sah ich mitten auf der blutigen Masse einen Stiefel liegen. Ich packte den Dragoner am Arm und deutete dorthin. »Herr Leutnant«, sagte er, »der Stiefel nützt Ihnen nischt mehr«. Ich verstand das nicht.

Einige Minuten – es kann auch länger gewesen sein – muß ich bewußtlos geworden sein. Als ich die Augen wieder aufschlug, stand ein junger, blonder Militärarzt mit einem Schmiß über der Backe neben mir. Mein Dragoner bettete mich, so gut er's vermochte, in die Lücke einer Hecke, am Grabenrande. Was ist's, fragte ich den Arzt. »Herr Leutnant, die Hauptsache ist, daß wir die Blutung zum Stehen bekommen«. Ich fühlte, wie er mit einem scharfen Instrument in meinem rechten Bein herumbohrte, ein rasender Schmerz durchzuckte mich. »Bin ich schwer verwundet«, fragte ich. »Der rechte Oberschenkel ist glatt durchschlagen«. Jetzt dämmerte es in mir auf, was es mit dem Stiefel auf sich hatte; ich war ein Krüppel. Was weiter in den nächsten Stunden geschehen ist, weiß ich nicht, nur der furchtbare Schmerz an meiner rechten Seite ließ mich zuweilen aus dem Dämmerzustand erwachen. Das Rasen und Dröhnen der Schlacht ging um mich weiter, einmal als ich erwachte, stand die Sonne hoch am Himmel, Mittag also. Auf der Chaussee, an deren Rand ich ziemlich versteckt in der Hecke lag, hörte ich das Schüttern und Rasseln von Fahrzeugen, das allmählich schwächer wurde. Von unserer Artillerie sah ich nichts mehr. Nur die weiße Flagge mit dem roten Kreuz flatterte noch über dem Giebel des Bauernhauses. Aber was sie bewegte, war nicht der Wind, es waren die Flammen, die aus dem Dache des Hauses hervorzüngelten. Die Ambulanz brannte. Gellendes Geschrei drang aus dem Erdgeschoß des Hauses und aus dem raucherfüllten Garten davor.

Zwei Ordonnanzen rasten an mir vorüber und verschwanden in der Senkung der Straße, die Hufe ihrer Pferde klapperten auf der Chaussee. Dann kam eine Kompagnie im Laufschritt aus dem Tal der Dyle herauf, warf sich dicht neben mir zu beiden Seiten der Straße nieder und das furchtbare, rollende Prasseln des Kleingewehrfeuers benahm mir wieder die Sinne. Halb bewußtlos glaubte ich noch zu hören, wie größere Menschenmassen an mit vorüberwogten, ich hörte fluchen und schimpfen. Dann ward's wieder stiller, und neben mir sagte eine Stimme: »die Khakis kommen«. Der Trieb der Selbsterhaltung ließ mich meine Schmerzen überwinden, ich fragte nach der Richtung hin, wo ich die Stimme gehört hatte: »Werden wir geschlagen«? Ich erhielt keine Antwort.

Auf der Chaussee schleppte sich mühsam ein verwundeter Infanterist, sein Gewehr als Stock benutzend, fort, nach der Richtung wo unsere Schützenlinie verschwunden war. Ich rief ihn an, er sagte: »Wir sind zurückgeschlagen«, und setzte sich auf den Grabenrand neben mir. So warteten wir beide in dumpfem Schweigen, während ein beklemmender Schmerz vor dem Grauenvollen, was nun kommen würde, meine Brust zusammenpreßte, auf das Erscheinen des Feindes. Hinten prasselte und knatterte das Feuer in den Dachsparren des Ambulanzhauses, davor hielt ein Wagen mit der Genfer Flagge, in dem man einige Verwundete fortzuschaffen suchte. Mitten auf der Straße stand ein graubärtiger Stabsarzt, schwenkte in der Hand ein großes weißes Tuch und beobachtete durch ein Glas das Terrain vor ihm. Ich suchte ihn anzurufen, doch er schüttelte den Kopf, winkte weiter mit dem Tuch, und deutete mit seinem

Krimstecher nach vorn. Jetzt hörte ich ein englisches Kommando und sah im Laufschritt über die Felder lange Linien heranlaufender Menschen in graugelber Uniform. Vor dem Kamm des Hügels warfen sie sich nieder, sich zwischen Hecken und in den von den Granaten gerissenen Löchern einnistend und die Tornister unserer gefallenen Mannschaften als Deckung benutzend. Während das taktmäßige Klappern der Gewehrschlösser und der scharfe Knall der Schüsse anwuchs wie zu einem orkanartigen Hagelwetter, wenn es auf ein Blechdach herniederschlägt, hörte ich auf der Chaussee das Rasseln und Stoßen einer heranfahrenden Batterie.

Rings um mich und in die Reihen der Khakis schlugen pfeifende Geschosse ein und stäubten Sand und Kiesel auf. Jetzt war sie heran, die erste englische Batterie, das vorderste Geschütz nur noch mit vier Pferden bespannt. In das Gespann des zweiten Geschützes schlug eine Granate, wirbelte die Pferdeleiber durcheinander, riß blutige Fetzen von den Reitern und warf die Protze quer über die Chaussee, das Geschütz in den Straßengraben dicht neben mir schleudernd. Ein Khakileutnant sprang vom Pferd, brüllte die Mannschaften an und zwang sie unter einer Flut von Schimpfworten die Kanone hinter mir in den Acker zu schleppen. Dicht an meinem Kopfe fühlte ich die in der weichen Erde wühlenden schweren Tritte der englischen Kanoniere. Dann ein schnappender Ton von Metall, »*fire*«! tönte das Kommando, ein Feuerstrahl schoß an mir vorbei durch die Luft, die englische Artillerie hatte den Kampf aufgenommen.

Das beginnende Wundfieber muß während der nächsten Stunden meine Sinne betäubt haben. Als ich wieder erwachte, war es Abend. Wie ich später erfuhr, hatte die Schlacht folgende Wendung genommen: Vor der übermächtigen englischen Artillerie, die ungefähr über das Doppelte an Geschützen verfügte wie unsere Artillerie hier auf dem rechten Flügel, hatten wir zunächst zurückweichen müssen. Nachmittags hatte nach Heranziehung von Reserven unsere Vorwärtsbewegung dann von neuem begonnen, und am Abend waren die verlassenen Positionen wieder in unseren Händen, der Feind trat den Rückzug über die Dyle in der Richtung auf Antwerpen an. Der Tag war unser, aber unter welchen Opfern. Es war, wie gesagt, Abend, als ich erwachte. Rings um mich tiefe Stille, die Schlacht hatte sich weit hinüber über die Dyle gezogen. Neben mir stand noch das englische Geschütz, über der Lafette lagen zwei tote Kanoniere, den Kopf in der Todesstarre krampfhaft nach oben gebogen. Selbst meine durch die Schrecknisse der letzten Wochen gestählten Nerven vertrugen diesen Anblick nicht. Wie vier feurige Kohlen glotzten mich die gebrochenen Augen der Toten, in denen sich die brandrote Farbe des Abendhimmels widerspiegelte, an. Um das nicht sehen zu müssen, kroch ich unter fürchterlichen Schmerzen ein paar Schritte fort. Mitten auf der Chaussee stand ein zweites englisches Geschütz. Auch verlassen, auch von einer stummen Totenwache umlagert; jener Leutnant, der am Mittag das umgeworfene Geschütz ins Feuer geführt hatte, lehnte am Rade der Lafette. Die rechte Hand hielt noch den Krimstecher, den Kopf hatte eine Granate fortgerissen. Die Protze dahinter auf der Chaussee war in den Graben geschleudert, ihre Deichsel starrte wie ein Galgen in die Luft, den Kopf des einen Pferdes wie mit dem Strick eines Henkers in die Luft zerrend. Das Dämmerlicht leuchtete gerade genug, um mit all dies Gräßliche noch einmal zu zeigen; dann ward das Licht schwächer, die Sonne sank. Über den leise verschwimmenden Konturen des Hügels schauten nur die langen Schutzschilde zu beiden Seiten eines dritten Geschützrohres, welches mitten im Ackerfelde stand, starr empor. Ich erkannte daran, daß es Ehrhardtsche Geschütze, Geschütze deutscher Herkunft aus der Zeit des Burenkrieges gewesen waren, mit denen der Feind von hier aus in die Kolonnen unserer braven Truppen hineingepfeffert hatte.

Und die Nacht senkte sich hernieder. Ganz von fern dröhnte der Geschützkampf nach, langsam abflauend und dann wieder anschwellend. Stunde um Stunde verrann. Zuweilen muß ich wieder in Fieberphantasien verfallen sein. Ich weiß noch, daß ich träumte, ich wäre auf einer nächtlichen Wanderung, ich wanderte auf der Landstraße drunten in Württemberg, mitten durch den schweigenden Wald, durch die Stille der Nacht, die keine Stille ist, in der hundert Stimmen lebendig werden, die uns das Geräusch des Tages überhören läßt. Und ich wanderte und wanderte, und wunderte mich darüber, daß mein rechtes Bein schmerzte und ich trat hinaus aus dem Wald und sah hinüber auf das Dorf unten im Talgrund. Es lag eine Stimmung über dem Ganzen wie in dem alten, frommen Lied von Paul Gerhardt: »Nun ruhen alle Wälder«, und in diese Elegie hinein platzte plötzlich eine Stimme von ganz fern her, ein Hund schlug an bau–a, bau–a, bau–a, so klang es plötzlich ganz weit von fern irgendwo her bau–a, bau–a, bau–a, und immer wieder nur der eine Hund und er bellte unablässig und immer lauter. Er schrie und rasselte an der Kette, da fingen noch andere Hunde an, das ganze Dorf war voller Hunde, wütend bellten und kläfften sie und die Stille der Nacht verschwand, und es schrie irgend jemand nach Wasser und die Hunde bellten lauter und sie wuchsen und wurden größer, wurden zu riesengroßen Ungeheuern und sie zerrten an ihren Ketten. Dazwischen immer wieder der eine Ruf »Wasser«. Da erwachte ich. Von fern her dröhnten die Geschütze noch immer, bau-a, bau-a, bau-a bellten sie und schrien wie die Kriegshunde, mit denen der Donnergott über den Wald dahin fährt, während die sturmgepeitschten Wipfel unter ihm rauschend aneinander schlagen.

»Wasser«. Der Kamerad konnte nicht weit von mir liegen. Ein paar Schritte nur, aber ich Krüppel konnte ihn nicht erreichen. Ich griff nach meiner Feldflasche, sie war bei meinem Sturze heil geblieben. Ich trank gierig ein paar Züge, dann, meine ganze Willenskraft zusammennehmend, schloß ich den Stöpsel wieder. »Kamerad«, rief ich, »hier meine Flasche, ein kleiner Rest ist noch darin«; und ich warf sie nach der Richtung, von wo gerufen wurde. Ein leise gehauchter Dank wurde verschlungen von dem Splittern des Gefäßes auf einem Chausseestein. Das karge Labsal erreichte die dürstende Zunge nicht. Meine Gedanken wanderten wieder in die Ferne. Ich war zu Hause und sah eine schön geschliffene Flasche mitten auf einem gedeckten Tisch stehen, Wasser so viel man wollte, und hier die Besten des Volkes im Straßengraben verkommend, weil ein neidischer Zufall das letzte Labsal in den Sand rinnen läßt. Bau-a, bau-a, bau-a bellten die Geschütze weiter und die Nacht wurde lebendig rings um mich her. Sie erwachten die Stimmen des Schlachtfeldes, das Klagen und Stöhnen der Verwundeten, der Jammerschrei der Sterbenden. Flüche und Verwünschungen, englische Worte, flehentliche Bitten: Wasser, Wasser, und drüben über der Talmulde rotbrauner Brandrauch über der Stadt, da die Kriegsfurie friedliches Leben mitleidlos zerstampft hatte. Das Herz erstarrte mir und krampfte sich zusammen unter dem Gefühl eigner Hilflosigkeit so entsetzlichem Unglück gegenüber. An seinem Mitleiden ist Gott zu Grunde gegangen, so sagt wohl jener Philosoph, jener Herrenmensch. Er hat nie verwundet unter Todwunden auf einem Felde gelegen, wo der unerbittliche Schnitter Tod die Garben gemäht hat.

Es war eine furchtbare Nacht, einsam unter den Einsamen, allein unter den Verlassenen. Hin und wieder blickte ein Mondstrahl zwischen den Wolken hindurch, das schauerliche Bild des Todes mit seinem fahlen Scheine übergießend. Dann ward es stiller. Rastlos jagten, lautlosen Reitergeschwadern gleich, zerfetzte Wolken über den Nachthimmel, es ward kälter, der Morgen nahte. Blasses Dämmerlicht ließ die Umrisse des Geschützes vor mir auf der Chaussee wieder deutlicher hervortreten. Da flatterte neben mir aus der Hecke etwas auf. Eine Amsel setzte sich auf das Korn des Geschützrohres, putzte sich die Flügel und begann ihr schrilles Morgenliedchen zu pfeifen …

Als ich wieder zur Besinnung kam, befand ich mich in einem Saal voll weißer Betten; ich war im vierten Lazarett von Löwen. Was soll ich Dir schreiben über den Verlauf der Heilung, die mein Freund, der Oberstabsarzt Gebhardt für ein Wunder seiner Kunst erklärt. Ich bin ein Krüppel. Ich sitze hier in der Fliederlaube des Gartens, um mich blühender Frühling; in vier Wochen darf ich meine Krücke nehmen und heimkehren, heimkehren zu was? Bescheidene Gemüter werden sagen, ich darf mich beglückwünschen, daß ich noch so davon gekommen bin, wo die Blüte unseres Volkes auf dem Schlachtfelde modert. Beglückwünschen dazu, daß das dankbare Vaterland soweit für mich sorgen wird, daß es mich in den Stand setzt, eine Drehorgel zu kaufen, mit der ich als dekorierter Kriegsinvalid hinfort auf der Straße mir mein Brot suchen darf?

Dein Sohn Otto.

Der Union Jack im Kieler Hafen

Von dem Verbleiben der englischen Truppentransportdampfer hatte man nichts wieder gehört, seitdem der »Friedrich Karl« einen von ihnen zerstört hatte. Es hieß – so wurde wenigstens von der dänischen Küste gemeldet – die Mehrzahl der Schiffe liege irgendwo auf hoher See. Da man nach dem Schicksal Hollands und Belgiens nicht sicher war, ob England nicht etwa über die Neutralität Dänemarks ebenfalls einfach zur Tagesordnung übergehen werde, blieb das 9. Armeekorps verstärkt durch Teile des 10., einstweilen in Schleswig-Holstein stehen und übernahm zusammen mit dem 2. Korps den Schutz der Ostseeküste, während die Strecke zwischen Cuxhaven und der Emsmündung durch die 19. Division (Hannover) verteidigt wurde. Überall an der Küstenlinie waren Beobachtungsposten verteilt, die durch Telegraphenleitungen untereinander in Verbindung standen; dazu trat der Dienst auf den Funkspruchsstationen. So glaubte man sich gegen eine Überraschung gesichert, zumal auf allen Bahnhöfen Vorbereitungen getroffen waren, um die hinter der Seefront konzentrierten Truppen sofort nach einem bedrohten Punkte in Bewegung setzen zu können.

Die englischen Kreuzer, die flinken »Scouts« und zahlreiche Hochseeboote patrouillierten an den deutschen Küsten, mußten demzufolge von den vorhandenen Sicherheitsmaßregeln unterrichtet sein, und so durfte man sich in England kaum der Illusion hingeben, jetzt noch etwas durch eine Überraschung erreichen zu können. Die jütische Halbinsel war durch einen starken Truppenriegel von deutscher Seite abgeschlossen und außerdem verständigte der russische Gesandte in Kopenhagen seinen englischen Kollegen vertraulich davon, daß Rußland eine Verletzung der Neutralität Dänemarks als eine unfreundliche Handlung ansehen werde. Nach dieser Richtung hatte sich der Einfluß der Zarin-Mutter geltend gemacht. Im Hinblick auf die indische Grenze galt es also für die Londoner Regierung, hier politisch zu verfahren, um Rußland nicht an den Dreibund heranzudrängen.

Der monotone Küstenwachtdienst wirkte bald ermüdend auf die Truppen, die vor Begierde brannten, sich mit dem Feinde zu messen, und hier nichts weiter zu tun hatten, als Tag für Tag mit dem Teleskop die leere See zu beobachten und den Horizont nach Rauchwolken ferner Dampfer abzusuchen. Man wirkte dieser gedrückten Stimmung dadurch entgegen, daß man einen strammen Garnisonsdienst unterhielt und durch Felddienstübungen und scharfes Exerzieren den Leuten Beschäftigung gab. Man lag also auf der Lauer gegenüber einem Feinde, den man kaum sah und von dessen Anwesenheit nur die Silhouetten der vor Kiel kreuzenden englischen Flotte und die hier und da auftauchenden englischen Kreuzer Zeugnis gaben. Gelegentlich bei rauhem Wetter oder wenn Frühjahrsnebel die Fernsicht hinderte, kamen die englischen Schiffe auch näher heran und sandten einige Granaten nach den Beobachtungsstationen oder übten ihre Artilleristen im Schießen nach diesem oder jenem Seebad.

Am Abend des 13. April, es war Karfreitag, schob der auf dem Bungsberge nordöstlich von Eutin stationierte Posten mißmutig sein Fernrohr zusammen und gab auf seinem Morseapparat die telegraphische Meldung nach Kiel: »Vom Feinde nichts sichtbar, die Fernsicht durch Dunst behindert. Die Meldungen von den beiden Stationen auf Fehmarn lauten ebenso, seitdem ein großer Kreuzer mit drei Schornsteinen, von

Osten kommend, nachmittags den Fehmarn-Belt in der Richtung auf Kiel passiert hat«.

* * *

Als am Morgen des 14. April die Uhr auf dem Lütjenburger Kirchturme die fünfte Stunde verkündete, raste auf der von Lütjenburg nach Kiel führenden Chaussee ein blauer Husar im schärfsten Galopp dahin. Die Hufe seines schweißbedeckten Pferdes schlugen hart auf der Chaussee auf und in Windeseile wollte der Reiter gerade eine Kurve des Weges nehmen, als das Pferd sich plötzlich hoch aufbäumte, sich dann überschlug, und den Reiter in hohem Bogen in den Graben warf, wo er mit gebrochenem Genick neben einem weißen Kilometerstein regungslos liegen blieb. Das Pferd kugelte ebenfalls in den Graben und zerhieb mit den zappelnden Beinen das Buschwerk der Hecke. Rasch sprangen aus dem Knick zwei grau gekleidete Gestalten, schleiften den toten Reiter durch das Haselgestrüpp ins Ackerfeld und warfen ihm seine Lanze nach, die zitternd im weichen Erdreich stecken blieb. Der Husar war durch einen in Manneshöhe über die Chaussee gespannten Draht zu Fall gebracht worden.

Wenige Minuten darauf trabte von fern her auf schwerfälligem Ackergaul ein zweiter Reiter heran, ein Bauernbursche. Kaum hatte er das Versteck der beiden erreicht, so fielen sie ihm in die Zügel. Ein ihm auf die Brust gesetztes Bajonett brachten den Mann zum Schweigen, er ward gebunden, der Mund wurde ihm mit einem Tuch verstopft, und, ehe er sich besann, war er von kräftigen Armen hinter den Knick geschleppt und lag nun hilflos neben den beiden Leuten, die auch sein Pferd rasch einfingen und aufs Feld trieben, wo es ruhig zu fressen begann. Wieder war alles ruhig. Leise unterhielten sich die beiden Grauen in englischer Sprache, da sauste auf der Chaussee ein Automobil heran, blitzschnell passierte es den Standpunkt der beiden Posten, die die acht Insassen der Maschine mit leisem Pfiff begrüßten. Aus der Richtung von Kiel dröhnte bald darauf ein dumpfer Ton, andere folgten, und nach einer Pause brummte es von drüben her wie ferner Donner, der den Boden leise erzittern ließ. Die englische Flotte hatte das Bombardement der Kieler Hafenforts eröffnet.

Jetzt begann sich der dicke Dunst der Morgenfrühe in einen feinen rieselnden Regen aufzulösen. Zu gleicher Zeit liefen in Kiel von der Beobachtungsstation Hessenstein und Bungsberg die Meldungen ein: Verbindung nach den Küstenstationen unterbrochen, Regenwetter.

Die Verbindungen nach der Küste waren in der Tat unterbrochen worden; nicht durch einen Zufall, sondern durch feindliche Hände. Die englischen Transportdampfer hatten am Abend des 13. April noch außer Sicht der deutschen Küste im Großen Belt gelegen und hatten sobald die Sonne gesunken war, von dänischen Lotsen geführt, die Fahrt durch den Langelandbelt zwischen Laaland und Langeland auf die Hohwachter Bucht angetreten. Sie waren im nächtlichen Dunkel unbemerkt geblieben. Etwa um 11 Uhr abends waren am Strande unweit Hohwacht ungefähr ein Dutzend Boote gelandet. Die Mannschaften hatten sich lautlos an die beiden hier am Strand befindlichen kleinen Detachements herangeschlichen – deren Stellungen ein paar Tage zuvor ein englischer Zerstörer ausgemacht hatte – und hatten zunächst deren rückwärtige telegraphische Verbindung, die etwa um Mitternacht aufgefunden wurde, zerschnitten und deren Enden an ihre eigenen mitgeführten Morseapparate angeschlossen. Zwei Patrouillen am Strande und mehrere einzelne Posten wurden – ohne daß ein Schuß fiel – überwältigt. Um 12 Uhr befanden sich etwa 300 Engländer am Lande, umstellten die beiden schwachen deutschen Feldwachen und machten die schlafenden Leute, die nicht mehr zu ihren Gewehren gelangen konnten mit dem Bajonett nieder. Die Engländer hatten nun eine Strecke von rund 10 km am Strande frei zur Verfügung, wo sich kein deutscher Soldat mehr befand.

Um durch die Dampfmaschinen an den Ladekrähnen auf den Transportschiffen keinen Lärm zu verursachen, der in der stillen Nachtluft weit vernehmbar werden mußte, hatte man die Entladung der Transportdampfer weiter draußen vollzogen, was bei dem schwachen Seegang keine Schwierigkeiten machte. Hierbei kamen den Engländern die mächtigen Holzflöße, die Torpedoboote aus dem Großen Belt hierher geschleppt hatten – sie entstammten der Ladung mehrerer gekaperter Holzdampfer – sehr zu statten. Draußen auf der See wurden die Truppen auf diesen Flößen verladen und diese dann durch Torpedoboote in die Nähe der Küste geschleppt, wo sie durch Ruderboote und durch lange Stangen dem Strande näher geschoben wurden. Diese Flöße durch die Pinassen der Kriegsschiffe heranschleppen zu lassen vermied man, um die Landung nicht durch die heftig ratternden Maschinen der kleinen Dampfboote zu verraten. Um 2 Uhr nachts standen etwa 2000 Engländer am Strande, und als im Osten das erste Dämmerlicht des 14. April sichtbar wurde, war ihre Zahl bereits auf 5000 Mann angewachsen. Gleichzeitig entluden zwei Transportdampfer ebenfalls auf Flößen die Pferde der Kavallerie und, was das wichtigste war, zwei Dutzend großer Automobile, die imstande waren je einen leichten für 30 Mann Raum bietenden Wagen zu ziehen.

Von den Pferden erwies sich allerdings die Mehrzahl, infolge des langen Aufenthaltes auf hoher See, als wenig brauchbar. Immerhin konnte die erste Kavalleriepatrouille von 20 Mann bereits um 1 Uhr abrücken, um zunächst die nach Kiel führende Chaussee zu gewinnen. Vier Automobile folgten ihnen und um die Zeit des Sonnenaufganges hatten die englischen Aufklärungstruppen den halben Weg nach Kiel zurückgelegt.

Zwar war die Landung nicht völlig unbemerkt geblieben, in mehreren Dörfern hatten die Hunde angeschlagen. Jedoch maßen die Dorfbewohner dem Gebell keine Bedeutung bei, da man an Truppendurchzüge gewöhnt war. Auch die auf der Chaussee auftauchenden Reiter waren für die an die Feldarbeit gehenden Bauern keine auffallende Erscheinung. Der wogende Nebel verhinderte jede Fernsicht und entzog die Vorgänge am Lande den Blicken der höher gelegenen Beobachtungsstationen auf dem Hessenstein und auf dem Bungsberge. Zudem hatten die Engländer die Vorsicht benutzt, den Bauernhöfen und den Dörfern gewissermaßen zunächst die Windseite abzugewinnen und durch Radfahrerposten zu sichern. Die sich immer weiter auf Kiel zuschiebenden englischen Vortruppen zerstörten überall sofort die Telegraphenverbindungen und unterbanden so jede Nachrichtenübermittlung. Als dann die Automobile mit ihrer Truppenbesatzung die Fahrt nach Kiel begannen, hatte man dort keine Ahnung, was sich in der Nacht am Strande ereignet hatte.

* *
*

Die zweite Abteilung des englischen Landungskorps hatte ihre Landung etwas weiter nordwestlich bewerkstelligt. Hier hatte man auch drei Batterien schwerer Haubitzen ausgeschifft. Diese trafen von den neukonstruierten Automobilprotzen gezogen, gegen 5 Uhr vor der kleinen Bahnstation Schönberg ein, wo sich rasch ein Gefecht zwischen der die Besatzung des Dorfes bildenden Kompagnie und der englischen Infanterie entsponnen hatte. Das waren die ersten Schüsse, die überhaupt fielen. Die Kompagnie verbarrikadierte sich in den Häusern zu beiden Seiten der Dorfstraße, ihre Streitkräfte um die Bahnstation konzentrierend. Wollten die Engländer überhaupt etwas erreichen, so konnte das nur durch ein überraschendes Auftreten geschehen; von dieser Erwägung geleitet ließen sie Schönberg rechts liegen und verzichteten überhaupt auf die ursprünglich geplante Benutzung der Eisenbahnlinie, da das geringe vorhandene rollende Material auf dem Bahnhofe durch die tapfere kleine deutsche Truppe verteidigt wurde.

Zwar wurde das Schießen in der Morgenfrühe von Fort Stosch aus gehört. Man fragte durch Funkspruch hinüber, erhielt jedoch von der bereits in englischen Händen befindlichen Station in Schönberg keine Antwort und meldete nun seine Beobachtungen nach Kiel, wo alsbald konstatiert werden konnte, daß auch die Telegraphenverbindung nach Schönberg zerstört sei. Der Morseapparat des Bahntelegraphen klapperte seltsame Zeichen herunter, was man zunächst darauf zurückführte, daß infolge des Regenwetters irgend eine Nebenleitung auf der Linie entstanden sei. Jene Antworten aus Schönberg kamen jedoch nicht aus dem Orte selber, sondern von der durch britische Truppen bereits besetzten Station Probsteierhagen, wo sich englische Telegraphisten des deutschen Morsealphabets zu bedienen suchten. Als kurz darauf dann das Bombardement der Kieler Hafenforts durch die englischen Schiffe einsetzte, wandte sich die ganze Aufmerksamkeit diesem Kampfe zu.

Der Beginn des Kanonendonners von der See her, der die Fensterscheiben in der Stadt erklirren ließ, hatte die Bevölkerung Kiels aus dem Schlafe aufgeschreckt. Gleichzeitig hörten die Bewohner der Kaiserstraße in Gaarden, dem Stadtteil auf der östlichen Seite des Hafens, die schmetternden Morgensignale aus der Kaserne der I. Werftdivision herüberschallen. Als sie an die Fenster eilten, konnten sie nur konstatieren, daß in der stillen Straße noch nichts zu sehen war, und außer den Kommandos auf dem Kasernenhofe drüben und dem fernen Kanonendonner war auch nichts Außergewöhnliches zu hören. Da bogen von der Preetzer Chaussee her kommend zwei Automobile im raschen Tempo in die Straße ein, zwischen den Häusern mit ihrem rasselnden Mechanismus ein hallendes Echo weckend. Auf den beiden Fahrzeugen und den ihnen angehängten Transportwagen sah man Leute in grauer Uniform, mit Mützen, die, ähnlich den für die deutschen Automobilabteilungen gebrauchten, vorn die Zahl 10 zeigten; es war also anscheinend eine Automobilabteilung des 10. Korps. Unter den verschiedenartigen Uniformen, die tagtäglich auf den Straßen der Stadt auftauchten, war es für den Zivilisten ohnehin schwer sich zurecht zu finden und auch die

Marinetruppen hatten oft Mühe, sich alle Farbennuancen der Landtruppen zu merken.

Die beiden Automobile passierten die Marinekasernen, und der Offizier auf dem ersten Fahrzeuge grüßte mit lässiger Handbewegung den strammstehenden Posten vor dem Kasernentor. Etwas verwundert über die fremdartige Erscheinung auf der Straße verfolgte dieser den Weg der Automobile, die jetzt in die Norddeutsche Straße einbogen und seinen Blicken entschwanden. Auch der etwas verschlafene Posten am Eingang der Werft salutierte und ließ die Fahrzeuge passieren. Diese fuhren in den Werftbezirk ein und machten seitwärts vor den vier großen Trockendocks Halt; ihre Insassen sprangen herunter und schleppten einige kofferähnliche Gegenstände nach der Richtung der Docks, wo ihnen einige Werftarbeiter ahnungslos Platz machten. Einzelne von den Automobilfahrern gingen entlang der Kaimauer des Baubassins, wo der Kreuzer »Amazone« in Reparatur lag und gingen langsam auf das Ende des Uferdammes zu, wo sich der gewaltige, turmartige Eisentank zur Aufbewahrung der Masutfeuerung erhebt.

Aus dem Tore der Marinekaserne trat inzwischen eine Abteilung Marineinfanterie gerade auf die Straße, um nach dem Hafen zur Landungsbrücke hinunter zu marschieren. Die regennasse Straße lag noch im tiefsten Frieden, und auf dem blanken Pflaster hallten die Schritte der Leute, als sie nach Verlassen des Tores Tritt faßten, laut wider. Die trübe Stimmung des Regenmorgens teilte sich auch den Mannschaften mit, und verdrossen schoben sie sich vorwärts. Als sie gerade in die Augustenstraße einbiegen wollten, klapperte von links her ein neues Automobil mit seinem Anhängewagen heran und wollte vor der Abteilung noch vorübersteuern. Der führende Leutnant der Marineinfanterie rief dem Offizier auf dem Automobil zu: »Herr Kamerad, lassen Sie uns erst vorüber, es geht nach Friedrichsort«. In der Aufregung dieses kritischen Momentes vergaß sich aber der »Herr Kamerad« und fiel aus der Rolle, indem er den Maschinisten zurief: *Go on*«. Ein fragender Blick des deutschen Offiziers. »Wo wollen Sie hin?« rief er dem Fremden zu. Es erfolgte keine Antwort. Alles dies entschied sich mit Gedankenschnelle.

Das Automobil brauste heran und einzelne von den Mannschaften auf dem Anhängewagen nahmen instinktiv die Gewehre hoch. Da ertönte auf deutscher Seite der Ruf: »Es sind Engländer«. Die Ordnung der Kompagnie löste sich auf, ein paar Schüsse erklangen, deutsche und englische Flüche, ein rasches Handgemenge. Das Automobil lag mit zerschossenen Radreifen seitwärts auf dem Pflaster, mit seinem schnaubenden und klappernden Mechanismus einen fürchterlichen Lärm machend. Der Anhängewagen stand quer über die Straße, die Engländer wurden heruntergezerrt. Einige lagen blutend auf der Straße.

Von den wenigen Überlebenden der Szene wurde dann berichtet: Plötzlich sei vor ihnen eine weiße Feuergarbe aus dem Straßenpflaster aufgeschlagen, und als sie wieder zur Besinnung gekommen, hätten sie, während der Knall der Explosion ihnen noch in den Ohren gellte, vor sich einen schwarzen trichterförmigen Krater gesehen, die Straße besäet mit Leichen und zerfetzten Körperteilen. Die nächsten Häuser völlig demoliert, kein Fenster mehr heil, soweit das Auge reichte. Die Explosion war dadurch entstanden, daß entweder absichtlich oder unabsichtlich – genaues ließ sich nicht mehr feststellen – die auf dem Automobil mitgeführte kolossale Ladung von Schießbaumwolle zur Entzündung gebracht worden war.

Langsam rieselte der feine Aprilregen auf diese Szene der Verwüstung hernieder, das verspritzte Blut in breiten Bächen in den Straßengossen mit fortwaschend. Als die 2. Kompagnie im Laufschritt und ohne Ordnung aus der Kaserne auf die Straße eilte, schlug es vom Uhrturm der Kaiserlichen Werft gerade 6 Uhr und gleichzeitig tönten von der Werft her mehrere rasch aufeinanderfolgende Detonationen und hinter ihrem Gebäudekomplex stiegen an mehreren Stellen schwarze Rauchwolken auf, in denen dunkle Körper mit in die Luft gerissen wurden. Wüstes Geschrei und scharfe Kommandoworte folgten. Alles eilte nach der Werft. Dort standen unweit des Einganges zwischen den langgestreckten Gebäuden die beiden englischen Automobile, zwischen den Schienengleisen völlig verlassen da.

Die Mannschaften der Automobile hatten die auf den Maschinen mitgeführten Sprengkörper an und zwischen den Toren zweier Trockendocks zur Explosion gebracht. Zwischen der Kaimauer des Baubassins und dem Kreuzer »Amazone« war eine weitere Mine explodiert. Die »Amazone« lag mit ihren Masten und Schornsteinen schräg auf dem Dache des Schuppens am Kai, und Zoll um Zoll sank der Schiffskörper, sich langsam von der Ufermauer abdrängend, ins Wasser ein. Dieses war von einer braunen opalisierenden Flüssigkeit bedeckt, dem aus dem riesigen Tank ins Wasser strömenden Masut. In den beiden beschädigten Trockendocks lagen die Küstenpanzer »Hagen« und »Siegfried«. Beide Fahrzeuge wurden durch den ins Dock einbrechenden

Wasserschwall hin und her und gegen die Docksmauern gestoßen. Von allen Seiten strömten jetzt die Werftarbeiter nach der Unglücksstätte zusammen und standen in schwarzen Scharen auf den Uferkais. Vergebens versuchten einige Werftpolizisten und Marinebaumeister die Menge zurückzutreiben, ihre Warnung vor der drohenden Gefahr war umsonst, da nur die ersten Reihen der Arbeiter sie verstanden, diese aber von den von hinten nachdrängenden immer weiter vorwärts geschoben wurden.

Wie es gekommen, blieb rätselhaft; plötzlich war die breite Wasserfläche des Baubassins und das daranstoßende Ausrüstungsbassin ein gelbes zum Himmel aufwallendes Flammenmeer. Der ausgeflossene Masut war in Brand geraten. Nur mit Mühe gelang es, einige im Ausrüstungsbassin liegende Schiffe in den Hafen hinauszubringen. Die »Amazone«, die beiden Kreuzer »Blitz« und »Pfeil«, sowie zwei größere Torpedoboote lagen in dem lodernden Feuermeer und waren für jede Hilfe unerreichbar. Nur mit Mühe bahnte sich an der Stelle, wo die vor Wut fast rasenden Arbeiter und Soldaten die wenigen überlebenden Engländer buchstäblich in Stücke traten, die Werftfeuerwehr mit ihren Dampfspritzen den Weg zum Kai, um unter größter Lebensgefahr die Schuppen und Ausrüstungsgebäude zu retten. Das Masutbassin, aus dem der Feuerungsstoff durch das von der Explosion gerissene Loch einem sprudelnden Lavabach gleich hervorquoll, brannte knatternd und rauschend wie eine qualmende Riesenfackel am Kopfende der Kaimauern.

In der Stadt Kiel hatte der Kanonendonner und die ungeheuren Explosionen auf der Werft, die keine Fensterscheibe in Gaarden heil ließen, alles auf die Straßen gejagt. Von allen Seiten steuerten kleine Fahrzeuge und Schleppdampfer über den Hafen nach der Gaardener Seite hinüber. Der ganze Hafen hallte wider von dem gellenden Schreien der Sirenen und dem dumpfen Heulen der Dampfpfeifen, während von der See her der Kanonendonner wie ein fernes Gewitter grollte. Daß es sich hier um einen englischen Angriff handelte, war klar, nur der Feind war den Augen noch verborgen. Eine fieberhafte Erregung und eine dumpfe Wut machte sich überall geltend, und die durch den Erfolg des Feindes geschärften Augen wachten mißtrauisch über jeder fremdartigen Erscheinung.

Der kleine weiße Werftdampfer »Schneewittchen«, der von der Holtenauer Kanalmündung in voller Fahrt schräg über die Föhre der brennenden Werft zueilte, traf mitten im Fahrwasser gegenüber von Bellevue auf einen kleinen Kieler Vergnügungsdampfer, der allein von allen

Fahrzeugen auf der Wasserfläche in der Richtung nach dem westlichen Ufer fuhr.

An Bord sah man nur ein paar Leute in grauer Uniform, mit großen breitrandigen Mützen, ähnlich der Uniform der deutschen Automobiltruppen. Dem Führer des »Schneewittchen« fiel dies auf. Ohne daß er sich Rechenschaft über die Richtung seiner Gedanken geben konnte, änderte er den Kurs und steuerte direkt auf den verdächtigen Dampfer zu. Auf etwa 50 m Entfernung rief er ihn an, erhielt keine Antwort, rief nochmals hinüber, wieder keine Antwort. Die finsteren Mienen der grauen Männer am Bord des Dampfers und ihre abweisende Haltung gegenüber dem Anruf mußten Argwohn erwecken. Kurz entschlossen hielt der Führer des »Schneewittchen« direkt auf das andere Fahrzeug zu. Lautlos aber setzte dieses seinen Weg fort. Es konnte nicht anders sein, das war der Feind.

Da das »Schneewittchen« kein Geschütz an Bord hatte und ihr Führer nicht über ein einziges Gewehr verfügte, so blieb nur eine Möglichkeit: er rannte das geheimnisvolle Fahrzeug einfach an. Weit bohrte sich der scharfe Bug des »Schneewittchen« in den schwarzen Körper des kleinen Hafendampfers, zwei Minuten und er war mit dem größten Teil seiner Besatzung unter den Wellen verschwunden. Zwei Engländer wurden in den Wellen aufgefischt und an Bord des »Schneewittchen« genommen, das jetzt mit seinem zerdrückten Bug Not hatte, noch die Landungsbrücke von Bellevue zu erreichen. Die Aussagen der Engländer rechtfertigten die Vernichtung des verdächtigen Dampfers vollkommen.

Eine englische Automobilabteilung hatte nämlich Neumühlen erreicht und den dort liegenden kleinen Hafendampfer, der bereits Dampf auf hatte, um kurz nach 6 Uhr nach Kiel hinüberzufahren, weggenommen. Sie hatte ihre für die Zerstörung der Holtenauer Kanalschleusen bestimmten Sprengminen an Bord untergebracht und befand sich bereits auf dem Wege nach der Kanalmündung, als das Schicksal sie ereilte. Nur durch das entschlossene Vorgehen des Führers des »Schneewittchen« war eine Katastrophe verhindert worden, eine Tat, die mit dem Eisernen Kreuz I. Klasse belohnt wurde.

Es dauerte mehrere Stunden bis die brennenden Gebäude der Werft gelöscht waren – der Materialschaden war, da der Ausrüstungsbestand in den drei verbrannten Schuppen nicht mehr sehr groß war, nur gering – und der auf der Wasserfläche schwimmende Masut sich langsam verzehrt hatte.

Da nunmehr die Kieler Garnison alarmiert war und ein unablässiger Strom von Truppen über Neumühlen und um die Kieler Föhrde herum über Gaarden und ferner auf der Bahnlinie nach Rasdorf geführt wurde, war jedem englischen Angriff nach dieser Richtung vorläufig ein Ziel gesetzt. Ein solcher war auch gar nicht beabsichtigt gewesen. Der Zweck des außerordentlich kühnen und mit großem Geschick durchgeführten Handstreichs der englischen Landungstruppen war mit der Inbrandsetzung der Werft leider nur zu gut erreicht worden. Die Absichten auf die Holtenauer Kanalschleusen und auf die Germaniawerft waren durch das schnelle Eingreifen des »Schneewittchen« und durch die vorzeitige Explosion des Automobils vor der Marinekaserne glücklicherweise vereitelt worden.

Aber die Lage war dennoch ernst. Während die englische Panzerflotte, unter dem Schutz des Regenwetters, näher an die Küste herandampfend, die Hafenforts mit ihren schweren Geschützen bombardierte, wurde ihr Vorgehen durch die Operation der Landungsarmee wirksam unterstützt.

Bei dem unsichtigen Wetter hatten die Forts Korügen und Heikendorf bisher nicht in das Gefecht eingreifen können. Die englischen Schiffe waren von ihnen aus nur verschwommen erkennbar und wollte man nicht seine Munition aufs Geratewohl verschwenden, so war einstweilen eine Zurückhaltung des Feuers geboten. Des Kommandos harrend, standen die Kanoniere im Fort Korügen an ihren Geschützen, nach dem grauen Durcheinander am Eingang der Föhrde hinter dem Leuchtturm von Friedrichsort scharf auslugend, wo das Aufflammen gelber Blitze die ungefähre Lage des Angreifers erkennen ließ. Die weißen Kasernen von Friedrichsort brannten seit 7 Uhr, mit ihrem schwälenden Rauch die ganze Uferlinie verhüllend. Auf der Föhrde lagen die fünf Panzer der »Braunschweig«-Klasse, sowie die »Deutschland«, gegenwärtig des Momentes, da ein Vorstoß auf den Feind Erfolg versprach. Leise rieselte der unablässig fallende Regen herab.

Da platzte plötzlich auf der Traverse zwischen zwei Geschützen im Fort Korügen ein feindliches Geschoß, die Artilleristen mit Sand und Grasstücken überschüttend. Dann noch eins und noch mehrere, im inneren Hofe des Forts. Da die feindlichen Granaten von der See her nicht bis hierher reichten, mußten diese Schüsse von anderwärts kommen. Eine auf dem Podest einer Lafette explodierende Granate warf das Geschütz aus ihr heraus und gegen die Traverse. In die allgemeine Bestürzung über solche Feuerwirkung eines unsichtbaren Gegners wandten sich alle Blicke nach rückwärts. Im gleichen Moment erscholl hinter dem Fort kräftiges Kleingewehrfeuer. In raschem Laufe kamen einige Artilleristen in das Fort gerannt und riefen: »Die Engländer!« und schon wurden die ersten in Khaki gekleideten Feinde sichtbar. Schnell entschlossen begegnete der Kommandant des Forts dieser neuen Gefahr. Er ließ die zur Sicherung nach der Landseite aufgestellten wenigen Revolvergeschütze und Maschinengewehre bemannen und in wenigen Minuten setzte deren Feuer ein. Doch der Kampf war aussichtslos. Die geringe Besatzung des Forts sah sich einem ungefähr zehnfach überlegenen Feinde gegenüber, der außerdem durch das Feuer seiner Haubitzbatterien und durch zahlreiche Maschinengeschütze unterstützt wurde, während die deutsche Festungsartillerie nach dieser Seite überhaupt nicht gebraucht werden konnte. Nichtsdestoweniger fand der Feind energischen Widerstand.

Daß man es auf englischer Seite mit einer Elitetruppe zu tun hatte, zeigte sich, als der Feind von drei Seiten zum Sturme überging und im Laufschritte das freie Terrain vor dem Fort, das von dem deutschen Maschinenfeuer mit Geschossen übersät wurde, passierte. Die Sturmkolonne mochte an 3000 Mann zählen und sie erzwang sich, nachdem mehr als die Hälfte von ihr gefallen, tatsächlich den Eingang in das Fort, in dem nur wenige Überlebende noch angetroffen wurden.

Die Engländer schafften sofort ihre Maschinengeschütze und ihre Haubitzbatterien auf die Wälle und nahmen von hier aus auch die Heikendorfer Batterie unter Steilfeuer. Es war wirklich der letzte Moment, daß die Engländer Fort Korügen nehmen konnten. Denn kaum hatten sie sich darin eingerichtet, so wurden die deutschen Schützenlinien landwärts sichtbar, die die nach Süden vorgeschobenen englischen Truppen vor sich hertrieben. Hier jedoch kam die deutsche Verfolgung zum Stehen, da die in den Erdwällen des Forts eingegrabenen englischen Schnellfeuergeschütze und Maschinengewehre, die ein rasendes Feuer begannen, vorläufig Halt geboten. Von Schönberg her, wo die deutsche Abteilung endlich in einem erbitterten Dorfgefecht überwältigt worden war, rückten jetzt weitere englische Streitkräfte heran und verstärkten von Fort Korügen die Stellung nach Osten hin unter Anlehnung an die kleine Bahnlinie, so daß der Ort Probsteierhagen allmählich zum Zentrum der englischen Front wurde. Da aber von Süden her immer mehr deutsche Truppen in das Gefecht eingriffen, wurde der anfängliche Zahlenunterschied auf beiden Seiten allmählich ausgeglichen.

Es befand sich also der ganze Abschnitt zwischen Fort Korügen, Probsteierhagen und Lütjenburg, mit Ausnahme des Forts Stosch und anderer Küstenbatterien in englischem Besitz. Doch war der Feind gezwungen, nach einem Gefecht westlich des Selenter Sees und einem zweiten um Lütjenburg, wohin mit der Bahn von Eutin mehrere Bataillone geworfen worden waren, dort seine Streitkräfte zurückzunehmen und sich nach Norden zu konzentrieren. Wenn jetzt das Bombardement der Engländer einen Erfolg auch an anderer Stelle am Eingang des Kieler Hafens gehabt hätte, so war Kiel durch einen Vorstoß der englischen Flotte zu nehmen.

Die von englischen Artilleristen bedienten Geschütze im Fort Korügen und die dort installierten englischen Haubitzen begannen alsbald mit dem Feuer auf die Hafenforts und die deutschen Linienschiffe, diese konnten nur schwach erwidern, da man Gefahr lief, in die hinter Korügen liegenden Schützenlinien der deutschen Infanterie hineinzutreffen, was auch mehrfach geschah. Nur mit dem Steilfeuer der Mörserbatterien war unter diesen Umständen Fort Korügen beizukommen. Und dieses wurde denn auch wirksam eröffnet. Gleichzeitig verließen die fünf Schiffe der »Braunschweig«-Klasse, geführt von der »Deutschland«, ihren Liegeplatz und dampften, rechts an der Ruine des Friedrichsorter-Leuchtturms vorübergehend, auf die Reede hinaus dem Feinde entgegen.

Die Artilleristen in den Hafenforts hatten mit Anspannung aller Kräfte bisher das feindliche Bombardement erwidert, man war sich jedoch darüber klar, daß man infolge des unsichtigen Wetters dem Gegner nicht viel Schaden zugefügt hatte. Selber hatte man freilich auch nicht sehr gelitten. Noch einmal schwoll der Geschützkampf zu voller Wut an, die Erde erdröhnte unter dem Gebrüll von Hunderten der schwersten Kaliber. Seewärts hinter der grauen Regenwand lauerte der übermächtige Feind, dessen Schiffe jeden Moment aus dem Dunstschleier hervortauchen konnten. Rechts auf Korügen standen englische Schiffsartilleristen hinter deutschen Geschützen und die grünen Erdwälle der deutschen Trutzfeste, über der der Union Jack wie ein nasser Lappen in der feuchten Luft hing, wurden von deutschen Granaten zerrissen. Eine furchtbare Krisis, die Männer von Stahl und Herzen von Eisen erforderte.

Jetzt lenkte die »Deutschland«, in den Toppen die Flagge des Reiches, durch die Lücke in der äußeren Minensperre und in Kiellinie folgten ihr die fünf Schiffe der »Braunschweig«-Klasse, diesen wieder zwei Küstenverteidiger. Es waren die einzigen Streitkräfte, über die man in Kiel verfügte. Denn die von Cuxhaven herbeigerufenen Linienschiffe der »Kaiser«- und »Wittelsbach«-Klasse konnten erst nach Stunden durch den Kanal eintreffen. Jetzt maskierte die »Deutschland« das Feuer der Forts und langsam verstummte ein Geschütz nach dem anderen hinter den deutschen Bastionen. Eine furchtbare Stille trat auf Minuten ein und nur von rechts her klapperte taktmäßig das Infanteriefeuer weiter. Nun dröhnten die Geschütze der deutschen Schiffe und alles verschwand hinter dem grauen Regenschleier des Aprilmorgens. Es war vom Lande aus unmöglich dem Gange des Gefechtes zu folgen, unablässig brüllte der Donner von der See her, und in den Lärm der schweren Geschütze mischte sich das hellklingende, bellende Schnarren der Maschinengeschütze.

Die Ufer der Kieler Föhrde waren von den Einwohnern der Stadt in schwarzen Massen umsäumt. Aller Augen starrten nach der Seeseite, wo die Entscheidung über das Schicksal von Kiel fallen sollte. Langsam sanken die Flammen der brennenden Werft in sich zusammen. Hier war die Gefahr gedämpft, aber die aus den Dörfern der Probstei von der Front im Hauptquartier des IX. Armeekorps einlaufenden telegraphischen und telephonischen Meldungen, wußten noch von keinen durchschlagenden Erfolgen. Im Gegenteil, es schien, als ob der Kampf nach anfänglichen Vorteilen auf deutscher Seite zum Stehen gekommen war, und als ob die Stärke der englischen Truppen von Viertelstunde zu Viertelstunde wuchs. Um 11 Uhr ließ der Regen nach, zuweilen brach die Sonne durch und nur vor der Hafenmündung lagerte eine dicke Dunstwolke. Jetzt löste sich von diesem grauen Hintergrund ein hellerer breiter Schiffskörper, an der Mastspitze flatterte träge die Flagge mit dem schwarzen Kreuz. Also ein deutsches Schiff, noch kein Engländer.

Es war der Küstenpanzer »Odin«, zu einem fast unkenntlichen Wrack zerschossen, das aus den Stümpfen der über Bord gegangenen Schornsteine Rauch und Flammen spie. Beim Friedrichsorter Leuchtturm wurde der »Odin« von einem Seeschlepper ins Tau genommen und durch die Lücke in der Minensperre hineinbugsiert. Als es diese passierte erschien an dem vorderen, den einzigen noch stehenden Mast ein Signal; schnell entziffert, enthielt es die Meldung: »Angriff des Feindes abgeschlagen«. Weiter nichts. Draußen auf der See erfolgten jetzt ein paar krachende Explosionen, dann setzte wieder das regelmäßige Gebrüll der schweren Geschütze ein, das aber jetzt größere Pausen zu machen begann. Einhalb 12 Uhr kroch aus den wallenden Nebelmassen draußen wiederum ein zerschossenes Wrack hervor, ohne Masten und Schornstein, es war schwer, in ihm das einst so stolze Flaggschiff »Deutschland« zu erkennen. Ihm folgten, mit Schlagseite nach Backbord, der Panzer »Elsaß« und die verhältnismäßig intakte »Braunschweig«, die drei anderen »Lothringen«, »Preußen« und »Hessen«, sowie der Küstenpanzer »Ägir« waren vom Feinde vernichtet worden. Man erwartete mit Bestimmtheit einen neuen Vorstoß der feindlichen Flotte, doch man wartete vergebens. Als gegen ½1 Uhr der Dunst sich verzog und die Luft wieder sichtig wurde, lag das britische Geschwader weit draußen. Es hatte durch das deutsche Feuer so sehr gelitten, daß es darauf verzichtete, das Bombardement zu erneuern, da auch inzwischen Fort Korügen von den Deutschen zurückerobert worden war.

Genaueres über die englischen Verluste erfuhr man erst später aus dänischer Quelle. Zwei englische Panzerschiffe waren gesunken, ferner war die schwer beschädigte »Remarquable« unweit des Bülker Leuchtturms auf den Strand gesetzt, um die Überlebenden der Besatzung zu retten. Die Beschädigungen an anderen Schiffen waren außerdem derart, daß der englische Admiral es nicht wagte, mit ihnen die Kieler Hafeneinfahrt zu forzieren, zumal die Zerstörung der Kieler Werft leider zu gut gelungen und weitere Aufgaben entscheidender Art für die englische Flotte in Kiel nicht vorhanden waren, die gelöst werden konnten, bevor weitere deutsche Verstärkungen durch den Kanal eintreffen mußten.

Die englischen Kreuzer, die auf der Höhe der Colberger Heide die englische Landung beschützt hatten, erhielten nunmehr, nachdem Fort Korügen wieder in deutschem Besitz war, und es ein Wahnsinn gewesen wäre, gegen die rapid anwachsenden deutschen Truppenmassen die schwachen Landpositionen und die paar Dörfer zu halten, die Anweisung, die Wiedereinschiffung der Truppen zu decken. Doch auch das gelang nicht vollständig. Von den gelandeten 7000 Engländern lagen 1500 auf dem Felde vor Fort Korügen. Weitere 2000 waren in den Gefechten am Selenter See, bei Lütjenburg und in dem erbitterten Straßenkampfe in Probsteierhagen gefallen, so daß – da alle Verwundeten selbstverständlich zurückgelassen werden mußten – nur 3500 Engländer ihre Transportschiffe wieder hätten erreichen können. Doch machte ein Vorstoß der deutschen Truppen von Labö aus an der Küste entlang auch dieses Unternehmern illusorisch. Mitten unter die englischen Boote und Transportflöße pfefferte plötzlich die deutsche Artillerie von den Strandhöhen bei Schönberg hinein, so daß nur etwa 1000 Engländer an Bord ihrer

Transportschiffe, von denen zwei noch durch die Granaten einer deutschen Haubitzbatterie zum Sinken gebracht wurden, gelangten. 1000 Briten gerieten in deutsche Gefangenschaft.

Das war das Ergebnis, als am Abend des 4. April die Sonne sank, und sich die hellgrauen Leiber der fünf Schiffe der »Kaiser«-Klasse, die am Nachmittag durch den Kanal auf der Kieler Föhrde eingetroffen waren, bei Friedrichsort in der grünen Meeresflut spiegelten.

Der Angriff auf Kiel war abgeschlagen und nur die Silhouetten von sechs englischen Panzerkreuzern zeigten draußen weit auf der Reede, daß der Feind die Blockade aufrecht erhielt. Mit ungeheuren Opfern war der Erfolg auf deutscher Seite erkauft worden. Die englische Landung und die teilweise Zerstörung der Kieler Werftanlagen bewies aber schlagend, wie recht diejenigen gehabt hatten, die immer eine Befestigung des Kieler Hafens nach der Landseite für eine unumgänglich notwendige Forderung gehalten hatten. Unter der Hypnose, der Feind werde auch stets dort angreifen, wo man zur Verteidigung gerüstet sei, hatte man geglaubt, die Küste sei durch Signalstationen und schwache Truppenabteilungen genügend geschützt. Die Konzentrierung größerer Streitkräfte, die man glaubte schnell nach einem bedrohten Punkte hinwerfen zu können, erwies sich als nicht ausreichend gegenüber einem feindlichen Handstreich, wie er jetzt erfolgt war. Die Durchführung dieser englischen Unternehmung verdiente volle Anerkennung, wenn sie andererseits auch nur das bewiesen hatte, daß eine Landung und ein rückwärtiger Angriff auf die ungeschützte Landseite der Kieler Forts nur dann sein Ziel wirklich vollständig erreicht haben würde, wenn man auf englischer Seite einen ununterbrochenen Strom von Truppen in die gewonnenen Positionen hätte lenken können. Dazu reichte aber die Stärke des englischen Landungskorps nicht aus. Auch haperte es bald mit dem Munitionsersatz.

Nur die unerhörte Tapferkeit auf deutscher Seite und die Entschlossenheit, selbst unter gänzlicher Aufopferung der eigenen Flotte die Wucht des feindlichen Angriffes zu brechen, hatte die englische Offensive rechtzeitig zum Stehen gebracht. Wie man später erfuhr, war die Offensive des deutschen Panzergeschwaders nur um eine Viertelstunde einer allgemeinen Angriffsbewegung der Blockadeflotte zuvorgekommen.

Bekanntlich wurden nachher die Versäumnisse in der Verteidigung des Kieler Hafens sehr bald nachgeholt, und heute ist die gesamte Halbinsel der Probstei mit in die Befestigung hineinbezogen worden.

Die Höhen bei Schönberg werden jetzt von den grünen Bastionen eines deutschen Forts gekrönt, das zum Andenken an den braven Verteidiger des Ortes den Namen Fort Gerstenhauer trägt.

Die Seeschlacht von Helgoland

Seit dem Bombardement von Cuxhaven beschränkte sich die Tätigkeit der beiden Flotten in der Nordsee auf ein gegenseitiges Beobachten. Hin und wieder kam es zu kleinen, ziemlich harmlosen Schießereien zwischen den auf Vorposten befindlichen Kreuzern, aber etwas Ernstliches schien der Feind nicht zu beabsichtigen, bis die Hauptmacht der französischen Panzerflotte und der größte Teil ihrer Panzerkreuzer in der Nordsee sich mit dem übrigen Geschwader vereinigt hatte. Dieser Zeitpunkt wurde aber immer weiter hinausgeschoben, da die Werften und Arsenale in Brest und Cherbourg zu der Ausrüstung der dort liegenden Schiffe sehr viel mehr Zeit gebrauchten, als man ursprünglich in dem gemeinsamen Angriffsplan vorgesehen hatte. So mußte die Nordseeflotte darauf verzichten, gleichzeitig mit dem Angriff auf den Kieler Hafen gegen die Elbmündung und gegen Wilhelmshaven eine kraftvolle Offensive zu entwickeln, und beschränkte sich daher auf einen Scheinangriff, der von deutscher Seite energisch abgewiesen wurde. Das nur zwei Stunden dauernde Feuergefecht kostete den Franzosen einen größeren Panzerkreuzer. Ein früher unternommener nächtlicher Versuch, *à la* Port Arthur, die Elbmündung durch Versenkung mehrerer mit Zement beladener alter ausrangierter englischer Panzerschiffe zu sperren, scheiterte an der Wachsamkeit der deutschen Kreuzer, die den schwerfälligen Transport der Sperrschiffe in flaches Wasser trieben, wo sie dann strandeten.

Da es auf der Hand lag, daß die englische Flotte nur auf die Ankunft der französischen Panzer des Nordseegeschwaders wartete, mußte man auf deutscher Seite diese Frist benutzen, um dem feindlichen Angriff zuvorzukommen. Am 15. April abends bei Dunkelwerden verließ die »Kaiser«-Klasse den Kieler Hafen und ging vom Feinde unbemerkt durch den Kanal nach Brunsbüttel. Das Fehlen dieser Panzer im Kieler Hafen blieb am anderen Morgen dem Feinde verborgen. Von der Beobachtungsstation im Fesselballon, der ständig über der englischen Blockadeflotte schwebte, konnte man keine Veränderung auf der Föhrde feststellen, da an der Stelle, wo die fünf Schiffe der »Kaiser«-Klasse gelegen hatten, die

beiden beim Brande der Werft arg beschädigten Küstenpanzer »Hagen«
und »Siegfried« sowie drei Kreuzer der »Gazelle«-Klasse an den Bojen
festgemacht hatten. Auf so große Entfernung war der Unterschied kaum
festzustellen.

In Wilhelmshaven, Bremerhaven, wo zwei Küstenpanzer »Beowulf«
und »Fritjof«, bei den Weserforts stationiert waren, und in Cuxhaven,
wo am 16. früh die »Kaiser«-Klasse eintraf, war man über die Absicht
instruiert, womöglich am 16. April – Ostermontag – den Feind in ein
Vorpostengefecht vor Cuxhaven zu verwickeln, worauf dann ein konzentrischer Angriff aus den anderen Häfen erfolgen sollte. Diese Disposition
beruhte auf den Beobachtungen der letzten Wochen. Jedesmal wenn das
in der Elbmündung liegende Panzergeschwader, die vier Schiffe der
»Wittelsbach«-Klasse und »Kaiser Wilhelm II.« (die »Kaiser«-Klasse lag
in Reserve bei Brunsbüttel) ausgelaufen war, um in die Schießereien
zwischen den Vorpostenschiffen einzugreifen, waren die feindlichen
Kreuzer auf das Gros der Blockadeflotte zurückgefallen und sobald die
deutschen Granaten diese erreichten, wich der Feind elastisch zurück
und hielt die deutschen Schlachtschiffe außerhalb des Feuerbereichs seiner
schweren Artillerie. Wollte sich das deutsche Geschwader der feindlichen
Übermacht nicht einfach ausliefern, so blieb ihm nichts weiter übrig, als
stets unverrichteter Dinge in die Elbmündung wieder einzulaufen. Dieses
Spiel hatte sich mehrere Male erneuert, und auf deutscher Seite machte
sich bereits eine dumpfe Wut darüber geltend, daß man den Feind nicht
vor die Klinge bekommen konnte.

Am 16. April lagen zwei französische Panzerkreuzer »Victor Hugo«
und »Amiral Aube« als Wachtschiffe hinter der äußeren Postenkette,
halbwegs zwischen Helgoland und Cuxhaven. Um 5 Uhr morgens lief
von Cuxhaven unser Kreuzer »York« aus, dem Feinde entgegen. Vor
ihm wichen die kleinen englischen Kreuzer und Zerstörer koulissenartig
nach beiden Seiten zurück. Dadurch kam man unbewußt den Absichten
des »York« entgegen, der Befehl hatte, mit den beiden Panzerkreuzern
anzubinden. Die Granaten aus den deutschen 21 cm-Geschützen schlugen
bereits zwischen den beiden Franzosen ein, und diese begannen unter
mächtiger Rauchentwicklung schon ihren Rückzug in der üblichen
Weise, als plötzlich der »Amiral Aube« mittschiffs weiße Dampfwolken
ausstoßend seine Fahrt verlangsamte und dann unbeweglich liegen blieb,
mit den Heckgeschützen das Feuer des »York« hastig aber ohne Erfolg
erwidernd.

Es war ein sonniger Frühlingstag, ein frischer Nordwind strich über die blaugrünen Wellen der Nordsee hin und jagte weiße Schaumstreifen über die breite Dünung. Endlos dehnte sich die weite wogende Seefläche, auf der von der Elbmündung aus in der Richtung auf Helgoland nur die beiden langgestreckten französischen Kreuzer sichtbar waren, mit ihren vier, paarweise vorne und hinten an den Signalmasten zusammengedrängten niedrigen Schloten. In der Ferne verrieten noch einige graubraun gestrichene kleinere englische Kreuzer die Anwesenheit des Feindes in diesen sonst völlig verödeten Küstengewässern. Ganz hinten an der Horizontlinie waren die Silhouetten zahlreicher hoher Schiffskörper mit ihren starren Masten zu erkennen. Über ihnen stiegen jetzt dicke schwarze Rauchmassen auf; offenbar machte diese Flottenabteilung Dampf auf. Auf etwa 6000 m hatte der »York« das Gefecht begonnen und von Cuxhaven aus konnte man erkennen, wie mehrere deutsche Granaten auf den langen Decks der Franzosen aufschlugen und dort krepierten.

Und schon ging die »Kaiserin Augusta«, mit ihrem scharfen Bug breite rauschende Schaumkämme aufwühlend, seewärts, um zusammen mit der ihr vorauseilenden »Vineta« sich auf den Feind zu stürzen, der offenbar durch eine Maschinenhavarie hilflos und unbeweglich geworden war. Jetzt zogen sich auch die vor dem »York« nord- und südwärts zurückgewichenen englischen Kreuzer wieder heran und eilten dem bedrängten Kameraden zur Hilfe. Ebenso verlangsamte der bereits 2000 m vom »Am. Aube« entfernte »Victor Hugo« seine Fahrt, wendete und brachte seine zwölf vorderen Geschütze ins Feuer. Nunmehr waren sämtliche großen Kreuzer im gegenseitigen Feuerbereich; die »Vineta« litt schwer darunter, daß ihre hohen Aufbauten dem Feinde eine bequeme Zielfläche boten. Ein Schornstein sah aus wie eine zerfetzte Papierrolle, von der große Lappen herabhingen. Man hatte jedoch den Feind zum Stehen gebracht. Wollte er den havarierten »Am. Aube« nicht im Stich lassen, so mußte er das Vorpostengefecht weiterführen und sich stärker engagieren, als man es bisher gewohnt war. Gegen ½7 Uhr waren beide Parteien sich auf ungefähr 3000 m nahe. Es war wie bei Wörth; aus einem kleinen Vorpostengefecht entwickelte sich gleichsam mechanisch eine Schlacht, indem von beiden Seiten immer mehr Streitkräfte ins Feuer geführt wurden. Um 7 Uhr gingen die fünf Schiffe der »Wittelsbach«-Klasse in Kiellinie hintereinander dampfend aus der Elbmündung heraus und griffen ½8 Uhr mit ihren schweren Geschützen in den Kampf ein, was gleich anfangs den Erfolg hatte, daß eine explodierende Granate das

Heck des »Victor Hugo« wegriß und seinen Rudermechanismus unklar machte. Somit befand sich auch der »Victor Hugo« in derselben hilflosen Lage, wie sein bereits jämmerlich zerfetzter Kamerad »Am. Aube«, der nur noch einen Schornstein und einen Signalmast hatte und jedenfalls auch in der Wasserlinie beschädigt war. Er drehte, jetzt quer zur Fahrtrichtung des »York«, steckte die Steuerbordsreeling tief ins Wasser und verschwand dann langsam in den Wogen. Auch ein anderer kleiner Kreuzer, der von Norden herandampfte, ging etwa 1000 m vom »Am. Aube« unter. Die beiden französischen Panzerkreuzer hatten schleunigst um Hilfe signalisiert, wie sich das aus den Störungen auf der Funkspruchs-station Neuwerk und auf dem deutschen Geschwader kurz nach Beginn des Feuergefechtes ergab. Das Gros der Blockadeflotte, die Linienschiffe, dampften heran und um ½8 Uhr war vom Lande aus gesehen, der ganze Horizont von zahllosen starren Masten und schmutzigen Rauchwolken umsäumt.

Es war kein Zweifel mehr, die Absicht der deutschen Flottenleitung war erreicht; die feindlichen Geschwader kamen endlich einmal auf Schußweite heran. Der »Wittelsbach«-Klasse waren die fünf Panzer der »Kaiser«-Klasse, geführt von dem Flottenflaggschiff »Kaiser Wilhelm II.« bereits gefolgt. Mit anderen Worten: alles was an wirklich modernen Linienschiffen von der deutschen Flotte noch auf dem Wasser schwamm, ging jetzt in der Richtung auf Helgoland aus der Elbe heraus.

*   *
  *

Von Viertelstunde zu Viertelstunde hatten die Funkspruchsstationen entlang der Küste die Meldungen über den Fortgang des Vorpostenge-fechtes bei Neuwerk nach Bremerhaven, Wilhelmshaven und Emden gemeldet. Es galt von deutscher Seite jetzt alle Kräfte ins Gefecht zu führen, um die Entscheidung nach der Richtung zu beeinflussen, daß in dem Riesenkampfe um die Seeherrschaft auf dem deutschen Meere möglichst viel feindliche Schiffe zum Sinken gebracht wurden. An einen wirklichen Sieg konnte man nicht denken, es galt nur die Verluste des Feindes so zu gestalten, daß seine Kräfte nach der Schlacht nicht mehr imstande sein konnten, die deutschen Flußmündungen zu forzieren. Dann hatte die deutsche Flotte ihre Aufgabe gelöst.

Während die zehn deutschen Panzer aus der Elbmündung der engli-schen Flotte entgegendampften um sie zum Kampfe zu stellen, der dann in dem Dreieck zwischen Helgoland, Scharhörn und Wangeroog stattfand, verließen in Wilhelmshaven die vier Schiffe der »Brandenburg«-Klasse um ½8 Uhr die Mole, gefolgt von den vier Veteranen der »Sachsen«-Klasse und der »Oldenburg«. Gleichzeitig gingen die beiden Küstenpanzer »Beowulf« und »Fritjof« von Bremerhaven aus in See, um zusammen mit den Divisionen von Wilhelmshaven die feindliche rechte Flanke, die von den französischen Panzerschiffen gebildet wurde, anzugreifen. Alles, was auf deutscher Seite noch irgendwie als Schlachtschiffen in Betracht kommen konnte, war hier aufgeboten, selbst die »Sachsen«-Klasse glaubte man noch einsetzen zu dürfen. Nur die kleinen Kreuzer in Cuxhaven und Wilhelmshaven blieben dort, mit den völlig veralteten und kaum noch für die Hafenverteidigung in Betracht kommenden Panzerkanonenbooten zurück. Da man es mit einer zweifachen Übermacht zu tun hatte, stand der Ausgang von vornherein nicht in Frage.

Im Torpedoraum

Um 7 Uhr wurde in Wilhelmshaven »Klarschiff« geschlagen. Alle Mann standen an ihren Posten, gewärtig des Signals, das des Reiches stählerne Schutzwehren dem Feinde entgegenwerfen sollte. An den Geschoßaufzügen, in den Türmen und in den Kasematten standen die Posten die Hand an der Radwelle des Paternosterwerkes, das aus schwarzer Tiefe heraus, aus den Granat- und Munitionskammern die gewichtigen Projektile nach oben befördern sollte. Jeder Mechanismus glänzte blank geputzt und war zu der todbringenden Arbeit gerüstet. Aus dem Maschinenraum dröhnte dumpfes Stampfen und Zischen herauf, und die gewaltigen Schiffsleiber zerrten und rüttelten an ihren Stahltrossen, wenn die Schrauben versuchsweise einige Umdrehungen machten.

Jetzt ein Druck auf den Hebel, dort oben im Kommandoturm, der den Führer mit einem stählernen Wall gegen feindliches Feuer schützt. Die Trossen werden losgeworfen, ein schrillender Glockenschlag in der Maschine, das stille Wasser des Hafenbeckens wirbelt mit schmutzigem Schaum am Heck in wallenden Strudeln empor. Vorn am Bug erhebt sich eine schwache Welle, sie teilt sich, rauscht an beiden Seiten zurück in breiten Streifen, und hinaus lenkt das Panzerschiff aus dem Hafenbecken. Während die Blicke der am Ufer Zurückbleibenden an der Flagge des Reiches, die stolz von allen Masten flattert, hängen, und tausend Hände den treuen Männern einen letzten Gruß zuwinken, tönte vom Lande noch einmal die begeisternde Weise des Flaggenliedes und donnernde Hurras erschüttern die Luft. Hinaus geht's mit wehenden Flaggen, hinaus auf die freie deutsche See, deren grüne Wasser und weißes Schaumgeriesel an den hellgrauen Panzerwänden der Schiffe klatschend emporlecken.

Ja, wer von dort oben an den Geschützen dem Feinde ins Auge blicken, wer sich als Herrscher fühlen konnte über die weite See. Das war ein ander Los, auch für den, der mit seinem letzten Blick noch des Himmels Blau und den kräftigen Salzhauch der See in sich trinken konnte; hier starb's sich anders, als dort unten im Dunkel, eingepfercht zwischen Stahlmauern und unablässig sich drehenden und stampfenden Stahlblöcken, dort unten, wo man nichts von dem sah, was draußen vorging, wo, wenn das Schiff sank, alles im Wasserstrudel erstickt wurde.

Der Leutnant Andersen kommandierte in der Steuerbordstorpedokammer des Panzers »Wörth«. Schweigend standen die kräftigen halbnackten Männer in dem niedrigen, dunstigen nur von zwei elektrischen Lampen erhellten Raume. Nur flüsternd unterhielten sich die Leute miteinander und achteten sorgsam auf jedes Geräusch, gegenwärtig des Augenblickes, der ihnen das Telegraphenkommando übermittelte, das dem blanken Torpedo in der Ladekammer den Lauf in die Meeresflut freigeben sollte. Von hinten aus der Tiefe des Schiffsraumes her tönte das wuchtige Arbeiten und Hämmern der Maschinen, die mit voller Kraft der Dampfspannung das Schiff durch die Wogen trieben. In dem Lärm der rhythmisch auf- und niederarbeitenden Kolbenstangen, des taktmäßig sich hebenden und senkenden stählernen Gestänges, des zischenden Blasens an den Ventilen ging die Menschenstimme fast unter.

Öffnete sich die schmale eiserne Tür zum Heizraum, so sah man dort wie in einen Krater, in dem die nackten vom Kohlenstaub geschwärzten Arme der Heizer mit scharrenden Schaufeln große Kohlenblöcke in die weiße Glut der Feuerung hineinwarfen. Es war ein seltsam schauriges Bild, diese von dem Feuerschein grell beleuchteten Gestalten zwischen den roten Schlünden der Feuerungen und den schwarzen glänzenden Kohlenhaufen unermüdlich schaffen zu sehen. In den Ventilatoren rauschte und brauste der frische Luftstrom, der nach unten geführt, wenigstens einen Zug Lebensluft in diese Gluthölle hineintrieb.

Noch war man in dem ruhigeren Fahrwasser der Jade, aber jetzt ging's hinaus. Leutnant Andersen zog seine Uhr: »Wenn wir mit 15 Seemeilen laufen, so müssen wir jetzt ungefähr am Roten Sand-Leuchtturm sein«. Und wie eine Antwort auf seine Bemerkung klang jetzt der durchdringende Ton des Maschinentelegraphen. »Also Volldampf« flüsterte der Leutnant und wieder standen die schweigenden Männer in dem dumpfen, niedrigen Raum und horchten auf jeden Ton, der von außen durch die dicken Stahlplatten zu ihnen hereindrang. Schwerfällig begann das Schiff zu stampfen, man war auf freier See. Die Wogen warfen ihre Wassermassen rauschend und polternd gegen die Schiffswand.

Mit den Schiffsbewegungen begann jetzt alles, was lose war, langsam hin und her zu pendeln, und unwillkürlich machte jeder diese wiegenden schwebenden Schwingungen mit, auf und nieder. Unter dem Druck dieser dumpfen Stimmung, von den Schwankungen in gedankenloses Hindämmern gewiegt, bildete man sinnlose Worte nach dem scharfen Taktschlag der Maschinen und wiederholte sie immer wieder von neuem nach dem Rhythmus der Kolbenschläge. Aller Augen hingen schließlich wie an einem Rettungsanker an einem von der Decke herniederbammelnden Stückchen Tau, welches mit den Schiffsbewegungen langsam hin und her schwebte. Da erschütterte ein furchtbarer Krach den ganzen Bau des Schiffes, das schwingende Tau machte auf halbem Wege Halt und wußte anscheinend nicht mehr, welchem Rhythmus es sich nun wieder anpassen sollte. »Gott sei Dank, sagte Leutnant Andersen, wir haben das Feuer eröffnet. Martens nehmen Sie doch das Tau herunter, das macht einen ja ganz nervös«.

Jetzt dachte jeder daran, wie wohl das Tau dahin gekommen sein mochte. Ein paar Sekunden wieder nur das dumpfe taktmäßige Stampfen der Maschinen, und dann brach es oben los wie ein Gewitter, der Geschützkampf hatte begonnen. Einer der Leute, der zunächst an der Außenwand des Torpedoraumes stand, prallte plötzlich von ihr zurück, seinen Nebenmann fast umreißend. Ein krachender Donnerschlag gellte in den Ohren, die Erschütterung ließ die elektrischen Lampen aufzucken. Jeder suchte sofort an der weißgestrichenen Wandfläche, ob nicht irgendwo ein Wasserstrudel hereinbrauste, sie alle wie Mäuse in der Falle ersäufend.

Nichts erfolgte, oben raste nur der tosende Orkan weiter, und die Wogen polterten gegen die Schiffswand.

»Herr Leutnant, sagte einer der Mannschaften, dort kommt Wasser«. Und richtig, durch einen fast unmerklichen Riß oben in der Außenwand perlte und quoll tropfenweise ein schwaches Gerinnsel in den Torpedoraum hinein. Eine feindliche Brisanzgranate war vor der »Wörth« ins Wasser schlagend krepiert. Der Druck der Explosion hatte ein Stück der stählernen Außenhaut unterhalb des Panzergürtels zwischen einzelnen Spanten weggedrückt und hatte auch den Doppelboden an einigen Stellen eingerissen. Das war die Detonation von vorhin gewesen.

Unaufhörlich erbebten die Stahlmassen des Panzers unter den Stößen des Geschützfeuers und wurden dazwischen von krachend einschlagenden feindlichen Geschossen erschüttert. Während bisher die Bewegungen des Schiffes nur ein regelmäßiges Stampfen auf den Wogen gewesen waren, ward der Schiffskörper jetzt im Gefechte regellos hin und her geworfen und schleuderte in der Maschine und in dem Torpedoraum die Mannschaften oft heftig gegen einander. Dann wieder fühlte man sich wie in einem Wirbel um sich selber gedreht, wenn das Schiff nach links oder rechts eine rasche Wendung machte.

Stumm standen die Mannschaften im Torpedoraume an dem mattglänzenden Rohre. Da erschien in Flammenschrift vor ihnen an der Außenwand das Kommando: Achtung. Ein Seufzer der Erleichterung ringsum. Endlich also. Die Hand am Hebel, den zweiten Torpedo bereit, daß er sofort dem ersten in das Lanzierrohr nachgeschoben werden konnte; so vergingen die Sekunden tropfenweise. Man mußte dicht am Feind sein. »Los!« lautlos erschien in glühenden Lettern der Befehl auf der Glasscheibe des Signalapparates. Den Hebel herumgerissen; ein leises metallenes Klappen und Schnappen im Rohre, ein Gurgeln und Schluchzen von Wasser, das in die leere Kammerschleuse des Lanzierrohres hineinflutete. Das Geschoß war fort … Traf es? … Kräftige Arme ergriffen den zweiten Torpedo, er glitt in die dunkle Öffnung des Rohres, und nach ein paar Sekunden sah alles aus wie vorher. Hatte der Schuß getroffen? Hier nach unten drang kein Ton, nur oben raste das Donnergetöse weiter und von hinten her dröhnte das Stöhnen und Stampfen der rastlos arbeitenden Maschinen, von außen krachten wuchtige Schläge gegen die Schiffswand.

Da ließ ein schmetterndes Krachen alle Pulse stocken, ein markerschütternder Schrei aus der Maschine, ein nervenbetäubendes Gepolter zerreißenden Metalls, als ob ungeheure Eisenblöcke gegeneinander geschleudert würden; doch das taktmäßige Stampfen und Schlagen der Maschinen dauert fort.

»Martens, schließen Sie die Tür!« schrie der Leutnant, und knallend fiel die Tür in ihren stählernen Rahmen. Auf dem Gange draußen verklang das Wimmern und Schreien sterbender Menschen.

Eine feindliche Granate war in den Kesselraum der »Wörth« gefahren und hatte zwei Kessel zerschlagen. Der ausströmende Dampf verbrühte die in der Nähe befindlichen Heizer sofort und drang auch in andere Schiffsräume, deren Schotttüren nicht geschlossen waren, auch hier noch mehrere Leute tötend. Die vom Torpedoraum nach dem Gange führende Eisentür, die eben noch rechtzeitig geschlossen wurde, war in einem Moment darauf ebenso wie die ganze Wand glühend heiß. Als Martens die Tür zuwarf, blieben an ihrem Griff bereits Hautfetzen von ihm kleben. »Herr Leutnant«, sagte er, seine Rechte hinhaltend, »das war hohe Zeit«. Ohne Aufhören dröhnte das Gebrüll der Schlacht.

Da erloschen plötzlich die Lichter im Torpedoraum, das elektrische Kabel mußte irgendwo verletzt sein, und nur die beiden Öllampen erhellten den schwülen, dunstigen Raum mit ihrem rötlichen Lichte. Noch einmal kam das Kommando, noch ein Torpedo verließ das Rohr, dann warf ein Stoß die Mannschaft in einem wilden Knäuel durcheinander. In sinnlosem Entsetzen glaubte jeder jetzt das Wasser hereinbrechen zu sehen, denn das konnte nur ein Rammstoß gewesen sein. Empfing man ihn, oder rammte man selber? Die Schwankungen des Schiffes ließen nach … Keine Schlagseite … Die »Wörth« schien unverletzt. Dann wieder eine kreiselnde Bewegung. »Wir gehen zurück«, sagte der Leutnant, indem er seinen kleinen Taschenkompaß beobachtete, »natürlich, wir gehen zurück. Voigt, gehen Sie nach oben und bringen Sie sofort Bescheid, wie die Schlacht steht«. Nur mit Mühe konnte der Mann die Tür des Torpedoraumes aufstoßen, er mußte mit ihr einen schweren Körper beiseite schieben, erkannte in dem schwachen Lichte auf dem Wallgang einen seiner Kameraden, der von dem siedenden Dampfe verbrüht im letzten Moment noch gehofft hatte, sich in die Torpedokammer retten zu können. Jetzt lag er, eine Masse gequollenen Fleisches, draußen an der Tür, die Hand noch an deren Griff. Als Voigt die Tür wieder schloß, löste sich der Arm des Toten vom Körper. Fünf Minuten später, stand Voigt wieder vor seinem Leutnant und meldete, während dicke Tränen über die Wangen des braven Burschen rollten: »Herr Leutnant, S. M. S. ›Wörth‹ geht auf Wilhelmshaven zurück. Herr Kapitänleutnant Wehrmann läßt Herrn Leutnant sagen, wir wären vom Geschwader das letzte Schiff, welches noch auf der Südfront kämpft. Das Geschwader auf der Elbe ist anscheinend vollkommen vernichtet. Wir werden vom Feinde hart verfolgt«.

Tiefes Schweigen herrschte in dem kleinen Raum. In das Gefühl, doch noch heil davon zukommen, mischte sich der quälende Schmerz über diesen Ausgang und eine sinnverwirrende die Kehle dörrende Wut, dem Feinde ohnmächtig gegenüber zu stehen.

Doch kein Raum zu solchen Gedanken. Eine Ordonnanz erschien: Alle Mann aus den Torpedoräumen an die Geschütze. Leutnant Andersen führte seine Leute durch Gänge, auf deren Boden stöhnende Verwundete lagen, über zerschmetterte Treppen, über blutbeschmierte Planken hinauf in den hinteren Geschützturm. Sowie die Mannschaften an die frische Luft kamen, taumelten sie, von einer plötzlichen Schwäche erfaßt, die furchtbaren Stunden dort unten in dem stickigen Dunst hatten die Nerven auch dieser frischen Naturmenschen bis zur Erschöpfung gebracht. Aber keine Zeit zur Schwäche; der Leutnant übernahm das Kommando im hinteren Turm an dem einzigen noch intakten Geschütz und rasch packten die sehnigen Arme der Torpedomannschaften die auf der Ladeschale liegende Granate, schoben sie ins Rohr und entnahmen den Armen eines toten Kanoniers die Kartusche.

S. M. S. »Wörth« nahm mit seinem letzten Heckgeschütz das Feuer gegen das ihn verfolgende englische Linienschiff »Eduard VII.« wieder auf, mit einem famosen Treffer in die eine Geschützpforte von dessen vorderen Turm diesen außer Gefecht setzend. Der Engländer blieb zurück, da er an der Ruine des Roten Sand-Leuchtturms nicht mehr wagte, in das gefährliche Fahrwasser der Jade einzulenken. Die »Wörth« traf, mit ihren Maschinen immer noch zwölf Seemeilen machend, um 6 Uhr wieder an der Mole von Wilhelmshaven ein, das letzte Schiff des Geschwaders, das am Morgen Wilhelmshaven verlassen hatte. Die anderen drei Schiffe der »Brandenburg«-Klasse waren draußen während des Kampfes gesunken. Die in Brand geratene »Oldenburg« lag in den Watten von Wangeroog. Der Küstenpanzer »Hildebrand« war von seinem Führer ebenfalls dort auf den Strand gesetzt und, nachdem er ihn mit den wenigen Überlebenden der Mannschaft verlassen, gesprengt worden. Das war alles, was von der deutschen Flotte, die von Süden angegriffen, noch über Wasser zu sehen war. Die vier Schiffe der »Sachsen«-Klasse hatte die See verschlungen.

Von den zehn Linienschiffen der »Wittelsbach«- und der »Kaiser«-Klasse, die von der Elbmündung aus angegriffen hatten, war der größte Teil gesunken. Nur »Schwaben« und »Zähringen« waren noch imstande, Cuxhaven wieder zu erreichen. »Kaiser Wilhelm II.« saß draußen auf dem Scharnhörn-Sande. »Wettin« war dadurch zugrunde gegangen, daß ihm ein feindlicher Torpedoschuß den Boden aufriß. Dadurch wurde der Masutbehälter beschädigt, sein Inhalt lief in die Feuerungen und aus allen Decksöffnungen schlugen die Flammen. Kurz darauf erfolgte eine Explosion, die das Schiff buchstäblich in Stücke riß.

Aber teuer hatte der Feind die Zerstörung der deutschen Flotte erkaufen müssen: drei französische und fünf englische Panzerschiffe waren ebenfalls gesunken. Geschütze, Torpedo und Ramme waren auf deutscher Seite gut bedient und geleitet gewesen. Vier englische und zwei französische Panzer mußten ferner zur Reparatur die heimischen Häfen aufsuchen.

Die Zerstörung einiger havarierter feindlicher Schiffe, verdankte man übrigens der mittags während der Schlacht von Emden ausgelaufenen deutschen Torpedoflotte, die, 16 Boote stark, sich auf die hinter die Schlachtlinie geschleppten außer Gefecht gesetzten feindlichen Schiffe stürzte und von ihnen mehrere nachträglich noch zum Sinken brachte, wobei sie allerdings sechs ihrer Boote opferte.

Um 4 Uhr war die Schlacht zu Ende, durch ein Signal verständigte man sich mit dem Feinde. Es wurde eine Waffenruhe bis zum anderen Morgen festgesetzt, die beiderseits dazu benutzt werden durfte, die auf hoher See noch treibenden Mannschaften zu retten. Die als Hospitalschiff ausgerüstete kaiserliche Yacht »Hohenzollern« und ein Seeschlepper der Hamburg-Amerika-Linie, von Bremen aus zwei Dampfer des Norddeutschen Lloyd sowie einige Torpedoboote gingen zu diesem Zwecke in See. Als der Seeschlepper »Hamburg« mit dem ersten Transport von Verwundeten, die von dem gestrandeten »Kaiser Wilhelm II.« geborgen waren, abends gegen 8 Uhr im Hamburger Hafen eintraf und an den St. Pauli-Landungsbrücken fest machte, läuteten die Glocken von allen Türmen Hamburgs und alle Flaggen sanken auf Halbmast.

* *
*

Der Tag von Helgoland hatte denen eine furchtbare Lehre gegeben, die sich einer Vermehrung der deutschen Flotte gegenüber ablehnend verhalten hatten und die nichts Besseres zu tun wußten, als bis zum Überdruß auf dem Gott weiß von wem in einem Momente politischen Schwachsinns konstruierten Satz herumzureiten: Eine kleine, aber gut bemannte und gut geführte Flotte ist unter Umständen wohl imstande einer größeren Seemacht gegenüber den Sieg zu erringen. Dieses Dogma politischer Kaffeeschwestern war vor der Macht der Tatsachen wie ein Rauch im Winde verflogen. Die Toren, sie hatten aus den verschiedenen Zeitungsmeldungen über Unfälle auf der britischen Marine frischweg gefolgert: »Ja, ja, auf der englischen Flotte ist auch nicht alles so wie es sein sollte«. Diese Marinedilettanten vergaßen einfach die Zahl den Unfälle zu der Zahl der Schiffe in Beziehung zu setzen, wobei dann die englische Flotte nicht schlechter abgeschnitten hätte als die deutsche. Aus solchen Trugschlüssen entstand in der Einbildung dieser Siebengescheiten schließlich das Bild einer völlig verlotterten britischen Marine, mit der die deutsche »kleine, aber gut geführte Flotte« gegebenenfalls wohl fertig werden könnte. Der Stammtischlöwe, der solche Weisheit von sich gegeben, ging dann heim und zog die Zipfelmütze über seine sehr beträchtlichen Ohren. Andere legten den Finger nachdenklich an ihre hochgeehrten Nasen und dozierten: der Burenkrieg hat erwiesen, wie schlecht die englische Armee ist, da liegt denn doch die Annahme nahe, daß auf der Marine … O, wie oft haben wir verzweifelnd solches Geschwätz hören müssen. Unnötig hinzuzufügen, daß diese Bierbankpolitiker natürlich nie ein englisches Kriegsschiff oder einen englischen Soldaten gesehen hatten.

Diese falsche Selbstzufriedenheit führte uns vor hundert Jahren nach Jena, sie hat uns jetzt über die Ablehnung der Flottenvorlage nach Helgoland geführt. Helgoland, Kiel und Cuxhaven waren andere Tage als die von Santiago, Port Arthur und Tsuschima. Hier standen sich die besten Artilleristen und Schiffsführer auf dem besten Schiffsmaterial gegenüber. Hier entschied demzufolge die Zahl und die Größe der Schiffe. Daß unsere Linienschiffe zu klein waren, daß 11 bis 13000 Tonnen nicht den 15 und 16000 der Feinde gewachsen sind, daß die 24 cm-Geschütze nicht so weit schießen wie die 30,5 cm, ist hundertmal vorher gesagt worden. Den Beweis durfte leider erst Helgoland erbringen. Die unwiderstehliche Tapferkeit auf deutscher Seite, die rücksichtslose Aufopferung in einem von vornherein aussichtslosen Kampfe, die leuchtende Pflichttreue unserer Marine vom höchsten Kommandoführer bis zum letzten Heizer, der schweigend seine Kohlen schaufelte, bis das einbrechende Wasser diese stummen Helden erstickte, sie haben mit dem Verluste fast der ganzen deutschen Flotte Eins erreicht: *der Feind wagte solchen Artilleristen und Matrosen gegenüber keinen weiteren Angriff.* Nicht daß der moralische Eindruck des deutschen Angriffs so lange vorgehalten hätte

– auch moralische Eindrücke sind keine Pökelware. Nein, aber die Nie-
derkämpfung der deutschen Flotte hatte die schweren Kaliber, die 30,5
cm-Turmgeschütze an Bord der Engländer so sehr strapaziert, daß nach
der Schlacht von Helgoland *alle* diese Drahtgeschütze, so weit sie nicht
durch deutsche Granaten und eigne Rohrkrepierer – deren sehr hohe
Zahl wird man wohl nie erfahren – unbrauchbar geworden waren, die
Grenze ihrer auf nur ca. hundert Schuß berechnete Leistungsfähigkeit
so weit erreicht hatten, daß die Engländer es nicht wagen durften, noch
einmal ernsthaft mit den Küstenforts anzubinden. Denn bis die britischen
Panzer neue Rohre erhalten konnten, vergingen lange Monate, da die
Anfertigung dieser Riesengeschütze mindestens ein halbes Jahr bean-
sprucht. Das, die Außergefechtsetzung der gesamten feindlichen schweren
Artillerie, war der Erfolg den die versinkende deutsche Flotte erreicht
hatte.

Er ward bald bemerkbar, da die Blockadeflotte stets auf hoher See
blieb. Dazu kam, daß die Engländer im Sommer erfuhren, daß vor Kiel
und in der Elbemündung die sechs von der Germaniawerft gebauten
deutschen Unterseeboote in Dienst gestellt seien. Diese Tatsache an sich
hielt den Feind in größerer Entfernung von der Küste. Hätte man doch
diese Fahrzeuge eher gehabt! Der englische Angriff auf Cuxhaven und
der scharfe Blockadedienst wären durch sie leicht vereitelt worden. Die
Unterseeboote sind unentbehrlich für die Verteidigung an Fluß- und
Hafeneingängen, diese Lehre hat jetzt auch der Blödeste begriffen. Daß
Unterseeboote auf hoher See eine fragwürdige Offensivwaffe zumal in
unbekannten Gewässern sind, erwies der Mißerfolg der Franzosen vor
Spezzia. Wie hätten endlich Unterseeboote in Dar-es-Salam, Swakopmund,
Tsingtau usw. dem kolonialen Kriege eine ganz andere Wendung geben
können!

Zum Schluß noch eins: Die Erfahrungen bei Cuxhaven und im ganzen
Blockadedienst haben gezeigt, wie vorteilhaft es ist, wenn Panzerschiffe
und Kreuzer dasselbe Aussehen haben, so daß der Feind möglichst lange
im Unklaren bleibt, welche Schiffsklasse er vor sich hat. Die gleichmäßige
Bauart der englischen Kreuzer und Panzer hat bekanntlich oft zu Ver-
wechslungen Anlaß gegeben. Infolgedessen haben wir uns noch während
des Krieges daran machen müssen, den schön geschweiften Bug unserer
großen Kreuzer zu beseitigen, da dieser sie schon von weitem als Kreuzer
verrät.

Mit den Batterien von Helgoland schoß sich die Blockadeflotte nur selten herum. Man fürchtete das Steilfeuer der Mörserbatterien und verzichtete deshalb auf das Vergnügen, die Insel den Deutschen entzwei- zuschießen und dadurch die Batterien ins Wasser zu werfen. Der Einsatz an Munition und Abnutzung der Geschütze war zu groß im Verhältnis zu dem möglichen Erfolge. Infolgedessen blieben die englisch-französi- schen Schiffe immer außer Schußweite der helgoländer Geschütze.

Jenseits des Meeres

Wie erwähnt, hatte Fürst Bülow am 19. März sämtlichen diplomatischen Vertretern des Reiches im Auslande eine letzte Mitteilung zugehen lassen und sie darin auf ihre am Tage vorher in einem chiffrierten Telegramm erhaltenen Instruktion verwiesen. Diese, die alsbald ihre Wirkung äußerte, bedeutete eine notwendige Verteidigungsmaßregel Deutschlands.

Ohne ausländische Flottenstützpunkte und Kohlenstationen, an Kabeln nur über die sehr fragwürdige Verbindung über Vigo-Azoren nach New York verfügend, war man auf dem Weltmeer einfach den feindlichen Seemächten ausgeliefert. Um diesen wenigstens eine sehr wertvolle Waffe zu entwinden, hatte jene chiffrierte Depesche den deutschen Ge- sandten und Konsuln im Auslande (soweit diese letzteren deutsche Staatsangehörige waren) den Befehl übermittelt, die Führer der in den neutralen Häfen liegenden deutschen Schiffe anzuweisen, diese abzurüsten und die Mannschaften mit der schnellsten Gelegenheit in die Heimat zu entsenden und zwar auf Kosten der Regierung, die in der Auszahlung der Reisegelder den Konsuln freie Hand ließ. Andererseits erhielten mehrere große Handels- und Passagierdampfer in den Hafenplätzen der französischen und englischen Kolonien noch rechtzeitig die Ordre, sofort auszulaufen und, wo ihnen ein Unterseekabel erreichbar, es aufzunehmen und zu zerschneiden. Infolgedessen machte sich in dem überseeischen Nachrichtendienste, als man sich in London im Besitze eines absoluten Kabelmonopoles glaubte, die sehr verblüffende Erscheinung bemerkbar, daß eine große Anzahl englischer Kabel plötzlich nicht mehr funktionier- te.

So waren im indischen Ozean die Verbindungen nach Australien plötzlich gestört, ebenso die Leitungen nach Kapstadt (in Swakopmund und Dar-es-Salam abgeschnitten) und große Bestürzung herrschte in

London als am 24. März sämtliche von Valencia nach der neuen Welt hinübergehenden Seekabeln unbrauchbar waren. Das war ein Verdienst des deutschen Panzerkreuzers »Roon« der am 20. März mit den beiden kleinen Kreuzern »Leipzig« und »Medusa« und zwei Schnelldampfern des Norddeutschen Lloyd von Wilhelmshaven auslaufend, nördlich um Schottland herumgefahren war. In London glaubte man die gesamte deutsche Flotte in den Nordseehäfen blockiert und dachte auf der Rückseite des Kriegsschauplatzes an keine Gefahr. So wurden die beiden zum Schutze des Kabels bei Valencia stationierten englischen Kreuzer vom Auftauchen des »Roon« am Abend des 24. völlig überrascht. Ein Gefecht von etwa 20 Minuten entschied über ihr Schicksal. Die Zerstörung der Kabel durch Grundminen wurde dann vom »Roon« so gründlich besorgt, daß die meisten während der Dauer des Krieges nicht wieder hergestellt werden konnten. Der Feind war auf die südenglischen und die französischen Leitungen und die Kabel über die Azoren angewiesen. Aber auch hier hatte unser Kreuzer »Bremen« vorübergehend das deutsche Kabel unbrauchbar gemacht. Nachdem so dem Feinde der Nachrichtendienst erschwert war, suchte unser kleines fliegendes Geschwader den Atlantic nach fremden Schiffen ab, und versenkte zahlreiche große englische und französische Dampfer, aus denen es vorher stets seine Kohlen ergänzte. Riesige Transporte von Lebensmitteln und Kriegsmaterial (*made in America*) wurden so vernichtet, und panischer Schrecken herrschte an der französischen Küste, als die geheimnisvollen deutschen Kaperschiffe Ende April plötzlich vor St. Nazaire auftauchten und einige Granaten in die Stadt warfen. Hierauf wurde in Brest ein englisch-französisches Kreuzergeschwader gebildet, welches auf die deutsche Flottille Jagd machte. Doch erst Ende Mai wurden diese an der amerikanischen Küste von großer feindlicher Übermacht gestellt. Das abendliche Gefecht auf der Höhe von Kap Hatteras endete mit dem Untergange der »Medusa« und der beiden Lloyddampfer – der Feind verlor zwei große Kreuzer – wogegen es dem »Roon« und der »Leipzig« noch gelang, im Dunkel der Nacht nach Fort Monroe zu entkommen. Beide Kreuzer mußten auf Verlangen der amerikanischen Regierung im Hafen von Baltimore abrüsten, wo sie von der Bevölkerung mit ungeheurem Jubel empfangen wurden, von denselben Leuten, die an den Lieferungen für englisch-französische Rechnung und an den Versicherungsprämien, wenn die Schiffe durch deutsche Granaten versenkt wurden, Unsummen verdienten. Der Kriegsgott hat eben zwei Gesichter.

Auch Singapore befand sich plötzlich außer Verbindung mit den chinesischen Häfen. Die Leitung Aden-Bombay war unterbrochen und das englische Kabelnetz hörte wenige Tage nach Ausbruch der Feindseligkeiten an vielen Stellen auf zu arbeiten. Das verhinderte freilich nicht, daß englische Kreuzer massenweis deutsche Schiffe aufbrachten. Fast ein Drittel des schwimmenden Nationalvermögens des deutschen Volkes befand sich Mitte April als Kriegsbeute im Besitz des Feindes. Die deutschen Reedereien bezifferten den Wert dieses Verlustes an großen Dampfern mit ihrer Ladung auf etwa eine halbe Milliarde Mark. Dem gegenüber war es deutschen Kreuzern nur gelungen, etwa 180 größere englische Schiffe – meist im Atlantic – zu kapern und sie, da man sie in keinen Heimathafen oder neutralen Hafen führen konnte, zu versenken, was an der Londoner Börse mit einem Minus von 9 Millionen Pfund notiert wurde.

Die deutschen Schiffe im Auslande

Leichte Arbeit hatte der Feind mit den im Auslande stationierten deutschen Kreuzern. Die nach den westindischen Gewässern zusammengezogenen drei Schiffe »Bremen«, »Falke« und »Panther« lieferten auf der Höhe von St. Thomas der britischen »Isis« und dem französischen Kreuzer »Jurien de la Gravière« ein Gefecht. Nach einer Stunde sank die »Bremen« als letztes deutsches Schiff mit wehenden Flaggen. Der kleine Stationskreuzer »Sperber« und das Vermessungsfahrzeug »Wolf« wurden vor Bimbia an der Mündung des Kamerunflusses von drei französischen Kreuzern zusammengeschossen, worauf eine Abteilung französischer Senegalschützen von den Kameruner Gouverneurgebäuden Besitz nahmen, nachdem die deutsche Schutztruppe am Lande fast bis auf den letzten Mann vernichtet war. Kamerun und wenige Tage darauf auch Togo waren französisch.

Der kleine »Seeadler« schoß zwar vor Sansibar ein englisches Kanonenboot in den Grund, doch war Ostafrika nicht zu halten, als von Aden vier größere englische Kreuzer herannahten. Aus einer Entfernung, in der die deutschen 10 cm an Bord der Stationäre längst nicht mehr trafen, zerstörten die englischen Granaten binnen kurzem »Seeadler« und »Bussard« und bombardierten sodann Dar-es-Salam, Bagamojo und Tanga. Hierauf wurden die von der Somaliküste auf vier Transportdampfern der P. & O.-Linie herangeführten indischen Sikks in der Stärke von 2500 Mann in Tanga an Land gesetzt, vor denen sich die Reste der deutschen Schutztruppe langsam ins Innere zurückziehen mußten. Am Tanganjika und am Viktoriasee fanden einige kleine Gefechte in den Hafenplätzen statt und Ende Juni wehte über fast allen Stationen in Deutsch-Ostafrika der Union Jack.

Nach dem erfolgreichen Kampfe der deutschen Schiffe vor Apia, der den Krieg eingeleitet hatte, nahte auch hier Ende April das Verhängnis. Die englischen und französischen Schiffe auf der australischen Station suchten nacheinander sämtliche deutsch-australischen Inseln ab, hißten überall die Flaggen der Verbündeten. Gegenüber vier englischen Kreuzern, darunter der große Kreuzer »Powerful«, waren »Thetis« und »Cormoran« vor Apia machtlos. Ein Gefecht von kurzer Dauer entschied über das Schicksal Deutsch-Samoas. Eine bittere Kränkung bedeutete es allerdings für Herrn Dr. Solf, Apias heldenmütigen Verteidiger, daß er an Bord des Kreuzers »Prometheus« als Gefangener nach London gebracht wurde, wo er unter dem Geheul des Pöbels in einem offenen Wagen durch die Straßen gefahren, mehrfach insultiert und durch einen Steinwurf schwer verletzt wurde. Die kindische Wut der durch die Jingo-Presse aufgereizten Menge wandte sich in einer nachher auch von englischer Seite scharf getadelten, häßlichen Weise gegen den vermeintlichen Urheber des Krieges. Aber erst nachdem man der heulenden Bestie dieses Vergnügen gemacht, wies man Herrn Dr. Solf auf der Insel Wight ein Domizil an.

Von Windhuk nach Mafeking

In Südwest gebot die noch immer 12000 Mann starke deutsche Truppenmacht Vorsicht. Die Maßnahmen des Feindes beschränkten sich zunächst darauf, daß der von Kapstadt kommende Kreuzer »Crescent« Tag für Tag einige Granaten nach Swakopmund hineinschoß. Da diese aber nur einige alte Hererodamen getötet, ein paar Wellblechdächer zerschlagen, sonst aber außer großen Staubwolken keinen Schaden angerichtet hatten, so verschwand die »Crescent« wieder und blieb eine Zeitlang vor der Walfischbai vor Anker liegen. Auf eine Landung der Marinetruppen und einen Vormarsch auf Swakopmund verzichtete man aus guten Gründen. England benutzte ein ihm altvertrautes Mittel und bewaffnete unter Verleugnung des natürlichen Solidaritätsgefühls der weißen Rasse wiederum die Hottentotten und Hereros gegen die Deutschen. Schon Wochenlang vor Ausbruch des Krieges – auch ein Beweis, daß England ihn gewollt und vorbereitet hatte – gingen englische Agenten und reichliche Waffensendungen über die deutsche Grenze. Und als am 24. März die »Crescent« die ersten Schüsse auf die weißen Häuser von Swakopmund abgab, sahen sich die Deutschen bereits von der doppelten Gefahr eines englischen Einmarsches und eines neuen Eingeborenenaufstandes bedroht. Die Nachrichten aus dem Süden lauteten trostlos und in den einzelnen Orten wie Keetmanshoop vermochten sich die deutschen Garnisonen kaum des Andranges der Hottentotten zu erwehren. Wurden deren Banden nun noch durch kapländische Truppen und durch Artillerie verstärkt, so war das Schicksal der Stationen besiegelt. Wollte man nicht die einzelnen deutschen Abteilungen zwecklos nach einander aufopfern, so galt es rasche Entschlüsse zu fassen.

Da die Kolonie, die sich kaum von der furchtbaren Erschütterung durch den zweijährigen Eingeborenenkrieg zu erholen begann, bei weitem außer stande war, die Lebensmittel für die verhältnismäßig starke Truppenmacht zu liefern, und die englische Blockade nicht eine Konservenbüchse ins Land ließ, so war an der Menge der auf den Etappenstationen und in Windhuk, Swakopmund usw. lagernden Proviantvorräten die Dauer des Widerstandes fast bis auf den Tag genau zu berechnen. Der Hunger und das sicher bevorstehende Herannahen einer feindlichen Übermacht, waren die zwei Gewichte an der Uhr, deren Pendelschlag die Schicksalstunde Deutsch-Südwestafrikas ausmaß. Da galt es, wie gesagt, schnelle Entschlüsse zu fassen. Und gerade rechtzeitig noch zog der Gouverneur sämtliche Militärposten und sämtliche deutsche Farmer von Süden nach Norden zurück. Auf den schwerfälligen Ochsenwagen konnten die bedauernswerten Ansiedler, die nach zwei Jahren erzwungener Muße kaum erst wieder den Wirtschaftsbetrieb begonnen hatten, noch eben ihren Hausrat bergen; dann ging's, gedeckt durch Reiterpatrouillen, mit den Viehherden nach Norden in der Richtung auf Windhuk. Verlassene Weideflächen, verschüttete Brunnen und verbrannte Farmen bezeichneten den Rückweg der deutschen Bewohner des Schutzgebietes. So ward ein breiter Gürtel wüsten Landes, das dem Feinde nichts mehr liefern konnte, zwischen den Sammelplatz der Deutschen, den Windhuker Bezirk und die englische Grenze gelegt, eine Maßregel, die denn auch das Vorrücken des Feindes so erschwerte, daß es hier zu eigentlichen Kämpfen gar nicht kam.

Die Abschneidung der Lebensmittelzufuhr von der See her und der Aufstand der Eingeborenen im Süden konnten folgerichtig nur auf einen Weg weisen. Was man an der Küste nicht mehr erhalten konnte, mußte man sich auf der Landseite holen. Und so beschloß der deutsche Gouverneur selber einen Vorstoß in Feindesland in der Richtung auf Mafeking zu unternehmen. In Swakopmund und entlang der Bahnlinie bis Windhuk wurden überall kleine Garnisonen zurückgelassen. Dann begann der Bau der Feldbahn von Windhuk nach der englischen Grenze, wozu das vorhandene Material der Otavibahn und das erst vor Wochen für die Strecke Windhuk-Rehoboth eingetroffene verwendet wurde. An der Vormarschlinie wurden überall Etappenposten verteilt und an den Stationen feste Blockhäuser errichtet.

Die Kunde von dem deutschen Vormarsch traf erst Anfang Mai in Kapstadt ein, worauf sofort die englischen Truppen, die bereits Keetmanshoop erreicht hatten, zurückgerufen wurden. Man konzentrierte nämlich nunmehr alle verfügbaren Streitkräfte im Norden, in der Transvaalkolonie, schon um eine mögliche Burenerhebung im Keime ersticken zu können. Ein Aufstand im Betschuana- und West-Griqualande nötigte jedoch zur Detachierung mehrerer Regimenter, und die unruhige Haltung der Buren machte in den kleineren Garnisonen den britischen Besatzungen das Leben recht sauer, zumal man es schon nicht mehr wagte, jeder Unbotmäßigkeit mit voller Strenge zu begegnen. Es kamen täglich Raufereien mit englischen Soldaten auf den Straßen vor, auch hieß es, einzelne Militärposten seien von aufständischen Buren überwältigt worden. Der Nachrichtendienst und die Beweglichkeit der englischen Abteilung litt sehr unter der häufigen Zerstörung der Telegraphenlinien. Die Aufregung stieg ins Ungemessene, als Mitte Juni gemeldet wurde, die Deutschen seien in der Stärke von 7000 Mann im Anmarsch auf Mafeking. Unter unsäglichen Anstrengungen und Entbehrungen hatten diese den mühseligen Marsch durch die Wüste erzwungen. Bei einem Gefecht unweit Mafeking wurde am 20. Juni ein englisches Bataillon völlig vernichtet.

Da nunmehr die Burenbevölkerung den Engländern sämtliche Lieferungen an Lebensmitteln usw. verweigerte, und zu offenen Feindseligkeiten überging, so war es das Klügste, was der englische Höchstkommandierende tat, nämlich seine Truppen nach Süden zurückzuziehen, so lange er noch die Eisenbahnen in der Hand hatte. In einzelnen Städten hielten sich die englischen Garnisonen. Die Deutschen besetzten bei ihrem Vormarsch nach Süden zunächst Bloemfontein und machten dies zur

Basis der weiteren Operationen. Es galt zunächst die Streitkräfte der ehemaligen Burenrepubliken zu organisieren, und es trat deshalb eine Pause in der Vorwärtsbewegung ein. Da sich verschiedene Mißhelligkeiten zwischen den Burengenerälen und der deutschen Heeresleitung ergaben, wurde der Einmarsch in die Kapkolonie immer wieder verzögert, bis man sich im Herbst von anderen Ereignissen überrascht sah.

Kiautschou

Unsere in den chinesischen Gewässern stationierten Kriegsschiffe hatten im vollsten Maße ihre Schuldigkeit getan. Dutzende von Schiffswracks an der chinesisch-japanischen Küste zeugten von der Tätigkeit unserer Kreuzer. Den Ausbruch des Krieges hatte unser Geschwader durch den sibirischen Telegraphen erfahren und gleichzeitig den Befehl erhalten, dem feindlichen Handel soviel Schaden wie irgend möglich zuzufügen und so die Zeit auszunützen bis zu dem Erscheinen feindlicher Streitkräfte vor Tsingtau. Alle deutschen Handelsschiffe wurden durch die Konsuln angewiesen neutrale Häfen aufzusuchen. Einige auf hoher See befindliche Passagierdampfer konnten durch Funkspruch der Kriegsschiffe vor Beginn der Feindseligkeiten benachrichtigt werden, andere wurden durch diesen oder jenen Kreuzer in neutrale Häfen geleitet.

Gleichzeitig stürzten sich unsere Kreuzer, immer ihre Operationsbasis Kiautschou im Auge behaltend, auf die englischen und französischen Handelsschiffe. Traf man solche in der Nähe der Küste, so ließ man die Mannschaft ihre Boote besteigen, womit sie ziemlich sicher den nächsten Hafen erreichen konnten, und brachte an Bord des fremden Dampfers eine Mine am Schiffsboden an, die bei der Explosion diesen aufriß, so daß das Fahrzeug auf der Stelle sank. Lange konnte dieses Zerstörungswerk von deutscher Seite natürlich nicht betrieben werden.

Nachdem sich die englischen und französischen Geschwaderchefs über einen gemeinsamen Plan verständigt hatten, fand ein konzentrisches Vorgehen mit überlegenen Streitkräften auf Kiautschou statt. Am 9. April erschienen drei feindliche Panzerkreuzer (die englischen »Hogue« und »Sutley« und der französische »Gueydon«) mit sechs kleineren Kreuzern, auf der Reede von Tsingtau. Trotzdem gleich anfangs der »Sutley« auf eine deutsche Mine lief, die ihn augenblicklich zerriß, und zwei kleine Franzosen vernichtet wurden, erlag das schwache deutsche Geschwader doch nach einstündigem Gefecht der feindlichen Übermacht. Ja wenn wir *Unterseeboote*zur Verteidigung gehabt hätten! Die Batterien in Tsingtau und auf den die Stadt umgebenden Hügeln konnten während des Gefechtes nur wenig ausrichten, da die feindlichen Schiffe für ihre Granaten meist unerreichbar waren. Nach der Vernichtung der deutschen Schiffe genügte dann ein Bombardement von etwa zwei Stunden, um die deutsche Artillerie zum Schweigen zu bringen. Fast die gesamte Besatzung der Batterien fand dabei ihren Tod. Der Rest der Garnison von Tsingtau, kaum 200 gefechtsfähige Mannschaften, ging nach der Besetzung der Stadt durch den Feind in die Gefangenschaft. Zu spät bedauerte man, Tsingtau nicht rechtzeitig d. h. gleich nach der Besetzung und *vor*dem russisch-japanischen Kriege zu einem Waffenplatz umgeschaffen zu haben, dessen Befestigungen eine längere Verteidigung ermöglichten.

Von allen diesen Ereignissen, mit Ausnahme der Einnahme von Tsingtau, die durch den sibirischen Telegraphen über Tokio, Wladiwostok nach der Heimat gemeldet wurde, erfuhr man zu Hause nichts. Über das Schicksal der afrikanischen Kolonien war man bis in den Sommer völlig im Ungewissen, erst dann sickerten langsam die Nachrichten, die man in London nach Möglichkeit geheim hielt, durch und berichteten in Deutschland von Kämpfen, in denen ein unerhörter Heldenmut an eine aussichtslose Aufgabe verschwendet wurde. In stummer Pflichterfüllung waren die Söhne des Vaterlandes, die auf den fernen Außenposten treue Fahnenwacht gehalten, in den Tod gegangen, ein glänzendes Beispiel deutscher Tapferkeit.

Die Millionenschlacht

Vier Tage lag das dritte Bataillon bereits auf diesem Acker eingegraben. In vier Tagen war die lange, dünne Schützenlinie nur um 400 m vorgerückt. Ein Bataillon, ein Steinchen nur in der riesigen Frontmauer von beinahe einer halben Million Menschen, die bis jetzt vergebens versuchten, dem fast um die Hälfte stärkeren Feinde Schritt für Schritt Boden abzugewinnen. Den etwa 400000 Streitern der ersten und zweiten deutschen Armee standen in den Stellungen, die sich von Arras bis Châlons hinzogen, über 600000 Franzosen gegenüber. Vier Tage hatte der Kampf gedauert, der mit dem Donnergebrüll seiner Geschütze Himmel und Erde erschütterte. Auf beiden Seiten machte sich allmählich ein störender

Munitionsmangel fühlbar. Besonders auf französischer Seite, wo man zumal am ersten Tage der Schlacht die Geschosse in geradezu unsinniger Weise vergeudet hatte, so daß alle Fahrzeuge, die man irgendwie nur auftreiben konnte, herangezogen werden mußten, um aus den Riesendepots von Reims und Laon die schwindenden Bestände in der Front zu ergänzen.

Von den Beobachtungsballons auf deutscher Seite konnte man diese Munitionstransporte genau verfolgen und daraus erkennen, wo in der feindlichen Linie schwache Punkte entstanden waren, die einem gewaltsamen Offensivvorstoß Aussicht auf Gelingen bieten konnten. Und doch hielt man noch zurück, um den von Süden her stündlich erwarteten Flankenangriff auf den rechten französischen Flügel erst mit voller Kraft wirken zu lassen.

Das dritte Bataillon hatte sich am ersten Tage am Waldrande im Ackerfelde eingenistet. Es hatte, da hier im Zentrum der deutschen Stellung nordöstlich von Rethel zunächst nur ein hinhaltendes Feuergefecht beabsichtigt war, die Infanteriepositionen des Feindes auf dem jenseitigen Hügelgelände unter Feuer gehalten, und zwar wie der Fesselballon meldete, mit gutem Erfolge. Da der Feind die Stellung des Bataillons offenbar gut erkundet hatte, lenkte er am ersten Tage ein sehr heftiges Schrapnellfeuer auf die dunkle Waldlinie hinter den Schützengräben, welches so viele Opfer forderte, daß der Bataillonsführer alsbald die Schützenlinie nach vorn abbauen und unter Verzicht auf die sonst gewohnten Sprünge 300 m vorrücken ließ, dadurch wurden die Verluste wesentlich vermindert.

Dann war die Nacht gekommen. Die Mannschaften schliefen in den Schützengräben, und als der Morgen dämmerte, ward das Feuergefecht mit ausgeruhten Kräften wieder aufgenommen. Und wieder prasselte der Bleihagel der Schrapnells hernieder, und die einschlagenden Infanteriegeschosse erzeugten auf dem Erdboden beim Einschlagen kleine puffende Staubwölkchen. So verging auch dieser Tag, ein glühend heißer Sommertag. Die Feldflaschen waren geleert und nur der Brotbeutel wies noch seine eisernen Gefechtsrationen für drei Tage auf. In braunrotem Dunst versank die Sonne hinter den Hügeln im Westen. Tagsüber machte die Feuerzone der feindlichen Artillerie eine rückwärtige Verbindung unmöglich. Erst der Einbruch der Dunkelheit, als die Treffsicherheit des auch während der Nacht fortdauernden Schrapnellfeuers allmählich nachließ, brachte Erleichterung. Aus dem Wald hervor tauchten die

Mannschaften der Proviantkolonnen, die die ledernen Wassersäcke bis in die Schützenlinien schleppten, wo die Feldflaschen rasch gefüllt wurden. Die Infanterie war ohne Tornister, nur mit dem Brotbeutel, der den Proviant und Patronen in ausreichender Zahl barg, ausgerüstet ins Gefecht gegangen.

Und zum zweiten Male ging die Sonne auf und noch lag man auf demselben Acker. Unablässig waren die Hügelzüge, über die sich die französische Artilleriestellung unabsehbar von Südost nach Nordwest hinzog, wieder von einer fast lückenlosen Linie gelber, runder Feuerblitze umsäumt. Bis jetzt hatte das Bataillon etwa 100 Mann verloren. Von den annähernd 60 Verwundeten waren die meisten während der letzten Nacht hinter die Feuerlinie befördert worden. Nur die Toten mußte man liegen lassen, hatte aber dafür gesorgt, daß die Leichen sofort eingegraben wurden. Und wie richtig man dabei gehandelt, zeigte sich, als die stechende Sonne des schwülen Sommertages glühend auf den Ackerboden niederbrannte, und trotzdem machte sich der entsetzliche Verwesungsgeruch schon bemerkbar.

Mittags 11 Uhr fiel der Major Brandstetter und Hauptmann von Unruh übernahm die Führung des Bataillons. Gegen 2 Uhr steigerte sich die furchtbare Hitze zur Unerträglichkeit. Matt wie die Fliegen lagen die Leute in den Schützengräben, ein sparsames Feuer auf die jenseitigen Stellungen weiter führend. Die Luft war von braunen Staubmassen erfüllt, in die sich der blaugraue Rauch über den Artilleriestellungen mischte. Alles lechzte nach Kühlung, aber man hätte unnütz Menschenleben verschwendet, wollte man von den Wasserplätzen hinter der Front die Truppen neu versorgen. Gegen 3 Uhr zuckte der erste Blitzstrahl zur Erde und ein furchtbares Gewitter ging hernieder. Eine graue Regenwand hüllte die riesenhafte Front ein, so daß beide Gegner sich aus den Augen verloren. Während die Blitze unablässig herunterknatterten und das Gebrüll des Donners auch den Schlachtenlärm übertönte, wurde dieser günstige Moment von der deutschen Heeresleitung geschickt ausgenützt. In rasendem Galopp ging die Artillerie vor und nahm die Stellungen, die man eigentlich erst in der darauffolgenden Nacht zu besetzen gehofft hatte. Als eine halbe Stunde darauf der Regen langsamer zu fallen begann, der Himmel sich aufklärte und nur dumpfe Donnerschläge sich noch in das Getöse der Völkerschlacht mischten, waren die deutschen Infanteriestellungen teilweise bis zu 1500 m weiter vorgeschoben. So verging auch dieser Tag. Der Verwesungsgeruch wurde infolge der nach dem Gewitter wieder einsetzenden Schwüle jetzt so furchtbar, daß jedes Bataillon froh war, wenn es Befehl erhielt die alten Positionen zu verlassen und vorwärts neue Schützengräben aufzuwerfen.

Im Ballon

Die Leere des Schlachtfeldes, diese charakteristische Erscheinung moderner Massenkämpfe, verlor sich, sobald man die beiderseitigen Stellungen vom Ballon aus beobachtete. Leutnant Wegemann befand sich im Fesselballon des 8. Korps. Die Gondel war vollgepfropft mit Instrumenten. Die Drähte zweier Telephonleitungen lagen in dem Drahtseil, welches den Ballon mit der Erde verband. Es war ein eigenartiges Gefühl mit dem Auge der geschwungenen Kurve der Stahltrosse zu folgen, die bereits in einer Entfernung von hundert Meter nur noch die Dicke eines Fadens zu haben schien und schließlich mitten in ein Fahrzeug endete, das sich von hier oben fast wie ein Gerätewagen von der Feuerwehr ausnahm. Man konnte die Stellungen des Feindes und die eigenen an den dunklen Schützenlinien, den dampfenden Erdwällen der Batterien und den kompakteren Massen der Reserven wie auf der Landkarte ablesen. Wie auf der Karte des Kriegsspieles daheim im Kasino schoben sich die Bataillone und Batterien hin und her, und während unten das Ohr betäubt wurde von dem wüsten, gellenden Gebrüll der Feldschlacht, klang hier der Donner der Kanonen nur wie ein grollendes Gewitter. Drüben zwischen den Geschützen einer französischen Batterie flammten jetzt gelbe Blitze auf, schwarze Erdschollen sausten in die Luft, und am Rande der Rauchwolken explodierender Granaten sah man die dunklen Gestalten der Kanoniere sich platt auf den Boden legen. »Eingeschlagen«, murmelte Leutnant Wegemann, und dann zu der Ordonnanz neben ihm: »Müller, geben Sie hinunter: Mehrere Volltreffer der Feldhaubitzabteilung des 23. Regiments, in französische Batterien rechts der Chaussee nach Suippes. Die rechtsanschließenden Batterien durch indirektes Feuer mit derselben Elevation erreichbar.« Die Ordonnanz wiederholte es mit hier in der dünneren Luft seltsam hart klingender Stimme in die Schallöffnung des Telephons hinein. Man sah, wie unten neben dem breiten, schweren Ballonfahrzeug ein winziger Offizier die Meldung aufschrieb und ein Radfahrer auf der Chaussee sie bis zur Batterie hintrug. Wenige Minuten darnach verschwanden die beiden durch die Ballonmeldung bezeichneten französischen Batterien in einer durch die massenweis einschlagenden deutschen Granaten erzeugten Rauchwolke, in die dann im rasenden Galopp mehrere Protzen mit ihren Gespannen hineinsausten. Dann ein wüster Knäuel, und als sich der Qualm verzog, war der Boden bedeckt von dunklen Körpern und zappelnden Pferdeleibern zwischen den zerschossenen Geschützen. Nur zwei Gespanne jagten in wilder Eile zurück über das Feld mit den beiden geretteten Kanonen.

Vergeblich spähte der Leutnant im Ballon mit seinem scharfen Trieder-Binocle nach Südosten aus. Von dort mußte ja die Entscheidung kommen, noch ließ sie auf sich warten, aber sie kam.

Die Gefechtsleitung

Anders wie im 70er Feldzuge sah es an der Stelle aus, von wo die unsehbaren Heeresmassen gegen einander dirigiert wurden. Nicht hoch zu Roß auf einem Hügel hielt der Heerführer, mit scharfem Auge die Front abspähend und mit seinen Befehlen die Ordonnanzen in die Feuerlinie hetzend. Diese Szene, so malerisch auf Schlachtenbildern, war anders geworden im Laufe von 36 Jahren. An der Chaussee, die nördlich von Rethel gerade auf ein kleines Dorf weit hinter der Feuerlinie führte, lag ein großer Gutshof, über dessen schloßartigen Hauptgebäude die Fahne des Armeekommandos flatterte. Über den grauen Dächern der meisten Häuser wiegte sich in der ruhigen Luft der kleine Fesselballon der Funkentelegraphie, dessen elektrische Drähte einmündeten in einen Schuppen, vor dem die gewichtigen Fahrzeuge der Funkspruchabteilung standen. Unablässig zischte und knatterte der Apparat, eine Meldung nach der anderen aus den Lüften empfangend. Fortwährend wanderten die weißen Zettel mit den Meldungen hinüber in den großen Gartensaal des Herrenhauses, in dem eine Reihe Tische zusammengeschoben und mit einer Karte im großen Maßstäbe belegt worden war. Auf ihr waren die beiderseitigen Stellungen durch Fähnchen und kleine Klötze markiert. Ein genaues Abbild dessen, was man vom Fesselballon aus sehen konnte. Hier verfolgte der Kommandierende, in tiefem Nachdenken vor den Tischen auf- und abgehend und die ihm zugestellten Meldungen mit einander vergleichend, den Gang der Schlacht.

Neben dem Gartensaal hatte sich die Feldtelegraphie eingerichtet, die überallhin ihre Drähte abgerollt und teilweise unter Benutzung der französischen Telegraphen an der Landstraße sie nach allen Truppenabteilungen, bis in die Schützenlinien hinein, verzweigt hatte. Dazu Telephonapparate in unendlicher Menge; ganze Drahtbündel zogen sich nach dem Gutshof hin. An ihnen lenkte, wie an den Drähten eines Marionettentheaters, der Höchstkommandierende die Bewegungen jedes einzelnen Bataillons. Hier waren die Entscheidungen zusammengedrängt auf den Raum eines Zimmers, und diese ungeheure Verantwortung machte sich geltend in einer ernsten Stimmung, die alle erfüllte, die sich ihrer Wichtigkeit bei der Steuerung der Heeresmaschine bewußt waren.

Auf dem Hofe standen mehrere Automobile und Fahrräder, jeden Augenblick bereit, die Ordonnanzen bis in die Feuerlinie zu führen. Daneben wieder die Rosse der Meldereiter, die querfeldein im Galopp herangejagt waren und nun die neuen Befehle für die Truppenkörper erwarteten. Jetzt sprengte ein Gefreiter der Jäger zu Pferde, den Chausseegraben in elegantem Sprunge nehmend, mit seinem Pferd auf den Hof, warf die Zügel einem Trainsoldaten zu und übergab einem Stabsoffizier eine Meldung. Ein freudiges Aufleuchten zuckte über das Gesicht des Höchstkommandierenden, als er den Meldezettel überflog: »Also endlich!«, sagte er, ging an die Karte und markierte im Südosten der deutschen Front eine neue Verschiebung im Gelände. Und nun rasselten die Klingeln der Apparate, knatterte und sauste der Mechanismus der Funkentelegraphie und neue Befehle flatterten nach allen Seiten. Die Automobile keuchten und tuteten auf der Landstraße und mit einem Schlag kam ein frischer Zug in das Ganze.

Da nahte von einer Husarenabteilung eskortiert eine Equipage und machte vor dem Gutshofe Halt. Mit strammem Gruß machten die Soldaten und Offiziere einem jugendfrischen Manne in Generaluniform Platz, der rasch das Gedränge durchschritt und jetzt mit leichtem Gruß beim Höchstkommandierenden eintrat. Der empfing ihn mit freudigem Zuruf: »Majestät, die Entscheidung ist da, soeben erhalten wir den Funkspruch, daß die Umgehung des Feindes von Süden her durch die drei Korps über Vitry auf Châlons wirksam begonnen hat. Nach zwei Stunden darf unser entscheidender Gewaltstoß einsetzen, und wenn die Sonne sinkt, hoffe ich, daß unsere Kapellen den Choral von Leuthen spielen dürfen.«

Die Entscheidung

Unablässig rollte das Kleingewehrfeuer, ohne Aufhören lärmte der Donner der Geschütze, und noch war kein Wanken, keine Bewegung nach vorwärts oder rückwärts in den eisernen Fronten beider Heere zu bemerken. Die Erde war von Geschossen durchwühlt und Zehntausende lagen mit zerschmetterten Gliedern auf den so heiß umstrittenen Kampfplatze. Man fühlte überall instinktiv: jetzt nahte der gewaltige Augenblick, da die Hunderttausende der Volksheere plötzlich herauswuchsen aus den Höhlen und Gräben der Erde, da sie gegen einander prallen würden, um mit blanker Waffe die Siegespalme zu heischen. Ein Funkspruch vom Fesselballon des IV. Korps hatte gemeldet, daß Teile der spärlichen feindlichen Reserven nach Südwest abmarschiert waren, um auf der Innenlinie den rechten Flügel bei Châlons zu verstärken. Der Feind mußte die Gefahr erkannt haben, wenn er eine solche Truppenverschiebung angesichts der deutschen Ballonposten unternahm und dadurch noch die Front schwächte. Zu gleicher Zeit meldeten mehrere Funksprüche, daß große Munitionskolonnen zwischen den Forts von Reims in rascher Fahrt auf die französischen Artilleriestellungen dirigiert würden, woraus zu schließen, daß dort Munitionsmangel herrschte. Und nach dem hitzigen Schnellfeuer während des ganzen Tages war das nicht zu verwundern.

Tatsächlich mußten sich große Truppenteile fast verschossen haben, denn der Geschützkampf wurde um 4 Uhr nur noch schleppend weitergeführt. Die Ungeduld der deutschen Bataillone war kaum noch zu zügeln. Und jetzt begann man kompagnieweise die Schützenlinien langsam nach vorwärts abzubauen. An einigen Stellen gingen unsere Soldaten in großen Sprüngen bis zu 200 m vor, und zwar ohne große Verluste zu leiden. Denn das erwartete Schnellfeuer blieb aus. Nur vereinzelt pfiffen den vorstürmenden Truppen die feindlichen Kugeln um die Ohren. Jetzt galt es.

Die Meldungen aus den deutschen Fesselballons berichteten, daß mehrfach drüben ein Stocken in den Munitionstransporten eintrat. Man sah hinter den feindlichen Batterien Ordonnanzen hastig nach rückwärts reiten, den Munitionskolonnen entgegen. Zwar wurde der Artilleriekampf weitergeführt, aber mit geringem Erfolge. Gerade die dem IV. Korps gegenüberstehenden Batterien fügten den Schützenlinien kaum noch

Verluste zu. Mehrere Telephonleitungen meldeten gleichzeitig: »Feindliche Artillerie schießt nur noch mit Kartuschen.« Eine nach Nordosten führende Chaussee durchschnitt, der Talsenkung eines kleines Baches folgend, ein welliges Hügelgelände; der Straßenkörper war in der Tiefe den Blicken des Freundes und des Feindes auf eine Strecke von annähernd zwei Kilometern entzogen. Jenseits auf der flachen Hügelkette lagen nur noch einige deutsche Kompagnien in einer kleinen Bodenwelle eingegraben, dazwischen große Lücken freien Feldes.

Da erscholl von fern das klappernde Geräusch tausender von Pferdehufen, die hart auf den Chausseekörper aufschlugen und hineinschwenkte in den breiten Hohlweg ein Kavallerieregiment nach dem anderen. Der Anmarsch der Reiter wurde den Blicken des Feindes – den gegenüberstehenden Fesselballon hatte ein Schrapnell kurz vorher heruntergeholt – durch ein Gehölz entzogen und unablässig ergoß sich der Strom der glänzenden Reitergeschwader in das Tal. Acht Kavallerieregimenter hielten hier gedeckt, in abwartender Stellung.

Auf Ansbach-Bayreuth!

Auf Ansbach-Bayreuth!
Auf Ansbach-Bayreuth!
Schnall um deinen Degen und rüste dich zum Streit!
Prinz Heinrich ist erschienen auf Striegaus sonn'gen Höhn,
Die preußischen Truppen in Parade zu sehn.
Schon tönt von den Höhen ein Morgengruß,
Der jeden Preußen begeistern muß,
Drum Brüder seid mutig, seid schnell und bereit,
Wenn's Vorwärts heißt!
Auf Ansbach-Bayreuth!

(Alter Text des Hohenfriedbergers.)

Noch einmal wütete der Geschützdonner los. Die Erde zitterte unter den Erschütterungen und die Luft war erfüllt von todbringenden Geschossen. Dazwischen das Klappern und Knattern des Infanteriefeuers und der helle Klang der Maschinengewehre. Es war, als sei die Hölle losgelassen. Da schmetterten scharf und schneidend Trompetensignale in den Gewittersturm der Völkerschlacht. Durch Hunderttausend zuckte es. Und während nun die acht Regimentskapellen gewaltig einsetzten und die machtvoll begeisternde Weise des Hohenfriedbergers über das weite dampfende Schlachtgefilde dahinbrauste, schlug die dunkle Woge von Menschen- und Pferdeleibern an dem Abhang des Hohlweges empor. Im Nu war der grüne Hang erklommen und jetzt jagten die blinkenden, rasselnden Reitergeschwader dahin über die sanft nach vorn abfallende Ebene, im breiten Strome alles mit sich fortschwemmend. Ein herrlicher, herzerfrischender Anblick für das Soldatenherz, nachdem man fünf Tage in Erdlöchern versteckt, wie ein Maulwurf geduckt hinter den Rand des Schützengrabens rastlos nur immer auf die rauchenden Hügel und die schießenden Ackerfurchen drüben abgedrückt hatte.

Die Schützenlinien des Feindes stutzten. War dies ein Phantom, eine Täuschung der erregten Sinne? Es galt, die wenigen Minuten auszukaufen, bis die dichte Wand von flatternden Pferdemähnen, von blitzenden Reitersäbeln, das schreckliche Gatter von wirbelnden Lanzen, diese donnernde Staublawine, unter der die Erde von tausendfältigem Hufschlag erdröhnte, heran war. Man hatte auf deutscher Seite gut beobachtet, die französische Infanterie hatte sich bis auf wenige Patronen verschossen und die deutschen Geschütze hatten durch ein aus allen Kalibern ohne Pause fortgeführtes Schnellfeuer die feindlichen Munitionskolonnen, in denen Dutzende von Wagen aufflogen, von der Feuerlinie ferngehalten. Hinter den Positionen der Artillerie und den Schützenlinien hatten die deutschen Granaten, hatten die Schrapnells mit ihrem Bleiregen eine Feuerzone geschaffen, die kein lebendes Wesen passieren konnte.

Zwar rissen die letzten Granaten der französischen Batterien große Lücken in die deutschen Schwadronen, wohl sank Mann und Roß dahin im wüsten Knäuel der Vernichtung, aber der Gedanke an die leeren Patronentaschen erzeugte drüben angesichts der Reiterattacke einen lähmenden Schrecken. Und dieses Gefühl der Hilflosigkeit ließ in den Reihen der französischen Regimenter die durch die fünftägige Schlacht entnervt und in ihrer Widerstandskraft erschüttert waren, jetzt eine Panik entstehen. Ja, wenn die Artillerie jetzt Kartätschen gehabt hätte, ein einziger Munitionswagen konnte dem Verhängnis wehren! Bei der schnell sich verringernden Distanz hatte das planlose Schießen der französischen Schützenlinien nur geringe Wirkung. Jede Feuerleitung fehlte. Von der Angst vor dem herannahenden Furchtbaren jeder klaren Überlegung beraubt, verpulverte man die wenigen letzten Patronen sinnlos, zwecklos; die Befehle der laut schimpfenden, erregten Offiziere widersprachen sich fortwährend. Im instinktiven Selbsterhaltungstrieb ballten sich die Kompagnien zu einzelnen Massen zusammen, um bei dem Bajonett die Rettung zu suchen. Die verhängnisvolle Gefahr des Kleinkalibers, die Munitionsverschwendung, hatte sich hier schrecklich geltend gemacht.

Jetzt war die lange Linie der deutschen Kavallerie heran und brach in die feindlichen Reihen ein. Blinkende Säbel, wuchtige Hiebe, zertretene Menschen, hochaufsteigende Pferde, ein kurzer, aussichtsloser Kampf und schon waren die deutschen Reiter zwischen den französischen Batterien, alles vor sich niederwerfend. Lähmendes Entsetzen trug dieser durchschlagende Erfolg eines Kavallerieangriffes auch in die Reihen der französischen Reserven, die jetzt einfach ausrissen. Der schlecht geleitete und zaghaft durchgeführte Gegenstoß zweier französischer Bataillone versagte völlig. Im Nu waren die deutschen Reiter zwischen den flüchtenden Franzosen. Einzelne Carrés, die sich zusammenzuballen suchten, wurden niedergeritten. Schwere Pferdeleiber im Ansprunge die Bajonette niederdrückend und im Todeskampfe mit den Hufen die Infanteristen zerschlagend, rissen große Breschen in die Fronten, durch die die langsam dünner werdenden Linien der deutschen Regimenter immer weiter vorwärtsstürmten. Der Rest der Schwadronen jagte jetzt nach links und rechts abschwenkend, davon.

Die Riesenaufgabe der tapferen Reiter war gelöst. Als sich die Coulissen der Kavallerieregimenter nach beiden Seiten auseinanderschoben, stürmten hinter ihnen im unwiderstehlichen Anlauf die deutschen Schützenlinien heran. Von allen Seiten klang das Angriffssignal: »Kartoffelsupp, Kartoffelsupp, den ganzen Tag Kartoffelsupp« über das Feld, weckte den teutonischen Kampfeszorn und trug den Sturmlauf der deutschen Regimenter mitten in die durch den Kavallerieangriff gebrochene Lücke. Vier französische Schützengräben bis an den Rand mit zerstampften Menschenleibern gefüllt, vier zerschossene Batterien zwischen deren Geschützruinen sich kein Leben mehr regte, lagen bereits hinter der deutschen Angriffsfront, und immer mehr Bataillone fluteten hinein in diese nach beiden Seiten rasch weiter reißende Bresche mit der das französische Zentrum an einer schwachen Stelle durchbrochen war. Aber schon schob der Feind von beiden Seiten Truppen vor, um das Loch wieder zu stopfen. Doch umsonst. Die deutsche Artillerie war schon heran, nistete sich hinter einem Eisenbahndamme ein und bäng … bäng … bäng … knatterte das Feuer der Maschinengeschütze in die Reihen der französischen Kavallerieregimenter, sie in wenigen Minuten mit einem Sprühregen von Geschossen niedermähend. Es war eben ein Unterschied, ob eine Reiterattacke auf einen aus gedeckter Stellung feuernden, siegreichen Feind oder auf erschütterte Infanterie ansetzt die nur noch die letzte Patrone im Laufe hat. Auf dem Manöverfelde sieht beides für das Laienauge gleich aus und die Biertischstrategen, die sich über die »sinnlosen Kavallerieattacken« so sehr empörten, sie hatten immer nur das eine vergessen, daß niedergekämpfte Infanterie nicht mehr schießt.

Hinter dem Eisenbahndamm stand die rasch vorrückende deutsche Artillerie sehr bald in Stärke von zwei Regimentern, die nun mit Schrapnells unter den flüchtenden französischen Bataillonen fürchterlich aufräumte. Und nun begann die regellose Flucht. Von Südosten her war der rechte französische Flügel umfaßt und aufgerollt worden. Das Zentrum war gegenüber Rethel durchstoßen und überall vor der französischen Front wuchsen jetzt aus der Erde die Massen der deutschen Bataillone empor. Es gab kein Halten mehr und vor allem fehlte jede Disposition des Rückzuges auf feindlicher Seite. Die französischen Korpsführer verloren die Leitung über ihre Truppen. Vergebens, daß sich die Offiziere mit dem Revolver in der Hand den Fliehenden in den Weg warfen; vergebens, daß sie diesen oder jenen niederschossen, die zurückflutende Woge riß auch sie mit sich fort, und wollten sie nicht unter den Stiefeln ihrer Leute enden, so mußten sie mit dem Strome schwimmen. Ähnlich war es auf dem linken Flügel, wo sich die englischen Bataillone länger hielten und durch die siegreichen Vorstöße der Deutschen isoliert, teilweise bis auf den letzten Mann ihre Positionen verteidigten. Die deutsche Artillerie, deren Geschosse zuweilen selbst in die eigenen Sturmkolonnen einschlugen, hielt jeden Versuch einer Gegenoffensive nieder. Die Schlacht war entschieden.

Auf dem Rückzuge der einzelnen französischen Korps fehlte jede einheitliche Führung. Nur einige gewannen die Straße nach Paris und nach Südosten, die meisten Regimenter trieb wahnsinnige Angst und die volle Deroute zwischen die Forts von Reims und Laon, wo sich die Hunderttausende nunmehr stauten, während die deutschen Granaten unablässig in die Scharen der Flüchtenden einschlugen. Es gab kein Halten mehr auf dieser Flucht. Die deutsche Kavallerie, deren ganze Kraft rücksichtslos eingesetzt wurde und bei der aus Mann und Roß der letzte Atemzug herausgeholt wurde, löste auf der Verfolgung jeden Truppenverband des Feindes auf und was sich nicht um Reims konzentrierte, – die Feldbefestigungen vor Laon fielen noch am Abend den Deutschen in die Hände, worauf die mit Menschen gefüllte Stadt, die unablässig bombardiert wurde, um Mitternacht kapitulierte – war keine Armee mehr, nur noch ein wüstes Gemenge erschöpfter, um ihr armes Leben sorgender Menschen, die keinen Widerstand mehr zu leisten im stande waren.

Die englische Armee, die auf dem linken Flügel gestanden hatte, war ebenfalls zersprengt, und zog sich in völliger Auflösung nach Südwesten zurück. Der größte Teil ihrer Artillerie und ihr schwerfälliger Troß fiel den Deutschen in die Hände.

Die Nacht

Die Flucht der französischen Regimenter erfolgte konzentrisch auf Reims. Die Batterien, die eine Stellung nach der andern aufgeben mußten, fuhren rücksichtslos querfeldein, Verwundete mit den Hufen der Pferde zerstampfend und mit den Rädern der Protzen und Geschütze zermalmend, fliehende Truppenkörper zerreißend und durchbrechend, dafür von den eigenen Leuten in wilder Entrüstung zuweilen mit Gewehrschüssen bedacht. So löste sich alle Ordnung auf. Die beiden von Nordosten und Südwesten sich langsam vorschiebenden Frontlinien des deutschen Heeres nahmen die fliehenden Hunderttausende gewissermaßen in eine Zange, deren Flügel sich immer enger zusammenschlossen. Wo auf deutscher Seite noch Reserven vorhanden waren, schob man diese jetzt in die Front und ließ die völlig erschöpften, bei den entscheidenden Sturmangriffen furchtbar dezimierten Regimenter auf dem Schlachtfelde an Ort und Stelle biwakieren. Von Biwakieren war freilich nicht viel die Rede, die Mannschaften sanken, bis auf das Äußerste ermüdet, in ihren letzten Kampfpositionen einfach um, und die Ermattung war so stark, daß kaum jemand an Abkochen und Proviantfassen dachte. Nicht einmal zum Feuermachen reichte die Energie mehr aus. Nur schlafen, bis ins Unendliche schlafen, war der einzige Gedanke, der noch in diesen automatischen Maschinen lebte. Und so lagen sie bataillonsweise, kompagnieweise hingemäht und versanken in einen traumlosen, bleiernen Schlaf, während nur ein paar Posten Wache hielten, um den vorbeipassierenden Truppenteilen den Weg zwischen dem schlafenden Heere nach vorn zu weisen. Und unablässig ging es vorwärts in dem blutroten, grausigen

Dämmerschein der Sommernacht, die durch den lodernden Brand der Städte und Dörfer erhellt wurde, als stände eine Welt in Flammen. Von fernher klangen über das Schlachtfeld die alle Lebensgeister weckenden Weisen unserer Armeemärsche und übertäubten das Gewimmer der Verwundeten und den Verzweiflungsschrei der Sterbenden. Neben den erschöpften Helden der Fünftageschlacht schliefen die anderen Zehntausende den ewigen Schlummer.

Die schwarzen Schlangen marschierender Bataillone schoben sich auf die Stelle zu, wo aus dem Festungsgebiet von Reims wüster Waffenlärm herüberdrang, wo der Feuerschein der brennenden Lager aufstob zum Himmel. Ohne Aufhören ging es vorwärts und neben und zwischen den Truppen die langen Wagenreihen der Ambulanzen, die kaum im stande waren, auch nur die notdürftigste Hilfe in dieser schrecklichen Nacht zu bringen. Einer solchen Zahl von Opfern gegenüber erlahmte die hilfreiche Hand des Arztes.

Als die Tete eines der letzten Reserveregimenter, – eben aus der Heimat eingetroffen – den Eingang des Dorfes Grandcourt passierte, waren die Sanitätssoldaten gerade am Werke, die niedrigen Häuser der langen Dorfstraße in Lazarette umzuwandeln und mit den verwundeten Kriegern zu belegen, die eine Sanitätskolonne herangeführt hatte. Da auf der linken Seite der Straße ein von den Franzosen bei ihrem Rückzuge stehengelassener Wagenzug mit Lagermaterialien und einige zwanzig mit Heu und Stroh hochbeladene Bauernwagen die Passage sperrte und auf der rechten Seite die Fahrzeuge der Sanitätskolonne vor den Haustüren hielten, war die nicht sehr breite Dorfstraße fast völlig verstopft. Die ersten Kompagnien des Regimentes rückten daher nur bis in die Mitte des Dorfes vor und machten dann Halt, damit vorne erst Platz geschaffen würde. So standen die Kompagnien eingeteilt zwischen den beiden langen Wagenzügen und warteten eine Viertelstunde nach der anderen.

Um den Eindruck abzuschwächen, der erfahrungsgemäß äußerst deprimierend auf jeden Soldaten wirkt, wenn er noch vor dem Kampfe die jämmerlich stöhnenden Opfer der Schlacht und ihre blutenden Glieder vor Augen bekommt, ließ der Regimentskommandeur die Musik einige Märsche spielen, die ihre alte Zauberkraft, den schlummernden Kampfesmut zu wecken, auch hier wieder wirksam erwiesen. Schmetternd klang der Torgauer durch die von den Schrecken des Krieges erfüllte lange Dorfstraße, zwischen den Häusern mannigfaltiges Echo weckend und die Schmerzensschreie der Verwundeten übertönend. Rings war der

Himmel vom Brandschein gerötet. Leise strich der Nachtwind über die Reihen derer, die dem Kampfe entgegengingen und die armen Opfer der Feldschlacht, die mit zerschossenen Gliedern zurückgebracht wurden. Die Häuser auf der rechten Seite der Dorfstraße waren bereits mit Verwundeten gefüllt, jetzt begann man auch die auf der linken Seite zu belegen, wobei die Sanitätsleute mit ihrer schrecklichen Last die Reihen der Kompagnien passieren mußten.

Eben trug man einen Obersten hinüber, der einen Schuß durch die Lunge erhalten hatte, und wollte ein weiteres Haus öffnen. Es war verschlossen; ohne weiteres wurde die Tür eingestoßen und mit ihr zugleich stürzten zwei Soldaten in die dunkle Hausflur. Als hier der Besitzer mit einer Laterne in der Hand erschien und einem Feldwebel, der ihm entgegentrat den Eingang verwehren wollte, wobei er in verzweifelter Erregung einen unverständlichen Wortschwall hervorsprudelte, schob man den Mann einfach beiseite, und die Tragbahre, auf welcher der Oberst lag, wurde gerade in den Hauseingang hineingetragen, als dieser plötzlich erhellt wurde. Ein altes Weib, dem die grauen Haare wild um den Kopf flatterten, stürmte, einen brennenden Holzscheit schwingend heraus, schlug mit diesem dem verblüfften Feldwebel ins Gesicht, stieß ihn zur Seite, daß er auf der Hausflur hinkrachte, und drängte sich an den Sanitätssoldaten vorbei. Die rasende Megäre stand plötzlich auf der Straße, wilde Verwünschungen kreischend. Ein Leutnant der ersten Kompagnie, dem angesichts der gräßlichen Gefahr der Herzschlag stockte, entriß einem Soldaten das Gewehr. Einen Moment, und er hatte sich zwischen den beiden nächsten Heuwagen durchgewunden und holte zu dem vernichtenden Schlage aus; wie vom Blitze gefällt lag das Weib mit zerschmettertem Schädel im Straßenkote.

Um einen Atemzug zu spät, denn schon war das Furchtbare geschehen: im letzten Moment hatte die Hexe ihr teuflisches Vorhaben noch ausgeführt. Im hohen Bogen hatte sie die brennende Latte oben auf den nächsten Heuwagen geschleudert. Fauchend und rauschend fuhr der Nachtwind hinein in das Heu, und im Nu stand der Wagen in lichten Flammen, die dem Windzuge folgend mit Gedankenschnelle den nächsten ergriffen, und bevor man sich noch von der Erstarrung erholt hatte, war die Dorfstraße ein blendendes sausendes Flammenmeer. Das Heu brannte, das Stroh brannte, die rote Glut spritzte nach allen Seiten; die Häuser brannten. Wohin man sah, gelbe und rote Flammen, schwälender Rauch, der in den Augen biß. Stürzende Wagen, die Glutlawinen über die Straße schütteten, knatternde Sparren, ein feuriger Regen von zerstiebenden, brennenden Schindeln und dazwischen wimmernde, ratlos hin und her laufende, rettende und sich gegenseitig anrennende Menschen. Im roten Feuerschein erstrahlten die Gewehrläufe, die Bajonette, mit denen man die Glut auseinander zu reißen suchte; vergebens, in diesem feurigen Graben war keine Hilfe möglich. In der flackernden Brandung, die brausend auch die Sanitätswagen ergriff, erschien plötzlich über dem ersten, wie hingezaubert gegen den brandroten Hintergrund, die in dem scharfen Luftzuge heftig flatternde weiße Fahne mit dem Genfer Kreuz.

Ein einziger, furchtbarer Verzweiflungsschrei durchgellte diese Szene der Vernichtung. Kaum geborgen unter dem schützenden Dach sahen die hilflosen Verwundeten sich rettungslos dem Flammentode preisgegeben. Wildes Geschrei, laute Kommandos, ein Durcheinander von hin und her hastenden Menschen. Die Kompagnien waren von der Dorfstraße verschwunden. In die Haustüren eindringend, griffen sie rasch zu, um ihre verwundeten Kameraden aus dieser brodelnden Hölle nach rückwärts durch die Höfe der Häuser ins Freie zu retten. Aber nicht mehr überall gelang es, und nach entsetzlichen Szenen verzweifelter Rettungsversuche mußte man acht Häuser – und es waren gerade die am dichtesten mit Verwundeten belegten – ihrem schaurigen Schicksal überlassen. Während aus jenen Unglückshäusern, mitten aus der Flammenglut der herzzerreißende Todesschrei hilfloser Menschen in die Finsternis hinausdrang, während das Dorf langsam wie eine lodernde Fackel niederbrannte, tönten draußen von allen Seiten des Schlachtfeldes herüber die Militärkapellen der vorrückenden Truppen, den zwischen brennenden, stürzenden Bretterwänden dem Tode rettungslos Geweihten die Siegeskunde zutragend, der Choral von Leuthen: »Nun danket alle Gott«.

Als das fahle Morgenlicht heraufdämmerte, säumten nur noch rauchende, schwarze Brandruinen die lange Dorfstraße. Ein Gerümpel von eisernen Radreifen und Deichselbeschlägen zwischen der dampfenden Holzasche ließ noch die Trümmer des Sanitätszuges und auf der anderen Seite die der französischen Wagen erkennen. Dazwischen verkohlte menschliche Körper. Vor den zusammengestürzten Lehmmauern eines Hauses saß, in zerrissener verbrannter Uniform, der Oberst jenes Regiments, auf einem Prellstein. In seinem Schoße hielt er das Haupt eines junges Offiziers, dessen schauerlich verwundeter und verstümmelter Körper kaum noch menschliche Formen hatte. Stumpfsinnig nickte er vor sich hin, das einzige lebende Wesen auf dieser Stätte gräßlicher

Vernichtung. Eine im scharfen Trabe heranrollende Batterie bahnte sich soeben ihren Weg durch den Brandschutt auf der Dorfstraße. Nur im Schritt vermochte sie hier vorzurücken, damit sich die Pferde nicht in den Wagentrümmern verfingen. Unter den schweren Kanonenrädern knirschte und knackte das verbrannte Holzwerk. Jetzt war das erste Geschütz bei der Gruppe auf dem Prellstein angekommen. Der Batteriechef stieg vom Pferde und trat an den Obersten heran, grüßte und fragte: »Kann ich helfen, Herr Oberst«. Der aber stierte ihn blöde an: »Wir wollen nach Hause gehen, Ludwig, Mutter wartet«. Der Oberst war in jener Schreckensnacht, als er vergebens versucht hatte, seinen schwer verwundeten Sohn aus dem brennenden Hause zu bergen, irrsinnig geworden. Aufs Tiefste erschüttert stieg der Batteriechef wieder zu Pferde und langsam mit den Rädern in dem schweren Schutt knirschend und über verkohlte Leichen hinwegrollend, setzte die lange Reihe der Geschütze ihren Weg fort. Staub zum Staube, Erde zur Erde.

Nach einer Woche kapitulierte die Lagerfestung Rheims. Wüste Szenen ohnmächtiger Erbitterung hatten sich in dem weiten Rayon zwischen den Forts abgespielt. Der Proviant ging zu Ende und das unablässig von deutscher Seite fortgeführte Bombardement demoralisierte die eingeschlossene Armee so vollständig, daß das Oberkommando auf französischer Seite, zumal sich ernstliche Reibungen zwischen den einzelnen Korpsführern geltend machten, auf einen Ausfall aus der Festung und auf weiteren Widerstand verzichtete.

Daheim

Es war leer geworden in der Heimat seitdem das Volksheer draußen stand. Die wirtschaftlichen Betriebe stockten und soweit die Fabriken ihre Tätigkeit nicht vollständig eingestellt hatten, arbeiteten sie mit einem Viertel ihrer früheren Kraft. Da der Handel gänzlich lahm gelegt war und auch die Hände fehlten, die Waren des Ausfuhrhandels herzustellen, ließ man die Kessel abblasen und die schnurrenden Räder stillstehen. Wozu auch noch arbeiten, da die englische Blockade die Häfen schloß? Nur die Betriebe, die für die unmittelbarsten Lebensbedürfnisse des Volkes und für die Versorgung der Armee arbeiteten, wurden vollständig aufrecht erhalten.

Auch bei der Ernte fehlten die Arbeiter, und hier griff man zu dem einfachen Mittel, das zunächst etwas verblüffend wirkte, dann aber allerseits als berechtigt anerkannt wurde, den nationalen Wehrdienst in nationale Arbeit umzuwandeln. Wie man in Friedenszeiten militärische Kräfte herlieh, um die Erntearbeiten zu vollenden, so berief man jetzt die Landsturmpflichtigen zweiten Aufgebotes ein, die aus Leuten bestehen, die entweder wegen geringer, körperlicher Fehler vom Wehrdienst befreit, oder nach abgeleisteter Wehrpflicht zu alt waren, um ins Feld zu rücken. Als die Zeit der Ernte herannahte, sah man draußen auf den Feldern im Schweiße ihres Angesichtes behäbige Landsturmleute an hochbeladenen Bauernwagen stehen, sah man sie die Ernte bergen und die Garben schichten. Professoren und reiche Kaufleute, junge und alte Männer jeden Berufes, alle wurden sie herangezogen, um die Hände zu ersetzen, die hier in der Heimat fehlten, weil des Volkes Söhne draußen jenseits der Grenze im harten Kampfe des Reiches Schicksal zum Siege wandten. Unter Murren zwar anfangs, bald aber in voller Würdigung der Lage, unterzogen sich alle mit erfreulichem Eifer den Pflichten, die das Vaterland auch auf diesem Gebiete von seinen Bürgern forderte.

Es war still und einsam geworden daheim und so rechte Andacht zur Arbeit hatte man nirgends. Immer wieder drang der Ruf der Extrablattverkäufer hinein in die Werkstätten, in die Schreibstuben und Kontore. Und wieder stand man an den Straßenecken und vor den Zeitungsredaktionen in dichten Haufen. Immer wieder dasselbe Bild, Monat für Monat. Wenn die weißen, siegverkündenden Blätter hinausflatterten auf die Straße, dann brach der Jubel los: Noch ein Sieg – zu Lande. Zu lodernder Begeisterung erhoben sich die Herzen, wenn der Telegraph die Kunde brachte, daß unsere braven Truppen wieder den Feind geschlagen in schier endlosem Kampfe.

Aber dann Tage darauf, wenn die anderen Meldungen kamen, die langen, eng bedruckten Seiten mit den Listen der Gefallenen und Verwundeten, dann ward es still unter den dichtgedrängten Scharen, die diese nüchternen Reihen von Namen und Zahlen mit eiligem Blick durchflogen, nach einem geliebten Namen forschend und erleichtert aufatmend, wenn er nicht darunter war. Es war ein wunderbar ergreifender Anblick jedesmal, wenn die Verlustlisten herauskamen, wenn sie an die Plakatsäulen angeheftet wurden und Hunderte diese riesigen Blätter umlagerten. Wenn dann einer der Zunächststehenden die Namen langsam buchstabierte und mit der ungeschickten Betonung des einfachen Mannes laut vorlas, horchten alle mit gespannten Sinnen und in stummer Teilnahme machte man Platz, wenn dieser oder jener plötzlich zusammenzuckte, wenn ihm die Tränen über die Wangen rollten und er sich leise davonschlich. Und weiter ging die endlose Reihe der Namen, immer neue, es war der letzte Appell für die, welche draußen ihr Leben gelassen. Und dann geschah es, daß mitten unter der Menge ein junges Weib aufschrie und im dumpfen Schmerz heimwärts wankte, ihr Kindchen an der Hand führend, nunmehr eine vaterlose Waise. Dann streichelte der Kleine die Hand der weinenden Mutter und fragte: »Kommt Vater nicht wieder zurück?« Nimmermehr, nie wieder! O, welch ein Schicksal liegt in diesem Worte: nie wieder! Wie viel blühendes Leben zertrat dieser grausame blutige Krieg!

Wenn sie dann heimkehrten die langen Wagenzüge, wenn auf den Bahnhöfen die Transportwagen der Krankenhäuser und Lazarette hielten, um die zerschossenen, die wunden und kranken Opfer aufzunehmen und dorthin zu bringen, wo menschliche Kunst sich oft vergebens abmühte, Leben zu erhalten und zerschmetterte Glieder zu heilen. Wie der Krieg die wildesten Leidenschaften entfacht, wie er die tierischen Instinkte aufpeitscht, wenn der Soldat die Waffe auf einen Gegner richtet, der ihm persönlich nichts zuleide getan, der ihm unbekannt und gleichgültig, auch ein Mensch, um dessen Leben daheim Weib und Kinder zittern, um den sich die Eltern sorgen, um ihn, der nun zum Manne erwachsen die Stütze ihres Alters sein sollte. Mensch zu Mensch, nur verschieden nach dem Volksempfinden und nach den Farben der Uniform. Ja die Kugel ist eine Törin, dieses kleine Stückchen Metall, es weiß nicht, von wannen es kommt und wohin es fährt, und welche Tränensaat dem Boden entsprießt, auf dem sein Opfer verblutet.

Der Krieg, der die niedrigsten und höchsten Instinkte der Menschheit entfesselt, sie zur Sonnenhöhe emporhebt und in Nacht und Grauen finsterer Leidenschaften hinabstößt, er weckt auch die höchste Blüte des Mannestums, die *Kameradschaft*. Und mit Staunen sahen die Söhne des Volksheeres, die, sich dem Diensteid zufolge und der Soldatenpflicht gehorchend, dem Befehl der jungen Offiziere beugten, daheim auf dem Kasernenhofe und jetzt im Schlachtendonner, wie diese Jünglinge in wenigen Wochen zu Männern erwuchsen, die sich eins fühlten mit dem Volke in Waffen, über das sie nur das Kommandowort erhob. Lächerlichen Dünkel und kleinliche Überhebung drückte die Gewalt des Krieges bald zu Boden. Jetzt, wo *ein*Schicksal über alle entschied, verwischten sich auch die von Menschenwitz ausgeklügelten Standesunterschiede. Mensch zu Mensch. Die Soldaten hingen mit kameradschaftlicher Bewunderung und Liebe an ihren Führern, von denen sie wußten, daß sie sich keine Ruhe gönnten bevor der letzte Mann nicht versorgt war. Gewiß, es gab Ausnahmen, aber sie blieben Ausnahmen. Trotz der strengen Disziplin wurden auch Fälle häßlicher Ausschreitungen bekannt, die eine harte Strafjustiz erforderlich machten. Aber das war sicher, wer draußen durch eine Kugel auf dem Sandhaufen endete, und die, welche ohne die militärischen Ehrenzeichen heimgeschickt wurden, die wären auch daheim dem Spruche des Staatsanwaltes verfallen. Es blieben Ausnahmen, häßliche Ausnahmen, gegenüber der Masse von herrlichen Beispielen deutscher Soldatentreue, von Kameradschaftlichkeit und schonender Milde gegenüber dem besiegten Feinde.

Immer neue Schlachten, neue Siege und neue Verlustlisten. Wie lange sollte dieses furchtbare Ringen noch dauern, das die Länder entvölkerte und die jugendfrische Blüte der Nationen unter dem grünen Rasen bettete? Daheim lagen täglich Millionen auf den Knien und flehten zum Himmel, daß er dem mörderischen Schlachten, den Blutopfern des Volkes ein Ende machen möge. Und immer neue Schlachten, neue Gefechte, neue Verlustlisten. Immer mehr Menschen erschienen daheim in schwarzer Kleidung, lebten mit verweinten Augen ihr Alltagsleben stumm und teilnahmslos dahin, ein Leben, dem jede Zukunftshoffnung fehlte, ein Leben, vor dem sich erdrückende Sorgen türmten, und immer neue Schlachten. Es war etwas anderes, draußen im Feindeslande dem Gegner frei und offen ins Auge zu sehen, die Waffe in der Hand, die die Entscheidung barg; anders daheim, wo man den Klang der Siegestrommeten nicht hörte, wo man nur die langen Züge der Verwundeten sah und nur die Opfer zählte, die dieser Riesenkampf tagtäglich erforderte.

Als der Herbst kam

Antwerpen wurde belagert, Cherbourg und Le Havre wurden belagert, Brest wurde durch größere Streitkräfte von der Landseite aus beobachtet. Auf eine eigentliche Belagerung von Paris hatte man verzichtet und sich damit begnügt, die großen Zufahrtsstraßen nach der Hauptstadt durch starke Beobachtungskorps besetzt zu halten und einen weiten Ring um den riesigen Fortsgürtel zu legen. Die dadurch halb und halb eingeschlossene und lahmgelegte Besatzung von Paris, bestand aus 200000 Linientruppen und 100000 Mobilgardisten, die aber, wie die ersten Ausfallsgefechte bewiesen, wenig kriegstüchtig waren. Durch eine sinnreiche Staffelung der deutschen Beobachtungskorps, verbunden mit einem komplizierten Signal- und Nachrichtendienst, der mit allen Mitteln der modernen Technik, mit Fesselballons, Funksprüchen, Heliographen, Automobilen u. s. w. arbeitete, war es bisher gelungen, bei jedem Ausfall den die Pariser unternahmen, die Massierung der französischen Truppen zwischen der Stadt und den Forts rechtzeitig vom Ballon aus zu erkennen und ehe der Kampf begann, auf dem Schlachtfelde jedesmal stärker zu sein, als der angreifende Feind. Die meisten französischen Anläufe endeten schon vor den deutschen Drahthindernissen. Durch Anlegung breiter Minenfelder *à cheval* der Straßen, auf denen der Anmarsch des Feindes erfahrungsgemäß erfolgte, wurde ein weiteres Sperrmittel geschaffen, das mit seiner furchtbaren Explosivkraft auch eine moralische Einwirkung auf die Angriffslust ausübte. Eine Truppe, die stets darauf gefaßt sein mußte, – und wo waren keine deutschen Minen! – daß die Erde kilometerweit unter ihr aufriß und daß der Stein- und Eisenhagel der Dynamiteruption Hunderte vernichtete, war an sich schon unsicher im Anmarsch und ging schlecht ins Gefecht. Sämtliche Versuche, den Ring der deutschen Beobachtungskorps zu durchbrechen, waren bisher gescheitert, und trotz der in Paris angehäuften riesigen Vorräte begann sich in der Millionenstadt bereits ein Mangel an Nahrungsmitteln geltend zu machen, wenn er auch noch nicht in irgendwie drückender Form fühlbar wurde.

Mehr als die Hälfte Frankreichs war im Besitz der verbündeten Heere. In einem großen Bogen von der Loiremündung über Orleans bis Lyon standen die deutschen Armeen von dort bis südlich Lyon die Österreicher, die jedoch in den Gebirgen von Lyonnais gegenüber den mit dem Terrain vertrauten französischen Truppen sehr wenig wirkliche Erfolge aufzuweisen hatten. Das untere Rhône-Tal und die südfranzösische Küste war mit Ausnahme des von der Landseite belagerten Hafens von Toulon und Marseilles, dessen geschickt angelegten Feldbefestigungen noch standhielten, in den Händen der italienischen Armee; ihr Hauptquartier befand sich zur Zeit in Nîmes.

Die französische Regierung hatte sich von Paris nach Bordeaux geflüchtet und hatte in den ihr noch zur Verfügung stehenden Landesteilen die *levée en masse*, wie 1871 organisiert, allerdings bei der Kürze der Zeit ohne den erhofften Erfolg. Die englischen Truppen bildeten von der

Loire-Mündung bis etwa Bourges den linken Flügel der langgestreckten Stellung, die die französischen Korps in einem Halbrund sich anlehnend an die Gebirgsketten Mittelfrankreichs einnahmen. Der rechte Flügel, wo sich auch die spanischen und portugiesischen Truppen befanden, stand mit der Front fast direkt nach Osten gerichtet bis zur Meeresküste hinunter den Italienern gegenüber. In Brest und Cherbourg befanden sich starke englische Streitkräfte, sie stellten auch neben den belgischen Truppen das Hauptkontingent der Verteidiger Antwerpens. Diesen letzten vom Feinde gehaltenen Plätzen in Nordfrankreich führte die englische Flotte fortgesetzt neues Material an Geschützen, Munition, Proviant und Truppen zu. Jede von den deutschen Geschützen zerschossene Position wurde bald wieder ausgebessert und hinter den zerstörten Außenwerken erhoben sich immer neue Reihen von Schanzen, gegen die nur ein langsames Vorrücken möglich war. Andererseits war von deutscher Seite ein ernsthaftes Vorgehen nicht einmal beabsichtigt, da man mit den englischen Zufuhren rechnend, sich darauf beschränkte, zu verhindern, daß die drei Seefestungen zu Einfallstoren für neue Armeen wurden.

Gegen Ende des Sommers war der Krieg nach den ungeheuer verlustreichen Feldschlachten eine Zeit lang zum Stehen gekommen; man war auf beiden Seiten bestrebt, die riesigen Einbußen an Mannschaften zu ersetzen und wollte dann von deutscher Seite im Oktober mit dem konzentrischen Angriff von Norden und Osten her beginnen, war aber durch die geringen Erfolge der Österreicher und Italiener gezwungen, die Entscheidung noch hinauszuzögern.

Zur See war die deutsche Flagge verschwunden, ebenso die italienische und die österreichische. Die Reste der deutschen und italienischen Flotte wurden durch das feindliche Geschwader in den Häfen blockiert. Das Weltmeer war einsamer geworden und die gewohnten Straßen des internationalen Dampferverkehrs waren verödet, da auch die meisten englischen Handelsdampfer zu Transporten zwischen den heimischen Häfen und den belagerten französischen Küstenplätzen, sowie zur Verproviantierung der englischen Blockadeflotte in der Nord- und Ostsee und im Mittelmeer herangezogen waren. Vielen deutschen Ozeandampfern war es gelungen, sich in nord- und südamerikanische Häfen zu flüchten; teils lagen sie dort still am Hafenkai, oder sie waren durch Scheinkäufe in amerikanische und in die Hände von Reedern der südamerikanischen Republiken übergegangen.

Wo aber die deutsche Flagge im überseeischen Handelsverkehr verschwunden war, war sie überall durch das Sternenbanner ersetzt worden. Die Union machte sich in allen Erdenwinkeln die günstige Situation, daß sich ihre beiden Hauptkonkurrenten auf dem Weltmarkt in erbittertem Kampfe gegenseitig zerfleischten, zu nutze, und trat mit ihren Handelsagenten überall in die entstandenen Lücken ein, eine Position nach der anderen mit ihren Schiffen und ihren Preiscourants erobernd. Nicht geringe Energie entwickelten auch besonders im Indischen und im Großen Ozean die *japanischen*Kaufleute, die nach jeder Gelegenheit ausspähten, an verwaister Stätte festen Fuß zu fassen. Über die Phrasen von der offenen Tür und andere Talmiwerte europäischer Diplomatie war man in dem wilden Wettlauf um die Handelsherrschaft jenseits des Meeres lächelnd hinweggeschritten.

Auch die Theorien der Neutralitätspflichten hatten nur noch Makulaturwert. Nur der eigene Vorteil war noch die Richtschnur alles Handelns, seitdem das gewohnte Spannungsverhältnis zwischen den europäischen Mächten durch den Krieg gelöst war und kein internationales Gericht, durch das Gleichgewicht der Mächte erzwungen, mehr über dem internationalen Ehrenkodex der Neutralitätsgesetze wachte.

Ohne Bedenken lieferten die Vereinigten Staaten Munition, Waffen, Proviant und Schiffe nicht nur nach England, sondern auch in die belagerten französischen Seeplätze, und in der Garonne-Mündung war die amerikanische sowie auch die japanische Flagge zahlreich neben der englischen vertreten. War man doch auf der Schattenseite des Kriegsschauplatzes bei dem englisch-französischen Nachrichtenmonopol sicher, daß Deutschland von solchen Freundschaftsdiensten einstweilen nichts erfuhr und in England, Frankreich und Spanien ließ man von diesen Lieferungen selbstverständlich nichts verlauten. Man nutzte nach Kräften die Lage aus, unbemerkt alle Geschäfte besorgen zu können, die der rollende Dollar verlockend erscheinen ließ. Lissabon, Vigo, Bordeaux und Barcelona waren die großen Umschlagsplätze des einträglichen Einfuhrgeschäftes, welches aus amerikanischen und anderen Häfen unter neutralen Flaggen besorgt wurde. Nur darauf sah man, daß diese Liebesdienste stets in klingender Münze beglichen wurden. Das zum Zwangskurse ausgegebene Papiergeld überließ man den Landeskindern der kriegführenden Mächte, die sich mit ihm begnügen mußten, während das gute Gold in die Taschen der Zwischenhändler floß, die bei den Kriegslieferungen Riesensummen verdienten.

Horch! Der Wilde tobt schon an den Mauern

Hört ihr's dumpf im Osten klingen?
Er möcht' euch gar zu gern verschlingen,
Der Geier, der nach Beute kreist:
Hört im Westen ihr die Schlange?
Sie möchte mit Sirenensange
Vergiften euch den frommen Geist.
Schon naht des Geiers Flug,
Schon birgt die Schlange klug
Sich zum Sprunge,
Drum haltet Wacht
Um Mitternacht
Und wetzt die Schwerter für die Schlacht.

E. Geibel.

Der Jahrhundertstag der Schlacht von Jena am 14. Oktober war durch einen neuen Zusammenprall der Volksheere auf dem historischen Schlachtfelde nördlich von Poitiers gefeiert worden. Der Vorstoß der Engländer und der auf dem rechten Flügel dieser Gefechtsfront stehenden vier französischen Korps war durch die Wachsamkeit der auf einen solchen historischen Schlachttag wohl vorbereiteten Deutschen zurückgeschlagen worden. Die Verfolgung des Feindes hatte so lange gedauert, als aus den deutschen Kavallerieregimentern aus Mann und Roß noch ein Atemzug und ein Klingenschlag herauszuholen gewesen war. Eine allgemeine Erschöpfung auf beiden Seiten war eingetreten, und nur langsam schoben sich die deutschen Reservekolonnen in die eroberten Stellungen hinein.

Es war ein klarer, stiller Oktobernachmittag, morgens war ein Regenschauer hernieder gegangen. Jetzt konnte man in der durchsichtigen, feuchtfrischen Luft weit, weit nach Süden sehen, bis zu den blauen Gebirgszügen ganz in der Ferne, wo die Massen des feindlichen Heeres neue Verteidigungsstellungen suchten. Abseits vom Wege, neben einem kleinen Wäldchen, von dessen Bäumen langsam die braunroten Blätter herabrieselten auf die nasse Erde, hielt eine Gruppe von Reitern, die um einen einzelnen Mann einen Kreis bildete. Er hielt in der Linken ein großes Kartenblatt und sprach, mit der Rechten Linien und Punkte auf dem Papier markierend, zu einem Adjutanten. Dann klappte er die Karte zusammen, schob sie in die Satteltasche und ritt, gefolgt von den Generälen, nach der Chaussee zurück. In diesem Moment erklangen die flotten Weisen eines Marsches an der Waldecke, wo die Chaussee sich ins Tal hinabsenkt, eine Regimentsmusik erschien und im strammen Schritt tauchte die Kolonne aus dem Walde hervor. Ein scharfes Kommando, die Musik brach plötzlich ab, um dann mit den Klängen des Präsentiermarsches wieder einzusetzen. Der Oberst führte sein Regiment an Kaiser Wilhelm vorüber, der hart an der Chaussee zwischen den hohen Pappelbäumen haltend, seine Truppen passieren ließ: Das Regiment, welches zwei Tage vorher bei Poitiers mit dem letzten entscheidenden Angriff das englische Zentrum zum Weichen gebracht hatte. Im strammen Schritt, den deutschen Heerkönig mit begeisterten Jubelrufen begrüßend, zog das Regiment vorüber, langsam wie eine schwarze Schlange der Senkung der Chaussee folgend und allmählich im Tal versinkend.

Als die Letzten vorüber und auch der letzte Gepäckwagen rumpelnd und polternd hinter der Höhe des Hügels verschwunden war, ward's wieder still dort oben auf der Höhe … In tiefes Sinnen versunken hielt der Kaiser mitten auf der Chaussee, die schwermütige Pracht des klaren Herbstabends und die ruhige Schönheit der Fernsicht auf die blauen Berge Frankreichs in sich aufnehmend. Und diese andächtige Stimmung teilte sich seiner Umgebung mit, kaum wurde ein Laut gehört in dem Kreise der deutschen Heerführer; das leise Knarren des Lederzeuges der Sättel und das Scharren der Pferdehufe brachte das Schweigen nur noch deutlicher zum Bewußtsein. Leise rieselten die welken, braunen Blätter von den hohen Bäumen herab auf die Landstraße. Von irgendwo drüben her, hinten vom Walde, wo mehrere Regimenter im Biwak lagen, klangen die sehnsuchtsvoll klagenden Töne einer Musikkapelle herüber, die mit der schmelzenden Weise von La Paloma der Stimmung des Abends einen seltsam ergreifenden Ausdruck verliehen. Und die Töne verschwammen und fanden sich in der Luft und quollen immer mit neuer Macht hervor, weit hinter dem Walde.

Und noch immer hielt der Kaiser, von seiner Umgebung durch die Breite der Chaussee getrennt, zwischen den Pappeln. Da mischte sich in diese Elegie des Herbstabends ein rauher, schnaufender, polternder Lärm, ein Automobil klapperte heran, machte kurz vor dem Standpunkte des Kaisers Halt; ihm entstieg der Reichskanzler. Fürst Bülow trug ein weißes Blatt in der Hand und überreichte es dem Kaiser, während dessen Umgebung nur die Worte verstand: »Majestät, soeben trifft aus Rom diese chiffrierte Depesche ein, in der uns unser Botschafter eine Mitteilung macht, die offenbar ...«, das Weitere war nicht vernehmbar, da sich der Kaiser über den Hals seines Pferdes gebeugt, zum Kanzler herniederneigte und jetzt vom Pferde stieg, das von einem Reitknechte beiseite geführt wurde. Die Generäle zogen sich, ein paar Schritte dem Walde zureitend, diskret zurück, und der Kaiser und der Kanzler blieben mitten auf der Chaussee allein, sich eifrig unterhaltend, wobei der Kaiser stets von neuem in die Depesche hineinblickte.

Drüben vom Walde her schollen noch immer die wehmütigen Akkorde von La Paloma herüber, doch der Zauber des Herbstabends war gestört. Irgend etwas Entscheidendes mußte vorgefallen sein, denn nachdem sich der Kaiser von seiner Umgebung mit kurzem Gruß verabschiedet, bestieg er mit dem Fürsten Bülow das Automobil, welches ihn schnell zum Hauptquartier zurückführte.

Noch an demselben Abend erfuhr man in der engeren Umgebung des Kaisers den Inhalt jener Depesche: Der deutsche Botschafter in Rom hatte dem Reichskanzler mitgeteilt, daß nach einer Meldung aus Barcelona die letzten Nachrichten über eine Bewegung unter den mohammedanischen Stämmen an der Nordküste Afrikas doch eine größere Bedeutung haben müßten, als man zunächst annehmen konnte. Die Ermordung mehrerer Franzosen und Italiener in Tripolis mußte offenbar mit der Revolte in Tunis im Zusammenhange stehen, die die europäischen Einwohner veranlaßt hatte, in Besorgnis um ihr Leben und Eigentum die Stadt auf französischen und englischen Schiffen zu verlassen. Dazu kamen Gerüchte, die ebenfalls aus Barcelona übermittelt wurden, daß sich in Marokko eine tiefgehende europäerfeindliche Bewegung bemerkbar mache. Ja man wollte sogar wissen, daß alle Europäer in Mogador und Casablanca ermordet worden seien. Eine aus dem Lager vor Marseille übermittelte Meldung besagte schließlich, daß die europäische Kolonie in Tanger die Entsendung eines französischen Kriegsschiffes dorthin erbeten habe, da die Kabylen die Stadt bedrohten.

Das Wichtigste aber, was Fürst Bülow dem Kaiser zu melden hatte, war eine Mitteilung des deutschen Botschafters in Petersburg, der eine über Sibirien eingetroffene Meldung weitergab, wonach in Kanton und Hankau ein chinesischer Aufstand ausgebrochen sei, dem sämtliche europäische Kaufleute in beiden Städten zum Opfer gefallen seien. Auch wollte man an der russisch-chinesischen Grenze von einer Bewegung unter den Chinesen gehört haben. Ja ein Gerücht wollte wissen, daß ein neuer Aufstand in Peking das dortige Gesandtschaftsviertel bedrohe, so daß sich die Gesandten entschlossen hätten, die in Tientsin stationierten europäischen Truppen an Peking heranzuziehen.

Nur in der engeren Umgebung des Kaisers erfuhr man von diesen Nachrichten. Im Hauptquartier wurden sie lebhaft besprochen. Zur See völlig machtlos sah sich Deutschland außer stande seinen bedrohten Landeskindern jenseits des Meeres irgendwelche Hilfe zu leisten und außerdem war man dank des englisch-französischen Kabelmonopols nicht einmal im Besitz von sicheren Nachrichten über das Schicksal der Deutschen in Marokko und im fernen China.

Das dumpfe Gefühl der Hilflosigkeit gegenüber solchen Ereignissen ließ einen außergewöhnlichen Entschluß reifen. Am anderen Morgen um 6 Uhr verließ ein Stabsoffizier im Automobil das deutsche Hauptquartier und war bald darauf an der äußersten Vorpostenlinie angelangt. Hier bestieg Oberst von Gersdorf das Pferd eines Ulanenoffiziers und ritt, begleitet von seinem Trompeter und einer Ordonnanz, die eine mächtige weiße Fahne trug, auf der Chaussee, die auf die französischen Vorposten zuführte, in raschem Trabe vorwärts. Um 9 Uhr wurden die drei Reiter von den französischen Posten angerufen. Der Oberst bat in französischer Sprache zu dem nächsten Kommandoführenden gebracht zu werden. Es wurden ihm die Augen verbunden, um 12 Uhr stand er vor General Turner und befand sich eine Stunde darauf in einem Bahnzuge, der ihn nach Bordeaux führte.

Kaiser Wilhelm hatte sich entschlossen, an die Ritterlichkeit der feindlichen Heerführer zu appellieren, und hatte die französische Regierung durch den Parlamentär ersuchen lassen, ihm, wenn möglich, genaue Auskunft zu geben über die gemeldeten europäerfeindlichen Bewegungen in Marokko und China. Die Sorge um das Schicksal deutscher Landeskinder, die vielleicht einem erbarmungslosen Feind ausgeliefert, des Schutzes des Reiches entbehren mußten, rechtfertigte diesen Schritt vollauf, denn gegenüber einem solchen Gegner waren doch europäische Interessen trotz des Krieges solidarisch.

Keiner von denen, die in der Nacht die stille Dorfstraße, an der das deutsche Hauptquartier lag, passierte, wußte, welche neuen Sorgen den siegreichen Heerkönig des deutschen Volkes bedrückten. Wer aber hinaufschaute zu den erleuchteten Fenstern des einfachen Dorfwirtshauses, die des Reiches Herrscher in dem kleinen französischen Orte bewohnte, dessen Name seit vier Tagen der Weltgeschichte angehörte, der sah bis in die frühe Morgenstunde an den Fenstervorhängen unablässig einen gleitenden Schatten, der an dem einen Fenster auftauchte und verschwand, am nächsten erschien, wieder verschwand und dann wieder rückwärts denselben Weg durchmaß. Rastlos, unaufhörlich, bis des Morgens Dämmerschein die Schatten verblassen ließ und unten das Leben erwachte und Rosseschnauben den frischen Morgenwind grüßte. Dort oben hielt des Reiches Kaiser mit seinem Kanzler ernsten Rat über die nächste Zukunft.

Der Sturm bricht los

Die Nachrichten, die Oberst von Gersdorf drei Tage darauf aus Bordeaux zurückbrachte, ließen die schlimmsten Befürchtungen weit hinter sich zurück. Die Ereignisse an der afrikanischen Küste hatten sich sehr viel schneller entwickelt, als man im deutschen Hauptquartier ahnte. Die arabische Gefahr war nicht nur eine drohende, sondern war bereits vorhanden.

An der Küste zwischen Alexandrien und Tunis lebte kein Europäer mehr. Die auf den Ruinen von Karthago errichtete französische Kathedrale war in Flammen aufgegangen. Mehrere Tausend Europäer hatten sich in Tunis noch an Bord englischer und französischer Schiffe retten können. In Algier hatte man sämtliche Außenposten nach der Wüste zu zurücknehmen müssen. Was sich nicht rechtzeitig gerettet hatte, war von den aufständischen Arabern niedergemacht worden. Nur mit Mühe widerstanden die kleinen spanischen Presidios an der marokkanischen Küste dem Ansturm der Kabylen.

Tanger wurde noch gehalten durch ein französisches Marinekommando. Was aus den Europäern an der atlantischen Küste des Sultanates geworden, darüber fehlten alle Nachrichten. Die Masse der marokkanischen Heerscharen, die in den Vorstädten von Tanger bereits täglich der schwachen französischen Besatzungstruppe Gefechte lieferte, wurde nach Zehntausenden geschätzt; ganz Marokko befand sich im Aufstande. Der schwache Sultan war in Fez auf dem Marktplatze hingerichtet und der siegreiche Prätendent kämpfte an der Spitze seiner fanatischen Krieger in den Vorstädten von Tanger.

Dazu trafen Nachrichten aus Ägypten ein, die bereits wissen wollten, daß die ägyptisch-englischen Truppenteile südlich von Chartum geschlagen seien, und die bis ins ungemessen Phantastische wachsenden Gerüchte erzählten, daß ganz Zentral-Afrika sich unter dem Mullah der mit unendlichen Heeresmassen nilabwärts vordrang, erhoben habe. Die Meldungen, die von der Ermordung von Europäern im ägyptischen Sudan und einer gefährlichen Bewegung selbst in der Umgegend von Kairo berichteten, nahmen täglich an Zahl zu, sodaß es kaum noch einem Zweifel unterliegen konnte, das sich tatsächlich die gesamte Welt des Islam in einer gewaltigen Aufstandsbewegung befand.

Dieses Auflodern eines unerwarteten Fanatismus war gekommen, wie der Dieb über Nacht. Von Tanger bis nach der ostafrikanischen Küste hin mußte alles nach einem gemeinsamen Plan organisiert worden sein, andernfalls wäre das gleichzeitige Losbrechen des Aufstandes auf dem ganzen afrikanischen Kontinent unerklärlich gewesen, und, wie man später erfuhr, war das in der Tat der Fall. Das Hauptquartier der Propaganda des Islam, gewissermaßen der mohammedanische Jesuitenorden, die Sekte der Senussi, südlich und östlich von Tripolis, hielt die Fäden dieser wie ein Steppenbrand sich ausbreitenden Bewegung in der Hand. Der Mahdi, der Kalif, der Mullah und Bu Hamara sind stets nur Werkzeuge des Führers der Senussi gewesen. Von dort aus waren auch jetzt die Befehle an alle Korangläubigen versandt worden und an einem Tage, gegen Mitte Oktober, ward überall die grüne Fahne des Propheten entrollt. Der Dschechad, der Glaubenskrieg, hatte begonnen.

Auch in Konstantinopel rührte es sich, mußte es sich rühren, wollte der Padischah das Erbe der Kalifen nicht widerstandslos aus der Hand geben. Wer die Bekenner des Islam als Völker in Schlafrock und Pantoffeln verspottet hatte, wer die stumpfe Ergebenheit der Muslim in ihr Schicksal, von den Drohnen an der Staatskrippe ausgewuchert zu werden, als ihr wahres Gesicht genommen hatte, sah sich jetzt bitter getäuscht. Der Fanatismus der Muslim konnte wohl schlummern, konnte Jahrzehnte, Jahrhunderte schlummern, erstorben war er nicht. Jetzt da die Waffen der Giaur sich gegen einander kehrten, jetzt war die Stunde, da die Energie aller Völker, die ihre Gebetsteppiche nach Osten, nach Mekka zuwandten, zu ungeahntem, furchtbaren Leben wieder erwachte.

Die uns Europäern in ihrem Wesen ewig verschlossene und rätselhafte Welt des Orients, sie wallte auf, wie in einem scheinbar erloschenen Vulkane wieder neue Lavaquellen aufbrechen.

Wie Heuschreckenschwärme ergossen sich die ungezählten Massen fanatischer Glaubenskämpfer über die von Europäern einer Halbkultur geöffneten Länder Afrikas, aus ihrem dunklen Schoße im Innern immer neue Kräfte gebärend und gewaltige Menschenwogen nach den Küstenländern zutreibend. Vergebens mähten die englischen Maschinengeschütze in einer Schlacht bei Chartum Tausende von Derwischen nieder. Die Zahl der Feinde minderte sich zwar, ergänzte sich aber stets, und mit der letzten Patrone, die man in die glutheißen Rohre schob, war auch der letzte Widerstand der kleinen Scharen von Europäern gebrochen, die nach dem Abfall der eingeborenen Elemente, statt aus Regimentern nur noch aus derem Skelett, nur noch aus Offizieren und wenigen weißen Freiwilligen bestanden, denen man die geretteten Gewehre in die Hand gedrückt hatte. Keiner von den Kämpfern bei Chartum konnte von dem Ausgang der Schlacht berichten, längst war ihnen der Rückweg abgeschnitten, die Nildampfer waren in die Hände der Fellachin gefallen, die als Heizer und Maschinisten auf ihnen ein scheinbar harmloses Dasein führten, bis der Ruf des neuen Kalifen auch sie erreichte und ihre Hände gegen ihre weißen Herren waffnete.

In wilder Hast und wahnsinniger Verzweiflung retteten sich die englischen Beamten und die englischen Touristen aus Kairo nach Suez und Alexandrien. Die Schreckensszenen dieser Flucht aus Ägypten berichteten von unerhörten Grausamkeiten eines bis zur vollen Raserei aufgestachelten Fanatismus, daß sie das Blut derer, die sie mit erlebten, erstatten machten. Alexandrien wurde von der englischen Garnison so lange gehalten, bis der letzte Europäer an Bord der Schiffe im Hafen gebracht war. Nur mit Mühe konnte ein Bombardement der Stadt den Rückzug und die Einschiffung der englischen Garnison decken. Auch Suez und die Kanalstrecke bis Port Said wurde noch von englischen Marine-Mannschaften gehalten, die sich bei Ismailia in schnell befestigten Feldbefestigungen gegen die fortgesetzten Angriffe der einst von englischen Offizieren gedrillten ägyptischen Armee verteidigten, der die gesamten Munitions- und Waffenvorräte in die Hände gefallen waren.

La illaha ill allah!

Der allgewaltige Schech ul Islam war von der Oase Siwah, der alten Heimstätte des Jupiter Ammon, kommend, an einem Oktobernachmittage über die große Nilbrücke in Kairo eingezogen. Sein Weg glich einem Triumphzuge; überall warfen sich ihm begeisterte Fellachin in den Weg, um von den Hufen seines Pferdes berührt zu werden und dadurch unverwundbar zu werden in dem heiligen Kriege. Im vizeköniglichen Palais, wo der Schech Wohnung genommen hatte, war er vom Khediven mit allem Pomp des Orients empfangen worden. Auf dem Dache des Schlosses wehte das alte Sturmpanier des Islam, der Sandschak-Scherif, die grüne Fahne des Propheten. Ganz Kairo befand sich auf den Beinen; von allen Seiten aus Oberägypten und aus den Küstenprovinzen, aus Syrien und Arabien strömten ungezählte Scharen von Glaubenskämpfern unablässig in die Stadt, die das Hauptquartier und die Operationsbasis für den Feldzug gegen die Giaurs war.

Als die sinkende Sonne mit ihren Strahlen die Felsabhänge des Mokattam in rötliches Licht tauchte und die Umrisse der Zitadelle in Kairo und der dahinterliegende stille Windmühlenhügel in der Abendbeleuchtung seltsam scharf und nahe erschienen, traten auf allen Minarets der Stadt, hoch oben über der alle Straßen durchwogenden Volksmenge, die Mueddins heraus, um die Gläubigen mit näselnder Stimme zum Gebet zu rufen. Ein Wille, ein Gedanke, ein Gott beseelte diese wimmelnden Massen, die die Wüste geboren und die in endlosen Zügen jetzt herbeieilten, um der Stimme des neuen Propheten zu folgen und ihre Leiber in leidenschaftlichem Fanatismus den Maschinengeschützen und dem Kleinkaliber der Ungläubigen entgegenzuwerfen.

Der weite Platz vor dem vizeköniglichen Palais und alle dorthin einmündenden Straßen glichen einem wirbelnden Meere bunter Farben. Als sich die abendliche Dämmerung verdichtete, flammten überall an den Kandelabern die Gaslichter und die elektrischen Monde auf, und auf den hohen schlanken Minarets erschienen Laternen und qualmende Pechfackeln. In das Rauschen und Brausen der durcheinander flutenden Menschenmenge mischte sich das dumpfe Schlagen riesengroßer Trommeln und von fern her klangen die wilden Musikweisen aus der Kaserne an der anderen Seite des Abdin-Platzes. Neue Bewegung kam in die sich hin und her schiebenden Massen, als von den Minarets der Gebetsruf der Mueddins ertönte und die alte Kampfparole des Islam: La illaha ill allah (Es gibt keinen Gott außer Gott) drunten ein tausendfaches Echo weckte.

Mitten auf dem Abdin-Platze bildete sich jetzt ein Ring um einen großen Mann im grünen Turban und eine Stille entstand, die ihre Wellen allmählich bis an die Mauern des Schlosses, bis an die Kaserne und die den Platz umgrenzenden Häuser vortrieb. Ein dumpfes Schweigen brütete in der heißen, stauberfüllten, schwülen Luft, die in den Strahlen der scheidenden Sonne wie ein blutiger Nebel erschien. Aller Blicke hafteten am Balkon des vizeköniglichen Palastes, auf dem eine hohe, weiße Gestalt erschien: der Schech ul Islam. Ein tausendstimmiger Schrei erschütterte die Luft und erstarb dann auf einen Wink des Schechs hin allmählich wieder in den Gassen und Straßen, in den Höfen und Winkeln der hohen Steinpaläste langsam nachdonnernd. El Futa! klang es scharf und gebieterisch oben vom Balkon herab, und von neuem erbrauste die Brandung in tosendem, rhythmischem Tonfall, als die Tausende die erste Sure des Korans dem Schech nachsprachen.

»Im Namen des Allbarmherzigen! Lob und Preis Gott, dem Herrn der Welt, dem Allerbarmer, der da herrscht am Tage des Gebets. Dir wollen wir dienen und zu Dir wollen wir flehen, auf daß Du uns führest den rechten Weg: Den Weg derer, die Deiner Gnade sich freuen und nicht den Weg derer, über welche Du zürnest und nicht den der Irrenden.«

Es war die Riesenorgel des Meeres, das alle Dämme zersprengte, das die Arbeit eines Jahrhunderts, das mühsame Werk einer fremden Kultur niederriß, es war der Erlösungsruf eines Volkes, das sich aus einem Zeitalter trostloser Knechtung aufzuraffen versuchte, das die Hand wieder ausstreckte nach der Herrschaft über den Orient. Dieses Volk, das sich aus dem Dämmerzustande eines mühseligen Dahinvegetierens erhob, war begeistert von dem trügerischen Glauben an einen neuen goldenen Tag, und als die Worte des Koran erklangen, als neben den Schech ul Islam der Khedive oben auf den Balkon trat, eine Schattengestalt neben dem kraftvollen Bannerträger des Fanatismus, brach es mit elementarer Gewalt wieder hervor: La illaha ill allah, – es ist kein Gott außer Gott.

Unter steten Unruhen verfloß die Nacht des Tages, an dem der Schech ul Islam die grüne Fahne entrollt und in der Stadt der Kalifen mit kraftvoller Hand die Zügel der Regierung ergriffen hatte. Einsam schwebte oben von dem kleinen Fort auf der Höhe des Mokattam das gelbe Licht einer Laterne. Ein Hoffnungsstern für alle diese bunten Völker, die ein begeisterndes Wort aufgeschreckt hatte aus ihrem tatenlosen Traumleben.

Als dann die Morgensonne die Spitzen der Pyramiden von Gizeh grüßte, diese riesigen Denksteine einer versunkenen Zeit, die jetzt einsam im Wüstensande ruhten, nicht mehr beschmutzt von dem wimmelnden Ameisenschwarm europäischer Touristen, zog der Schech ul Islam an der Spitze der ägyptischen Regimenter und der unübersehbaren Reiterscharen der Beduinen der Wüste nach Osten aus, gen Ismailia, dem letzten Bollwerk, das noch die Söhne der Hunde mit ihren Maschinengeschützen hielten. Zwei Tage darauf waren die englischen Verteidiger Port Saids und Ismailias von der Brandungswelle, die der Schech ul Islam heranführte, hinweggeschwemmt. Lesseps' Kanal war an zwei Stellen durch Dynamitsprengungen verschüttet und die in ihm abgeschnittenen beiden englischen Kreuzer wurden, nachdem sie ihre Munition gänzlich verschossen, von ihren Kommandanten mit den wenigen Überlebenden der Besatzung in die Luft gesprengt. Dann ging der Siegeszug des Schechs weiter nach Norden durch die Wüste, in der einst die Kinder Israels 40 Jahre geschmachtet. In Jerusalem und den anderen Städten Palästinas gaben furchtbare Judenmassakres Zeugnis von der Wut des alten Glaubenshasses. Anfang November öffneten Damaskus und Beirut ihre Tore dem ägyptischen Heere, welches dann Mitte des Monats in den Gebirgspässen Kleinasiens zunächst Halt machte, aus den Bauerndörfern überall reichlichen Zuzug erhaltend. Die Truppen des Vilajet Konia traten alsbald zum Schech ul Islam über; die von Tag zu Tag erwartete türkische Armee blieb jedoch aus.

Bereits im Oktober, kurz nachdem die ersten Nachrichten von der Erhebung Ägyptens und Nordafrikas nach Europa gedrungen waren, machte sich eine ähnliche Bewegung in der europäischen Türkei bemerkbar. Die Ermordung der europäischen Konsuln in Saloniki und Adrianopel erhellte wie ein Fanal auch hier plötzlich die Szene. Es war kein Zweifel, daß der Sultan der afrikanischen Aufstandsbewegung gegenüber eine freundliche, nur durch die Rücksicht auf Rußland, welches die Garantie für die Ruhe in der Türkei übernommen hatte, gemilderte Haltung einnahm. Das Erscheinen der russischen Schwarzenmeer-Flotte vor Konstantinopel wirkte zunächst als ein Dämpfer. Aber die Lage war so drohend und barg für die Zukunft solche Gefahren, daß die europäischen Kaufleute in der Türkei es vorzogen, sich und die Ihrigen schleunigst zu Wasser und zu Land in Sicherheit zu bringen. Der Beginn der

Kämpfe an der russisch-türkischen Grenze, in Armenien, ließ denn auch erkennen, daß hier kein Halten war, wenn man nicht durch einen kraftvollen Feldzug dem Siegeszuge des Schech ul Islam entgegentrat.

Die ersten Erfolge in Nordafrika setzten sofort den ganzen Kontinent in Brand. Mit einer Schnelligkeit, die den elektrischen Telegraphen fast überholte, durch ein geheimnisvolles, uns Europäern ewig unverständliches System der Nachrichtenübermittelung war die Empörung Ägyptens in wenigen Tagen bis hinunter nach Lorenzo-Marques und bis nach der Senegalmündung bekannt, jedenfalls viel eher, als daß es noch möglich gewesen wäre, den europäischen Besatzungen in den einzelnen Kolonien eine Warnung zukommen zu lassen. Die arabische Aufstandsbewegung, der sich auch die heidnische, nicht dem Islam angehörige Negerbevölkerung instinktiv anschloß, wallte allerorten so plötzlich auf, daß in den englischen, französischen und portugiesischen Besitzungen und im Kongostaate die kleinen Garnisonen, soweit sie nicht überhaupt von der Kriegsfurie im ersten Ansturm hinweggefegt wurden, nur mit Mühe sich der Belagerer erwehren konnten. An der ganzen Guineaküste hielten sich Ende Oktober außer Dakar und St. Louis in Senegambien nur noch ein paar englische Küstenplätze. Die ganze Westküste des Kontinentes war bis auf Loanda, Swakopmund und Lüderitzbucht, wo die deutschen Besatzungen die ziemlich zaghaften Angriffe der Hereros und Hottentotten siegreich abschlugen, in den Händen der Eingeborenen, die alle Europäer erschlugen oder unter gräßlichen Martern zu Tode quälten. Eine eigenartige Illustration zu dem früher viel verspotteten Worte: »In Afrika wird immer nur der Neger herrschen«. Daß man die Neger militärisch ausgebildet und auch die Unteroffiziersstellen mit Farbigen besetzt hatte, rächte sich hier in verhängnisvoller Weise. Die europäischen Kolonialmächte wurden überall mit ihren eigenen Mitteln und was noch schlimmer war, mit ihren eigenen Waffen, die sie den Eingeborenen in die Hände gegeben hatten, bekämpft. An der ostafrikanischen Küste hielt sich außer Sansibar nur noch das britische Mombas. Die englischen Garnisonen, die die deutschen Kolonien besetzt hatten, verbluteten in Kamerun und Dar-es-Salam und Tanga bald unter den täglich wiederholten Sturmangriffen der Schwarzen. Taten eines schweigenden Heldentums, wie sie auf diesen verlorenen Außenposten europäischer Kultur nutzlos vollbracht wurden, blieben in Europa monatelang unbekannt; erst jetzt erfahren wir näheres aus den Erzählungen der Eingeborenen, die sich an jenen Kämpfen beteiligt hatten. Auch die Besatzungen in

Britisch-Nigeria, in Dakar, St. Louis und Mombas lagen in den entfesselten Fluten dieses Völkeraufruhrs wie einsame Felsblöcke, an denen die Wogen unablässig nagten und bröckelten.

An den Hängen der Basutoberge

Bei ihrem Rückzug nach Süden ins Kapland hatten die englischen Truppen die Eisenbahnen hinter sich zerstört, und der Bahnkörper war durch Dynamitsprengungen überall so zerrissen, daß seine Wiederherstellung mit den geringen Beständen an Schienenmaterial Wochen und Monate in Anspruch nahm. Und auch dann konnte man nur die Linie, die von Bloemfontein über Colesberg nach Süden führte, allein wieder notdürftig in stand setzen, so daß sie für Truppentransporte genügte. Mitte Oktober sollte die allgemeine Vorwärtsbewegung nach Süden beginnen, doch sollte es dazu nicht mehr kommen.

Man hatte bekanntlich zu Anfang des Krieges mit einem allgemeinen Kaffernaufstand gerechnet. Es hatten damals auch mehrere Volksversammlungen stattgefunden, die von den Führern der äthiopischen Kirche geleitet wurden. Da es aber nach einigen Plünderungen von Farmen und vereinzelten Mordtaten bald wieder überall ruhig wurde, hatte man sich der Hoffnung hingegeben, daß man die Offensivkraft der äthiopischen Propaganda doch überschätzt habe, und daß es auf der Seite der Eingeborenen noch an der nötigen Organisation fehle. Diese Auffassung behauptete sich während des Sommers und es schien in der Tat so, als ob das Prestige der europäischen Waffen doch noch so groß sei, daß die Kaffern sich nicht zu einem wirklichen Aufstand entschließen konnten. Allerdings blieben Gehorsamsverweigerungen der schwarzen Arbeiter auf den Farmen an der Tagesordnung und auch die mongolischen Minenarbeiter zeigten sich so aufsässig, daß man genötigt war, sie in einem Stadtviertel von Johannesburg zu internieren und dieses militärisch bewachen zu lassen.

Wenn sich in der Erdrinde vulkanische Eruptionen und Erdbebenkatastrophen vorbereiten, so kündigen sie sich dadurch vorher an, daß die Quellen ausbleiben, und in alten Geschichten ist zu lesen, wie jähes Entsetzen die Menschheit erfaßt, wenn das Quellwasser versiegt und die Lebensadern der Erde plötzlich in blutroter Farbe wieder erscheinen.

Anfang Oktober wurde aus dem gesamten Gebiete, welches die deutschen Truppen und die Burenmiliz besetzt hielten, gemeldet, daß im Zeitraume einer Woche fast sämtliche Kaffern nicht nur aus den Farmen verschwunden seien, sondern daß auch die Viehtreiber und die im Transportdienst beschäftigten Eingeborenen plötzlich davon gelaufen seien. Es war nur in den seltensten Fällen möglich gewesen der Flüchtlinge wieder habhaft zu werden. Es war, als habe der Erdboden die schwarzen Kerle aufgesogen. Der Offensivstoß ins Kapland wurde dadurch vereitelt, daß man sich nunmehr ganz anders einrichten und von der Feldarmee größere Kommandos an den Transportdienst abgeben mußte. Nur ungern entschloß man sich auch einige Hundert von den chinesischen Minenarbeitern einzustellen, aber die harte Notwendigkeit und der absolute Mangel an Arbeitskräften zwang zu dieser Maßnahme. Dann trafen die ersten Nachrichten von größeren Raubzügen bewaffneter Kaffernbanden im Osten der Oranjeriver-Kolonie ein, Geschichten von der scheußlichen Abschlachtung einzelner Farmen und ganzer Dörfer gingen von Mund zu Mund, und verbreiteten einen jähen Schrecken. Diese neue Gefahr bestimmte die deutsche Armeeleitung ein Bataillon, dem sich zwei größere Burenkommandos unter General Delarey anschlossen, östlich der Bahnlinie Bloemfontein-Colesberg zu detachieren und nach Maseru, am Fuße der Basutoberge, vorzuschieben.

Es war kurz nach Sonnenaufgang, als Major Findeisen zusammen mit General Delarey die Vorpostenlinie abritt. In der Nacht hatte sich unter dem Schutze der Dunkelheit eine Kaffernbande an die äußersten Posten herangeschlichen, und es bedurfte bei Tagesgrauen eines energischen Vorstoßes, um den zwischen den Termitenhügeln und dem niedrigen Buschwerk der Steppe versteckten Feind zurückzuwerfen. Auf dem Schauplatze dieses nächtlichen Kampfes hielt Major Findeisen neben Delarey, und beide blickten nach dem im Morgenlichte daliegenden dunklen Höhen des Basutolandes hinüber. Mit seinem Glase suchte der Major die Felsabhänge der Berge ab, da drängte er mit einem Ruck sein Pferd zu Delarey hinüber und reichte ihm das Glas, welches dieser jedoch zurückwies. Delareys scharfe Augen hafteten auch bereits an dem Felsplateau in halber Höhe der Berge, das von einer unermeßlichen Menge Kaffern wimmelte; auch die dahinterliegende Schutthalde war schwarz von Menschen. In der klaren Luft konnte man bemerken, daß den Mittelpunkt dieser Tausende von Kaffern ein einzelner Mann auf einem Felsblock bildete, der anscheinend eine Ansprache hielt. Die ganze Versammlung schien in wilder Bewegung zu sein. Man konnte an dem matten Blinken von Metall erkennen, wie die dunklen Gestalten ihre Gewehre über den Köpfen schwangen.

Petrus Mapanda

Alle Hänge, die breite Fläche des Bergplateaus, alle Klippen und Felstrümmer waren überflutet von einer unendlichen Menge von Kaffern, zwischen denen die hohen Gestalten der Basutoneger um Haupteslänge hervorragten. Alle horchten den Worten des Mannes dort auf dem breiten Felsblock, dem einzigen ruhenden Punkt in dem Gewimmel wolliger Negerschädel. Petrus Mapanda predigte den Vernichtungskrieg gegen den weißen Mann. In seinen Händen hielt der Führer dieses Kaffernaufstandes ein holländisches Bibelbuch und mit weithin schallender Stimme kündete er seinen Hörern die uralte Geschichte, daß Jehovah sein Volk hinausführen wolle aus der Knechtschaft. Wie er allen, die seinen Namen bekennen und seine Gebote halten, das gelobte Land untertan machen wolle, das Land, aus dem ein räuberischer Feind, der auf seinen Schiffen über das Weltmeer gekommen, sie einst vertrieben. Petrus Mapanda erzählte, wie er in der Stille der Bergwüste auf den Gipfeln der Basutoberge einsame Zwiesprache gehalten habe mit Jehovah, der ihm das Schwert in die Hand gedrückt habe. Und der Messias der schwarzen Rasse, vor dem sich alle willig beugten, der gestern noch ein namenloser Kaffer, heute das Haupt der äthiopischen Kirche war, ergriff das Bibelbuch und las:

»Also zogen sie aus von Succoth und lagerten sich in Etham, vorn an der Wüste. Und der Herr zog vor ihnen her, des Tages in einer Wolkensäule, daß er sie den rechten Weg führete, und des Nachts in einer Feuersäule, daß er ihnen leuchtete zu reisen Tag und Nacht.«

Wie ein neuer Moses stand Petrus Mapanda auf dem Felsblock, inmitten der lautlos horchenden schwarzen Menge, die jetzt, als das Bibelwort verklungen, mit lautem Geheul ihre Gewehre in die Luft schwang und dem Propheten, der sie in das gelobte Land hinabzuführen versprach, in wilder Begeisterung zujauchzte. Weit sah man von dem hohen Bergplateau hinab in das flache Steppenland. Die in der klaren Luft deutlich erkennbaren kleinen deutschen Abteilungen, die nach Maseru hineinmarschierten, erschienen von hier oben wie Bleisoldaten aus der Spielschachtel. Vor der Postenkette hielten zwei Reiter, einer in der grau-gelben deutschen Uniform, der andere in dunklerer Kleidung. Man sah, wie mehrere Patrouillen jetzt in der Richtung auf die Berge vorgingen. Auge in Auge stand man sich vor der entscheidenden Stunde gegenüber. Wenn jetzt der schwarze Bergstrom hinunterdonnerte ins Tal, wenn unablässig von oben neue Massen nachfolgten, so mußte ein solcher Wasserschwall die kleine Schar des Feindes erdrücken und ersäufen, mußte das Land überschwemmen und die dunkle Woge weit hinaustragen, mußte alles Leben vor sich vernichten, mußte die Städte niederbrechen und zerstören, was der Fleiß eines Jahrhunderts gebaut. Und Petrus Mapanda begann von neuem, er erzählte, wie der gelbe Mann im fernen Osten ein Riesenreich zu Boden geworfen, wie der Japaner den Russen geschlagen, weil Jehovah von diesem, der seine Gesetze mißachtet und in den Staub getreten, alle Kraft genommen hatte. Jetzt habe Jehovah den Sinn der Feinde der schwarzen Rasse verwirrt, daß sie ihre Waffen im Kriege gegeneinander kehrten. »Die Weißen haben ihr Herz verhärtet gegen die Leiden des schwarzen Mannes, sie haben Gottes Gebote vergessen, haben Gottes Ebenbilder in die Kette der Sklaverei geschmiedet. Wie eine Feuersäule wird der Herr vor uns herziehen während der Nacht und wie eine Wolkensäule während des Tages.« Der sich an seinen eigenen Worten berauschende Prophet deutete jetzt mit erhobenen Händen hinauf zu dem Gipfel des Berges, den eine Nebelwolke verhüllt hatte. »Seht ihr, dort ist Jehovah, dort ist unser Hort und unsere Hilfe! Seht, er sandte uns ein Zeichen, die Wolkensäule wird vor uns hergehen, wenn wir heute hinabsteigen in die Gefilde, da er die letzten Streitkräfte der Weißen vor uns niederwerfen wird wie Gras, welches in der Sonne verwelkt.« Und die ragende Gebirgswelt hallte wider von dem begeisterten Schrei der Tausende und Abertausende die Petrus Mapanda jetzt hinabführte nach Etham-Maseru, am Rande der Wüste.

Der schwarze Schrecken

Die Heeressäulen von mehr als hunderttausend Kaffern und Basutos, die über Nacht herabstiegen von den Basutobergen, stießen mit furchtbarem Aufprall auf das Häuflein der Weißen. Mitten im Kaffernheere schritt, eine schwarze Fahne mit goldenem Kreuz in der Rechten tragend, Petrus Mapanda, der gefeit schien gegen alle ihn umsausenden Kugeln.

Der Tag von Maseru endete mit der Vernichtung des deutschen Bataillons und der Burentruppen und schnell drangen die schwarzen Fluten bis nach Bloemfontein vor. Dorthin zog der deutsche Höchstkommandierende alle Truppen zusammen. Schnell wurden die kleinen Forts vor der Stadt mit den Geschützen der Feldartillerie armiert und die bereits nach Süden vorgeschobenen Truppen kehrten auf der Bahn zurück. Bloemfonteins schwächste Seite blieb die Verpflegungsfrage, da ein Teil der von Norden herandampfenden Proviantzüge dem Feinde in die Hände fiel. Am 10. November war die Stadt, deren Verteidiger, die Zivilbevölkerung eingerechnet, kaum 22000 Mann zählte, von annähernd 150000 Kaffern eingeschlossen, zu denen sich dann auch die chinesischen Minenarbeiter aus Johannesburg gesellten. Die Lage war überaus ernst. Die letzten Nachrichten, die der Telegraph noch übermittelte, berichteten, daß Pretoria und viele andere Städte der ehemaligen Burenrepubliken in den Händen des Feindes waren. Nur in einzelnen Orten verteidigten sich noch Buren und Deutsche in hoffnungslosem Widerstand. Die schwarze Woge hatte das gesamte flache Land überschwemmt, war weit hinein in das Gebiet des Kaplandes hinübergeflutet überall mordend und brennend. Furchtbar waren die Leiden der armen Gefangenen. Hilflose Frauen fielen unter der Hand blutgieriger Neger, mit dem Gewehre ihres Gatten ihre Kinder und die eigene Ehre verteidigend.

Ein Blutgeruch von Brand und Mord lagerte über dem ganzen Lande. In Bloemfontein erschöpften sich die deutschen Truppen unablässig in Ausfällen und Offensivstößen über der Linie der Forts und Feldbefestigungen hinaus. Kam nicht bald Entsatz, so war auch dieses letzte Bollwerk verloren. Man war sich in der Stadt der ganzen Größe der Gefahr bewußt. Als die letzten deutschen Truppen, die von Colesberg schleunigst zurückbeordert waren, diesen Ort verließen, hatte sich auf der Bahnlinie eine Lokomotive unter der Parlamentärsflagge dem deutschen Posten genähert. Ein englischer Offizier überbrachte eine Mitteilung der Kapregierung. Aus ihr ergab sich, daß die Rebellion unter den chinesischen Minenarbeitern in Johannesburg nicht nur parallel ging mit der von Petrus Mapanda geleiteten äthiopischen Bewegung. Vielmehr sei sie von Ostasien her entfacht worden, wo eine neue fremdenfeindliche Bewegung sich rasch ausbreite. Der englische Offizier hatte den Auftrag, der deutschen Heeresleitung mitzuteilen, daß in Bordeaux bereits über eine Einstellung der Feindseligkeiten auf dem europäischen Kriegsschauplatze verhandelt werde, damit die europäischen Staaten nunmehr gemeinsam die in Afrika und Asien plötzlich entstandene Gefahr bekämpfen könnten.

Durch den englischen Offizier hörte man auch zuerst von dem Araberaufstande an der nordafrikanischen Küste und von der Vertreibung der Engländer aus Ägypten, Nachrichten, die im Kaffernheere längst bekannt waren und dessen Offensivkraft zu wilder Wut aufstachelten. Der englische Offizier sollte auf Grund dieser Mitteilung um eine Waffenruhe von zunächst vier Wochen ansuchen. Ein Kafferneinfall ins Kapland habe bereits ganz Natal ergriffen und lege die Notwendigkeit nahe, den Kampf zwischen den europäischen Mächten einstweilen zu vertagen, um gemeinsam mit der Niederwerfung des Kaffernaufstandes zu beginnen. Alle diese Mitteilungen hatten praktisch nur noch einen historischen Wert, Bloemfontein war eingeschlossen und war am Tage darauf von jeder Verbindung nach außen abgeschnitten.

Ende November war die Lage die folgende: Das englische Hauptquartier befand sich in Kapstadt und größere Detachements lagen in den Küstenstädten. In den Städten hatten die Einwohner, durch die vom Lande geflüchteten Farmer verstärkt, überall eine lokale Verteidigung organisiert, hatten Feldschanzen aufgeworfen und die Straßen verbarrikadiert, so daß die Kaffern sich nicht heranwagten, zumal sie über keine Artillerie verfügten – abgesehen von den wenigen Geschützen, die ihnen in Pretoria und Johannesburg in den Depots in die Hände gefallen waren, mit denen sie aber nicht viel anzufangen wußten. In allen vom Feinde belagerten und hin und wieder besonders nachts angegriffenen Städten des Kaplandes begann die Frage der Verproviantierung allmählich schon brennend zu werden, da es nur selten gelungen war, die Viehherden aus den Farmen in die Städte zu retten. Es galt aber auszuhalten bis auf den letzten Mann und die letzten Patronen für sich und für Weib und Kind aufzubewahren, damit niemand lebend in die Hände eines zu bestialischer Mordlust aufgestachelten Feindes fiel. Denn welches Los der Weißen dann harrte, zeigte das gräßliche Schicksal der Verteidiger von Graafreinet. Dort hatten sich nach der Einnahme der Stadt Szenen abgespielt, wie sie sich nur eine wüste Phantasie hätte ersinnen können. Die erbarmungslose Abschlachtung aller gefangenen Weißen und blutige Szenen von der Schändung von Frauen und Kindern, die mit Entsetzen von Mund zu Mund weiter erzählt wurden, und die Zukunft in einem düsteren, hoffnungslosen Lichte erscheinen ließen, stählten die Widerstandskraft der treuen Männer auf den Schanzen bis auf das Äußerste. Die

Not war eine unerbittliche Lehrmeisterin. Diese halbverhungerten Europäer, die, das Gewehr im Arme, Tag und Nacht in den Schützengräben Wache hielten, waren im Laufe weniger Wochen zu Meistern des Buschkrieges geworden und leisteten in der sinnreichen Anlage von Schanzen und Barrikaden geradezu erstaunliches. Jedes Leben, jede Patrone war kostbar und es galt damit zu sparen, da vorläufig kein Ersatz möglich war und man vergebens nach einem Ton horchte, der von draußen eine Kunde herübertrug. Man lebte abgeschnitten von aller Welt, wie auf einer einsamen Insel im weiten Weltmeer. Nur auf dem dort oben, der die Geschicke der Völker lenkt, nur auf den wenigen Patronenrahmen für das treue Gewehr und auf dem mageren Inhalt des Proviantbeutels beruhte die letzte Hoffnung, die diese eisernen Helden von einem grauenvollen, blutigen Schauspiele der Vernichtung trennte. Wollten die Mächte Europas Südafrika nicht hoffnungslos den Kaffernhorden ausliefern, in deren Kriegführung der Einschlag religiöser Begeisterung sehr bald verschwunden war und die nur blutrünstige Mord- und Raubgier beseelte, so war es jetzt allerhöchste Zeit einzugreifen.

Waffenstillstand und Frieden

Die Entwicklung der Ereignisse in Afrika bestimmte England die deutschen Bedingungen für Bewilligung einer Waffenruhe anzunehmen; und wollte Frankreich sich nicht der Gefahr aussetzen, unter einer konzentrischen Offensivbewegung, deren Ring sich vom Mittelmeer bis zum Ozean um das letzte Drittel französischen Bodens immer enger zusammenschloß, zermalmt zu werden, so blieb ihm ebenfalls keine andere Wahl. Die Verhandlungen in Bordeaux nahmen daher einen raschen Fortgang. Zwar waren die deutschen Bedingungen hart und schlugen der gallischen Eitelkeit tiefe Wunden. Doch der Verlauf des Krieges, die steten Niederlagen hatten Frankreich zu der Einsicht geführt, daß es als Schauplatz dieses Riesenkampfes unter seinen Folgen bei weitem am meisten zu leiden gehabt hatte. Die Franzosen waren kriegsmüde und die Erbitterung gegen eine Regierung, die das Land an den Abgrund der völligen Auflösung geführt hatte, ließ die Kabinettskrisis zu einer dauernden Erscheinung werden. Glücklicherweise war der süße Pöbel der Hauptstadt, der immer noch auf die Unbezwingbarkeit der Riesenfestung Paris pochte, durch die deutsche Zernierung der Millionenstadt isoliert und von jedem Einfluß auf die Verhandlungen in Bordeaux abgeschnitten. Er demonstrierte zwar gegen den Abschluß des Waffenstillstandes durch Straßenexzesse, fand sich aber schließlich mit der vollzogenen Tatsache ab. Die Magenfrage siegte über alle Regungen nationaler Eitelkeit. Spanien und Portugal waren finanziell ruiniert und sagten willenlos zu allem Ja und Amen. So folgte der Waffenruhe von 14 Tagen der Waffenstillstand, der im Vertrage von Bordeaux unter folgenden Bedingungen abgeschlossen wurde.

England tritt an Deutschland ab: die Walfischbai und Sansibar.

Deutschland erhält ferner die portugiesischen Besitzungen Angola und Benguela und das zentralafrikanische Gebiet nördlich der bisherigen Grenze von Deutsch-Südwestafrika und des Laufes des Sambesi, der fortan die Grenze zwischen dem deutschen und englischen Besitz bildet. Demzufolge fällt Portugiesisch-Ostafrika südlich des Sambesi an England. Außerdem erhält Deutschland das westliche Drittel und Frankreich das östliche Drittel Marokkos als Interessensphäre. In Mogador oder einem andern Hafen der Westküste darf Deutschland eine befestigte Kohlenstation errichten.

Italien erhält Tripolis bis zur ägyptischen Grenze und als Entschädigung für seine Ansprüche auf Albanien die Insel Kreta.

Frankreich tritt Nizza an Italien ab.

Der Kongostaat wird unter Deutschland, England und Frankreich zu gleichen Teilen aufgeteilt.

Die portugiesischen Besitzungen in der Sundasee fallen an England, Deutschland erhält dafür ganz Neuguinea.

Mit dem Königreich der Niederlande wird der nördliche Teil des ehemaligen Belgiens nach Maßgabe der Sprachgrenze vereinigt. Der südliche Teil fällt an Frankreich. Luxemburg wird deutsch. Die Niederlande treten in ein näheres staatsrechtliches Verhältnis zum deutschen Reiche.

Die portugiesischen Besitzungen in Vorderindien fallen an England.

Für den Verlust Ungarns wird Österreich durch Macedonien entschädigt. Die Struma bildet die Grenze gegen den Rest des türkischen Gebietes. Saloniki wird somit österreichisch.

Die Befestigungen der Dardanellen und des Bosporus werden geschleift. Das Schwarze Meer ist fremden Kriegsschiffen verschlossen. Russische Kriegsschiffe dürfen die Meerenge passieren. Die Türkei räumt Palästina. Das Land wird unter österreichischen Schutz gestellt.

Alle genaueren Bestimmungen bleiben dem Berliner Kongreß vorbehalten.

Alle gekaperten Schiffe werden – so weit sie nicht zerstört sind – den Eigentümern zurückgegeben. Die Bestimmungen über Kaperei und Seerecht werden auf dem Berliner Kongreß neu geregelt.

England und Frankreich zahlen eine Kriegsentschädigung von je 5 Milliarden Mark. England garantiert die Zahlung der auf Frankreich entfallenden Raten. Nach den eingehenden Raten räumen die Truppen der verbündeten Mächte den französischen Boden, ebenso werden die Kriegsgefangenen ausgewechselt.

Am 7. November 1906, an demselben Tage, da vor hundert Jahren General Blücher in dem kleinen Pfarrhaus von Ratekau die Kapitulation seines Heeres mit den Worten unterschrieb: »Ich kapituliere, weil ich kein Geld, keine Munition und keine Patronen mehr habe«, wurde die Ratifizierung des Waffenstillstandes auf beiden Seiten ausgetauscht und die Waffen ruhten.

Durch den Waffenstillstand, der den Frieden bereits in sich schloß, war die englische Mittelmeerflotte in den Stand gesetzt, sofort mit ihren Operationen vor Alexandrien und Port Said zu beginnen. Das Bombardement von Alexandrien am 16. November und die gleichzeitige Beschießung von Port Said vertrieb die ägyptischen Heeresabteilungen und mit der Landung dreier Regimenter, die von Malta herangezogen wurden, faßte England wieder festen Fuß auf afrikanischem Boden. Nun begann der unendlich mühselige und opferreiche Feldzug, in dem das englische Heer langsam das Niltal aufwärts rückte.

Am 7. November dröhnten vor Wilhelmshaven, vor Cuxhaven und vor der Kieler Föhrde von neuem die Geschütze der englischen Flotte und weckten ein Echo in den deutschen Küstenbatterien. Aber den Schüssen folgten nicht wieder die gewohnten hochaufspritzenden Wassersäulen draußen auf der weiten Meeresfläche und die schwarzen Rauchwolken vor den Schanzen am Strande. Der Kanonendonner grüßte einen seltenen Gast, der auf deutscher Erde fast fremd geworden war, er grüßte den Frieden.

Von allen Türmen läuteten die Glocken und man besann sich wieder darauf, daß der Mensch noch zu anderer Arbeit geschaffen war, als automatisch an den Zerstörungswerkzeugen des Krieges zu schaffen, daß das Ohr noch andere Töne in sich aufzunehmen im stande war, als den Donnerhall der Geschütze, dem man angstvoll dreiviertel Jahr lang gelauscht. Man fühlte sich wieder frei wie der Gefangene, der seine Ketten zerrissen vor sich am Boden sieht.

Am 7. November fiel der erste Schnee des Jahres, dicht und unablässig vom Morgen bis zum Abend. Auf den Straßen warfen sich spielende Kinder mit Schneebällen, ein allgemeines Freuen zog wieder ein in die Herzen, und selbst ernste Männer, die im hastigen Geschäftsschritt über das Pflaster eilten, sah man sich bücken und lustig einen Schneeballwurf erwidern. Es war ja Friede, und man konnte es sich schon einmal erlauben, in fröhlicher Lust am kindlichen Spiele teilzunehmen. Es war ja Friede! Unablässig rieselten die weißen Flocken herab und eine weiße Decke verhüllte alles Land, als wollte sie allen Jammer und alle Not der letzten Monate mitleidig dem Auge verhüllen. Nur die schwarzen Trauerkleider, die in allen Familien – es war ja keine verschont geblieben – das Alltagskleid geworden, mahnten noch an die Zeit des Schreckens und der unsäglichen Verluste.

Frohen Herzens begrüßte man in Cuxhaven das Herannahen eines großen Dampfers der Amerika-Linie, der am Kai des Hafens anlegte. Man glaubte es ja kaum, daß hier noch einmal ein friedlicher Handelsdampfer seine Trossen festmachen würde, und fast ungewohnt schien ein paar Arbeitern dieses Tun. Und doch war die »Patricia« noch nicht zu friedlichem Werke erschienen. Sie sollte als erster deutscher Transportdampfer deutsche Truppen nach Südafrika bringen. Denn jetzt galt es schnell dafür zu sorgen, daß den in Bloemfontein eingeschlossenen Helden Entsatz gebracht wurde, und hinter der »Patricia« lag – ein seltsames Zusammentreffen der Namen – die »Pretoria«. Sie lud Eisenbahnmaterial zur Wiederherstellung der zerstörten Bahnlinien.

Die englische Flotte vor Cuxhaven hatte am 8. November, nachdem sie den Abschiedssalut mit dem Fort Kugelbake getauscht, Dampf aufgemacht und war am Horizont verschwunden. Die See war frei, aber die See war leer. Die stählernen Geschwader, die einst sich im blutigen Kampfe mit dem Feinde gemessen, die stolzen Panzergeschwader Kaiser Wilhelms, sie lagen fast alle am Grunde des Meeres. Die See war leer, denn von ihr war durch den Feind die deutsche Flagge getilgt und Tausende ruhten unter den Wogen nach treuer Pflichterfüllung im ewigen Schlafe. Am 8. November ging der Lotsendampfer »Kapitän Karpfanger« wieder hinaus und legte die Tonnen und Seezeichen, und ein Torpedoboot schleppte die Feuerschiffe wieder hinaus, die wie vergessene Dekorationsstücke bis dahin in einem Hafenwinkel gelegen, nun aber dem friedlichen Handelsverkehr seine Wege wieder weisen sollten. Langsam passierten die vier rotgestrichenen Schiffskörper, mit frohen Zurufen von der »Alten Liebe« begrüßt, Cuxhaven und langsam entschwanden sie in der dicken Schneeluft dem Auge, westlich der Stelle, wo das riesenhohe Wrack des französischen Linienschiffes »Bouvet« und weiter hinaus das des englischen Panzers »Ocean« die drohenden Sandbänke verriet. Dicht und unablässig versanken die weißen Schneeflocken in der grauen Meerflut. Gegen Abend tönte von draußen her der brummende, langgezogene Ton einer Dampfpfeife; das erste Handelsschiff erschien und gegen 6 Uhr passierte der über die Toppen beflaggte norwegische Dampfer »Sigurd Jarl« die Alte Liebe.

Hilfe naht

Draußen auf weitem Meere durchfurchten jetzt die Kiele der Transportschiffe, geleitet von den Kreuzern Englands und Deutschlands, die Wogen des Ozeans. Durch Sprengungen war es den Engländern gelungen, acht Tage nach der Einnahme von Port Said die Wracks im Suezkanal zu beseitigen, und den Kanal wieder passierbar zu machen. Mehrere Dampfer des Österreichischen Lloyds und die beiden Schiffe der Ostafrika-Linie »Kaiser« und »Kanzler«, die in Triest beim Ausbruch des Krieges auf der Rückfahrt von Afrika Zuflucht gesucht und dort jetzt die ersten deutschen Truppentransporte für Ostafrika und Kapstadt an Bord genommen hatten, verließen Ende November Suez. Jetzt ging die Fahrt entlang der ostafrikanischen Küste. Schweigend lag die italienische Somaliküste im Morgenglanze der aufgehenden Sonne. Das Meer war ruhig, unablässig arbeiteten die Maschinen und trieben die mit Truppen gefüllten Dampfer eine Seemeile um die andere ihrem sehnsüchtig erwarteten Bestimmungsorte entgegen. Jetzt war man in Sicht von Mombas, wo noch die englischen Verteidiger gegenüber dem Ansturm der arabischen Horden stand hielten. Der begleitende Kreuzer, die italienische »Liguria« hißte, als man sich der Küste näherte, zum Gruß den Union Jack im Vortopp und donnerte seinen Salut nach Mombas hinüber. Mit scharfen Gläsern hielt man Ausschau nach der Stadt. Als die englische Flagge über einem Gebäude entdeckt wurde und weiße Rauchwolken auf einem kleinen Erdwall unweit der Küste aufstiegen und der Wind den Schall einiger Kanonenschüsse herübertrug, brach auf den Transportschiffen, an deren Steuerbordreeling sich Kopf an Kopf drängte, ein ungeheurer Jubel los und man grüßte die wackeren Verteidiger von Mombas mit donnerndem Hurra. Die »Liguria« setzte ihre Boote aus und ließ sie durch ihre Pinasse mit einer Besatzung von 300 Mann von den Transportdampfern an Land schleppen, denen im Laufe des Tages noch große Sendungen von Munition und Proviant folgten. So war Mombas gesichert und weiter gings nach Süden zu.

Am anderen Morgen tauchte die deutsch-ostafrikanische Küste auf. Dort wo die brandenden Wellen einen zerstörten Schiffskörper umspülten, dort wo weiße Häuserruinen am Strande erkennbar waren, dort mußte Tanga liegen. Die Transportdampfer blieben weiter seewärts, nur die »Liguria« ging näher an die Küste heran, hißte das Kriegsbanner des Deutschen Reiches und sandte aus ihren Buggeschützen ihren Salut hinüber. Doch kein Ton antwortete vom Lande, alles Leben war erstorben. Zwischen den weißen Mauern der Häuser von Tanga lagen die letzten deutschen Verteidiger längst erschlagen von der Wut eines unerbittlichen Feindes. Die »Liguria« ging wieder seewärts und langsam ließen die Transportschiffe ihre Maschinen wieder angehen. Tiefe Niedergeschlagenheit herrschte an Bord, dumpf rollte der Donner des Trauersalutes über die blauen Wogen des Ozeans, während die Flaggen auf Halbmast sanken, ein letzter Gruß den treuen deutschen Männern, die dort in Tanga ihr Leben geopfert.

Und weiter ging die Fahrt nach Süden. Vor Dar-es-Salam warfen die Transportschiffe Anker, die »Liguria« dampfte wieder dem Lande zu, vor der Stadt gefechtsklar machend. Die Pinasse des Kreuzers wurde aber vom Ufer aus mit einigen Schüssen empfangen. Nun eröffnete die »Liguria« ein viertelstündiges Bombardement auf Dar-es-Salam, worauf die Araber einige Häuser, u. a. das Gouvernementsgebäude, in Brand steckten und sich landeinwärts zogen, so daß die Landung der italienischen Marinesoldaten ungehindert von statten gehen konnte. Am Nachmittage befanden sich 500 deutsche Soldaten wieder im Besitze des Ortes. Zwei Truppentransportdampfer blieben vor dem Hafen liegen, den die deutsche Besatzung in der Stärke von 2000 Mann zunächst in verteidigungsfähigen Zustand setzte. Am anderen Tage trafen zwei englische Kanonenboote von Sansibar vor dem Hafen ein und blieben dort stationiert als Rückhalt für die deutschen Truppen. Und so ging es weiter. Überall, wo noch Küstenplätze gehalten wurden, sorgte man für die Verstärkung und Neuverproviantierung ihrer Verteidiger. Alle anderen

Streitkräfte wurden nach Kapstadt dirigiert, wo Ende Dezember eine stattliche Streitmacht versammelt war, die nunmehr auf der Bahnlinie, an deren Wiederherstellung unablässig gearbeitet wurde, einen Vorstoß nach Norden zum Entsatz von Bloemfontein unternehmen konnte. Alle Weißen, vor allem die Verteidiger der von den Kaffern bedrängten rasch nacheinander entsetzten Städte des Kaplandes schlossen sich der Armee an. Ende Januar war der größte Teil des Kaplandes wieder im Besitze der deutsch-englischen Armee und es ist bekannt, daß am 27. Januar die ersten Abteilungen der Entsatztruppen für Bloemfontein die Stadt erreichten, deren Verteidiger inzwischen auf knapp 10000 Mann halbverhungerter Männer zusammengeschmolzen waren. Dieser Erfolg brach die Widerstandskraft der Kaffernarmee, gegen die nunmehr ein konzentrischer Angriff in der Oranjefluß-Kolonie und in Transvaal begann, der immerhin noch viele Opfer forderte, dessen Ausgang aber nicht mehr zweifelhaft sein konnte.

Eine fieberhafte Spannung herrschte an Bord der »Kaiserin Augusta« als man die flache Küstenlinie bei Swakopmund in Sicht bekam. Mehrere Schüsse aus den 15 cm-Geschützen sollten den Verteidigern des Ortes das Nahen der Hilfe schon von weitem verkünden. Und stürmischer Jubel machte sich in lauten Hurrarufen Luft, als man in grauem Dunste den Leuchtturm erkennen konnte und über ihm des Reiches Flagge noch wehen sah. Auch hier war es hohe Zeit, daß Hilfe kam. Die Hereros hatten Swakopmund unablässig bedrängt und einige Erdschanzen vor der Stadt waren ihnen bereits in die Hände gefallen. Jetzt hatte die Not ein Ende, und das Erscheinen eines Landungskommandos, das sofort die ausgemergelten Verteidiger ablöste, genügte, um die Hereros zum Zurückgehen zu veranlassen. Dann wurde die Wiederherstellung der Eisenbahn mit dem mitgebrachten Schienenmaterial in Angriff genommen und um Weihnachten konnten unsere Ablösungsmannschaften in Windhuk bereits das Christfest feiern. Ein Vorstoß in der Richtung auf Mafeking, an der militärischen Feldbahn entlang, der zum Entsatz von Bloemfontein auch von dieser Seite unternommen wurde, kam allerdings zu spät; Bloemfontein war entsetzt, als zwei deutsche Regimenter am 1. Februar die Bahnlinie Bloemfontein-Johannesburg erreichten.

Im fernen Osten

Der Europäermord in den chinesischen Hafenplätzen, in den Städten am Jangtse und auf den Missionsstationen im Innern des Reiches forderte ungezählte Opfer. In den meisten Fällen verbarrikadierten sich die weißen Kaufleute und ihre Angestellten – alle nationalen Gegensätze wurden von der äußeren Gefahr selbstverständlich sofort zum Schweigen gebracht – in ihren Häusern und verteidigten sich bis zur letzten Patrone. Die in den schier unermeßlichen Scharen der Gelben durch das Kleinkaliber gerissenen Lücken wurden stets sofort wieder ausgefüllt, durch neue Bedränger, die wie ein jäher gelber Schlammstrom aus allen Straßen und Winkeln zwischen den Häusern hervorquollen. Fielen die Ersten, so wurden ihre Leichen zur Brustwehr für die dahinterstehenden Reihen. Wo es den fanatisierten chinesischen Horden gelang, Europäer lebend zu fangen – meist draußen auf den einsamen Missionsstationen, wo die mutigen Verkünder des Evangeliums von der Gefahr plötzlich überrascht wurden – endeten sie unter den Händen der chinesischen Henkersknechte, unter bestialischen Martern und Qualen, wie sie nur eine überreizte Phantasie erdenken konnte. Solche Ereignisse straften den frommen Glauben derer Lügen, die gemeint hatten, die Religion der Liebe sei im stande, die wilden Instinkte der mongolischen Rasse zu mildern. Es erwies sich, daß die Bekehrungsarbeit unter den Chinesen immer nur ein äußerlicher Akt geblieben war und daß das Taufwasser an dem durch Jahrtausende gezüchteten Rassencharakter von heute auf morgen nichts zu ändern vermocht hatte. Der dünne Kulturlack sprang sofort ab, und der Chinese blieb, was er stets innerlich gewesen war, ein blutgieriger, raffiniert grausamer Bursche, ohne jede Regung von Mitgefühl für seine Opfer, mochte er nun zu Buddha beten oder vor dem fremden Christengott die Knie beugen. Nach wenigen Wochen war das Schicksal sämtlicher kleinerer europäischen Handelsniederlassungen besiegelt und nur in den größeren Hafenstädten vermochte man sich in den Settlements noch mit Aufbietung aller Kräfte zu verteidigen.

Die diplomatischen Verhandlungen zwischen Berlin, London und der französischen Regierung führten dazu, daß man sich mit der russischen Regierung verständigte. Da das englisch-französische Geschwader in Ostasien durch die Entsendung mehrerer Schiffe nach Europa erheblich reduziert worden war, reichten dessen Streitkräfte bei weitem nicht aus, um die europäischen Quartiere in den Küstenstädten zu schützen. Man landete jedoch in Schanghai, in Canton und in anderen Städten einige Marinemannschaften und so war es möglich, diese Plätze wenigstens vorläufig zu halten. Die noch in Tientsin stehenden internationalen Streitkräfte wurden ebenfalls vom Geschwader aus verstärkt. Deutsche, französische, englische und russische Soldaten standen als treue Kameraden neben einander auf den Schanzen, und zwar ohne daß erst ein entsprechender Befehl aus der Heimat abgewartet wurde. Als Basis für diese Streitkräfte im Norden dienten die Taku-Forts. Die zweifelhafte Haltung der chinesischen Regierung machte es notwendig, das befestigte Gesandtschaftsviertel in Peking zu räumen und das ganze diplomatische Korps nach Taku zurückzuholen, was nur nach schweren Kämpfen und unter Aufbietung aller verfügbaren Streitkräfte gelang.

Auf das gemeinsame Ersuchen der europäischen Mächte erklärte sich Rußland bereit, sein in Wladiwostok liegendes Geschwader zum Schutze der Europäer in China zur Verfügung zu stellen. Es dampfte nach Süden ab und stationierte einige Schiffe auf der Reede von Taku, während zwei große Kreuzer »Gromoboi« und »Diana« im Hafen von Schanghai eintrafen. Ihnen folgten zwei Transportschiffe von Wladiwostok, die eine größere Truppenabteilung an Land setzten. Außerdem gestattete Rußland, daß ein internationales Korps die sibirische Bahn bis Wladiwostok benutzte, da der Transport auf dem Seewege zu lange gedauert hätte. Diese internationalen Truppen langten im Dezember in Wladiwostok an und wurden von dort auf großen Handelsdampfern nach Schanghai befördert. Von russischen und englischen Flußkanonenbooten geleitet, fuhren die Transportschiffe zunächst den Jangtse aufwärts, um die paar Plätze, in denen sich die Europäer noch hielten, zu entsetzen. Und es war höchste Zeit, daß hier Hilfe gebracht wurde. Als ein russisches Kanonenboot Hankau erreichte, wehte über dem zusammengeschossenen Fremdenviertel noch die deutsche und englische Flagge, und am Ufer lagen die beiden kleinen deutschen Flußkanonenboote »Tsingtau« und »Vaterland«.

Diese beiden Schiffe waren einst durch den Ausbruch des Krieges auf dem Jangtse halbwegs zwischen Schanghai und Hankau überrascht worden. Die chinesische Regierung, der es großes Vergnügen machte, hier ungestraft einmal die fremden Teufel chikanieren zu können, forderte die beiden Schiffe durch den Kreuzer »Pao-Min« auf, entweder den Jangtse zu verlassen und von Schanghai aus seewärts zu gehen, dem englischen Geschwader entgegen, oder in Schanghai auf die Dauer des

Krieges abzurüsten. Die deutschen Schiffsführer hatten zwischen der zwecklosen Aufopferung von Schiff und Mannschaft und der Abrüstung zu wählen und entschieden sich für das letztere. Zähneknirschend gab man die Maschinenventile, die Verschlüsse der kleinen Schnellfeuerkanonen und die Gewehre an einen feisten grinsenden chinesischen General ab und ging dann unter die Bewachung der Mongolen, die sich immer mehr zu einer Gefangenschaft herausbildete.

Als nun der Wettersturm losbrach, öffneten die deutschen Matrosen ohne weiteres das chinesische Arsenal, wo sich ihre Waffen befanden, holten sie heraus und setzten die Schiffe wieder in stand. Dann bemächtigten sie sich einer ausreichenden Menge von Lebensmitteln und legten Beschlag auf einen chinesischen Kohlendampfer, aus dem die Kanonenboote ihre Bunker füllten. Unter dem Hurra der am Bund versammelten europäischen Einwohner von Schanghai ging es dann den Jangtse aufwärts an Nanking, das während der Nacht passiert wurde, vorüber nach Hankau zu, über dessen Schicksal man seit Abschneidung der telegraphischen Verbindung in das Innere nichts mehr gehört hatte. Die letzte Depesche enthielt eine dringende Bitte um militärischen Schutz gegen die revoltierende Bevölkerung des Ortes.

Die europäischen Bewohner Hankaus hatten sich in einem großen langgestreckten Yamen am Uferkai verbarrikadiert und leisteten bereits zwei Wochen lang einen fast hoffnungslosen Widerstand. Die Lehmmauern des Yamens lagen schon in Trümmern und die Gewehrkugeln der mongolischen Angreifer hatten das Häuflein der Engländer furchtbar dezimiert. Keiner von ihnen war mehr unverwundet. Bei einem nächtlichen Vorstoß war die Hälfte des Yamens in die Hände der Mongolen gefallen, und als der Morgen nach der Schreckensnacht anbrach, bot sich den Blicken der letzten Verteidiger ein entsetzliches Schauspiel. Zwischen den Ruinen der niedergebrannten Häuser einer Straße in Sichtweite des europäischen Yamens machten sich die entmenschten Barbaren daran, ihre etwa zwanzig Gefangenen, darunter die Hälfte Frauen und Kinder, mit den raffinierten Foltern mongolischer Grausamkeit zu Tode zu quälen. Unter großen, mit Öl gefüllten Kesseln wurden riesige Feuer entfacht, und wer mit den Einzelheiten chinesischer Justiz vertraut war, wußte wozu diese Kessel bestimmt waren. Um die Qual der armen Gefangenen abzukürzen, feuerte man aus dem Europäer-Yamen fortwährend unter die Gruppe der Gefangenen, ohne Rücksicht darauf, daß hierdurch der Vorrat an Patronen verhängnisvoll zusammenschmolz. Es war eine teuflische List der Gelben, auf diese Weise mit den Gefühlen der belagerten Engländer rechnend, sie zu einer Munitionsverschwendung zu verführen.

Da stürmte durch eine Bresche in der Mauer des Yamen ein englischer Großkaufmann und rannte, das Gewehr in der Rechten, gerade auf den Feind zu, gefolgt von acht Landsleuten, die auf diese Weise durch einen Gewaltvorstoß hofften, ihre Frauen und Kinder aus den Händen der blutgierigen Kanaillen befreien zu können. Ein Hagel von Gewehrkugeln schlug um die kleine Gruppe der Vorstürmenden ein; ihr Schicksal gegenüber von Tausenden Chinesen, die in stoischer Ruhe die paar Leute herankommen ließen, konnte nicht ungewiß sein. Es war Wahnsinn, aber drüben lagen ihre Frauen gefesselt unter der gelben Horde.

In diesem Moment dröhnte vom Strom her ein Kanonenschuß. Die angreifenden Engländer waren ebenso erstaunt wie ihre Feinde, als die Lehmmauer eines Hauses unter dem Pulverblitz einer berstenden Granate in sich zusammensank und alsbald mehrere schwere Geschosse durch die dichten Reihen der Mongolen blutige Furchen zogen. Gleichzeitig ließ der dumpfe Ton zweier Dampfpfeifen auf dem Flusse die fast verzweifelte Besatzung des Yamens erkennen, daß hier Hilfe herankam. Mitten auf der breiten Fläche des Jangtse dampften die beiden deutschen Kanonenboote heran, und nahmen mit ihren Schnellfeuergeschützen und Maschinengewehren die Chinesenstadt unter ein sehr wirksames Feuer. Unter dem Eindruck der nahenden Hilfe machten jetzt alle Europäer aus dem Yamen einen Ausfall und es gelang ihnen, da die Chinesen in wilder Flucht davonjagten, die Gefangenen zu befreien. Ergreifende Szenen spielten sich dann am Uferkai ab, als eine kleine Abteilung deutscher Matrosen an Land stieg und in das Yamen einrückte. Um die überlebenden Europäer an Bord zu nehmen und nach Schanghai zurückzubringen, dazu fehlte es leider den Kanonenbooten an dem nötigen Raum und vor allem an den erforderlichen Kohlen und so entschloß man sich, einstweilen hier zu bleiben, bis von Schanghai aus neuer Entsatz heranrücken konnte.

Die den Jangtse aufwärts dampfenden russischen Kanonenboote und Transportschiffe versahen Hankau, Nanking und einige andere Jangtseplätze mit ausreichenden Garnisonen, so daß man der weiteren Entwicklung der Dinge jetzt ruhiger entgegensehen konnte. Die deutschen Marinetruppen hatten zwei Wochen lang in Hankau, wo die Chinesen leider nur zu gut dafür gesorgt hatten, daß keine Lebensmittel mehr in erreichbarer Nähe waren, noch einen harten Dienst gehabt. Als dann der in Manila zu Beginn des Krieges aufgelegte havarierte Kreuzer »Condor« von dort in Schanghai eintraf, wurde die Besatzung von »Tsingtau« und »Vaterland« abgelöst, worauf sie mit einem englischen Dampfer in die Heimat geschickt wurde. Ihr schneidiges Vorgehen hatte in England so lauten Enthusiasmus erregt, daß die englische Regierung in Berlin das Ansuchen stellte, die Besatzung der beiden Kanonenboote möchte, wenn sie auf der Heimfahrt in Portsmouth einträfe, einige Tage lang Gast der Londoner Bevölkerung sein, eine Bitte, der man in Berlin selbstverständlich bereitwilligst entsprach.

Japan

Eine große Enttäuschung bereitete Japans Haltung während des Krieges allen denen, die da geglaubt hatten, die politische Entwicklung werde allein durch Bündnisverträge und papierne Urkunden bestimmt. Die englische Regierung hatte sich durch das Bündnis mit Japan auf der gegen Rußland gerichteten Front eine gewisse Rückendeckung geschaffen. Da dieses Bündnis sich nur auf Ostasien bezog, war es klar, daß seine Paragraphen für den europäischen Krieg zunächst nicht in Betracht kamen. Immerhin hatte man gehofft, daß Japan sich nach englischem Muster »wohlwollend neutral« verhalten würde. Ausschließlich in dem Gedankengang europäischer Politik sich bewegend, hatte man den japanischen Egoismus und den Rasseninstinkt der Vormacht der mongolischen Völker zu niedrig eingeschätzt. Stellte man diesen in Rechnung, so bot Japans Verhalten allerdings keinen Grund, irgendwie erstaunt zu sein. Einzelne deutsche Schiffe hatten japanische Häfen aufgesucht und diesen wurde von der japanischen Regierung verboten, während der Dauer des Krieges die betreffenden Häfen wieder zu verlassen. Ob sie hier lagen oder draußen von englischen Kreuzern vernichtet oder abgefangen wurden, blieb sich in seiner Wirkung vollkommen gleich, es waren kaltgestellte Figuren auf dem Schachbrett des Welthandels.

Ein japanisches Geschwader kreuzte während der ersten Wochen des Krieges an der chinesischen Küste und der japanische Kreuzer »Naniwa« beobachtete auf der Reede von Tsingtau die Vernichtung des kleinen deutschen Geschwaders, um dann nach Sasebo heimzukehren und dem Tenno schadenfroh zu melden, daß Kiautschou aufgehört habe eine deutsche Pachtung zu sein und daß ein unbequemer Konkurrent in Ostasien von der Bildfläche verschwunden sei. Dann kamen die ersten Nachrichten über die Tätigkeit japanischer Agenten in Indien, dem französischen Hinterindien, in Singapore und an der ganzen chinesischen Küste. Die Bewegung unter den Eingeborenen und vor allem ein Aufstand in Französisch-Indochina zwang die kriegführenden Mächte ihre Seestreitkräfte, soweit sie nicht nach der Heimat zurückbeordert wurden, in den kolonialen Häfen stationiert zu halten. Auf französischer Seite erinnerte man sich jetzt zu spät, daß man einst die Gefahr unterschätzt hatte, als während des russisch-japanischen Krieges japanische Agenten ganz Indochina bereisten und dort Millionen von Flugschriften und Bilderbogen verteilt hatten, auf denen in phantastischer Form dargestellt war, daß wie jetzt die Japaner die Moskowiter geschlagen, so in Zukunft die Heere des Tenno auch mit allen europäischen Eindringlingen aufräumen würden. Diese damals ausgestreute Saat stand jetzt in den Halmen. Das englisch-japanische Bündnis war wie ein Klang aus längst verschollenen Zeiten.

Durch die Festhaltung der europäischen Seestreitkräfte in den Kolonien war man außerstande, die Tätigkeit japanischer Emissäre auf dem Kontinent verhindern zu können. Wohl kamen aus Schanghai, aus Tientsin, Peking und anderen Städten Meldungen, die die Schuld an der immer stärker anschwellenden Bewegung unter den Chinesen fast ausschließlich der japanischen Wühlarbeit zuwiesen, doch hatte man keine direkten Beweise in Händen, und in London hütete man sich, unbequeme Anfragen nach Tokio zu richten. Man beobachtete nur und schwieg. Wohl aber dämmerte in England die Erkenntnis auf, daß das englisch-japanische Bündnis ein Verrat an der Zukunft der weißen Rasse gewesen sei. Als dann die von europäischen und japanischen Offizieren gedrillten chinesischen Regimenter, mit europäischen Waffen ausgerüstet, heranrückten und die ersten Gefechte auf chinesischem Boden stattfanden, wurden unter den Toten auf der Walstatt Dutzende von japanischen Offizieren aufgelesen.

Dann erst wurde der englische Gesandte in Tokio beauftragt, der japanischen Regierung ernste Vorstellungen zu machen. Drohen konnte man nach den Verlusten der Flotte vor Helgoland nicht mehr, wollte man sich von den Gelben nicht auslachen lassen. Es war natürlich kein Zweifel, daß die Erhebung der mongolischen Rasse das Werk der Japaner war, die sich jedoch vorsichtig im Hintergrund hielten. Die Antwort in

Tokio zeugte davon, daß man sich dort in die europäische Diplomatie gut eingelebt hatte, sie lautete: Gewiß, es befänden sich wohl einzelne japanische Offiziere im chinesischen Heere, doch seien sie aus der japanischen Armee vorher ausgeschieden. Für jedes japanische Offizierspatent, welches bei einem gefallenen Japaner auf chinesischem Boden gefunden werde, mache sich die japanische Regierung anheischig eine Million Pfund als Entschädigung zu zahlen. – Es wurde selbstverständlich nie ein solches Offizierspatent gefunden, was bei der mongolischen Schlauheit kein Wunder war. Weiter hieß es in der japanischen Erklärung: Die Regierung sei außerstande, Leute, die nicht mehr dem japanischen Heere angehörten, und aus Sympathie für ein befreundetes und stammverwandtes Volk sich an einigen Kämpfen beteiligten, zur Rechenschaft zu ziehen. Oder habe England etwa Deutschland den Krieg erklärt, als es auf den südafrikanischen Schlachtfeldern deutsche Offiziere gefangen genommen hätte. Man hatte viel gelernt in Tokio.

Noch stehen unsere Truppen in China, noch sucht eine große internationale Armee von den Küstenstädten aus, langsam ins Innere ihre Posten vorschiebend, den verlorenen Boden wieder zu gewinnen und das an europäischer Kulturarbeit wieder aufzurichten, was die Schuttlawine des chinesischen Aufstandes erdrückt und vernichtet hat.

Im englischen Parlament

Es fielen zwei große Tage für die Londoner Bevölkerung zusammen. Am Morgen war die heldenmütige Besatzung der beiden deutschen Kanonenboote »Tsingtau« und »Vaterland« an Bord des englischen Dampfers »Colombo« in Portsmouth eingetroffen; mittags rüstete sich die englische Hauptstadt zum Empfang der deutschen Gäste. Und an demselben Tage hatte im englischen Unterhause der Hauptredner der Opposition eine Interpellation der Regierung, wegen der Besetzung des Hafens von Bender-Abbas an der persischen Küste durch die russische Flotte angekündigt. Die Nachricht von der russischen Flaggenhissung war zwei Tage zuvor in London eingetroffen und hatte dort große Erregung hervorgerufen.

Der Sitzungssaal des Unterhauses war bis auf den letzten Platz besetzt. Selbst hinter den Sitzreihen standen noch Abgeordnete, andere säumten die Galerien. Lautes Stimmengewirr durchschwirrte den hohen Raum, das noch mehr anschwoll, als der Staatssekretär des auswärtigen Amtes, der sich zur Beantwortung der Interpellation bereit erklärt hatte, seinen gewohnten Platz einnahm und vor sich auf den Tisch des Hauses eine Aktenmappe niederlegte. Es lag etwas wie Krisenstimmung in der Luft. Der Lärm verstummte, als sich nunmehr der Redner des Tages erhob.

Er gab zunächst einen kurzen Überblick über die Kriegsereignisse des letzten Jahres. Noch einmal entrollte sich das gewaltige Drama des Riesenkampfes vor seinen Zuhörern, dann zog er, unter Beifallsrufen seiner Parteigenossen, in kurzen, knappen Sätzen die Bilanz dieser Ereignisse: »Die Regierung hat dies Land, sagte er, mit allzugroßer Leichtherzigkeit in einen Krieg hineingeführt, dessen Folgen sie nicht übersah, die sie aber bei vorsichtiger Einschätzung der politischen Lage und der Kräfte unserer Gegner hätte voraussehen müssen. Doch an der Vergangenheit ist nichts mehr zu ändern. Fassen wir das Ergebnis des Krieges zusammen, so ist es das folgende: Die Vernichtung des größten Teiles der deutschen Flotte hat unserer Marine schwerere Verluste gekostet, als wir bei Beginn der Feindseligkeiten erwarten durften. Wir sind stolz auf unsere Erfolge zur See. Aber die Marine Kaiser Wilhelms hat mehr geleistet als wir glaubten. Ein Drittel unserer Schlachtflotte liegt am Grunde des Meeres, ein Drittel unserer Panzerschiffe befindet sich im Dock zur Reparatur, und die schwere Artillerie der noch gefechtsfähigen Schiffe ist so sehr durch den Kampf mitgenommen, daß sie kein Seegefecht mehr riskieren kann. (Lebhafte Unruhe im Hause.) Ich verrate keine Geheimnisse. Es ist allgemein bekannt, daß die Lebensdauer der schweren Geschütze auf unseren Linienschiffen sich nur auf eine beschränkte Anzahl von Schüssen erstreckt, und diese ist überall fast erreicht. Sehen wir ab von den Neubauten, die auf unsern Werften ihrer Vollendung entgegengehen, so ist unsere Schlachtflotte, die aus dem Kriege zurückgekehrt ist, *wehrlos*, sie kommt für einen Kampf zur See nicht mehr in Betracht, bis sie neue Geschütze erhalten hat.

Also ist es das Ergebnis des Krieges, daß dieses Land die Seeherrschaft auf dem Ozean verloren hat auf kürzere oder längere Zeit. (Unruhe im ganzen Hause.) Wir müssen ehrlich sein gegen uns selber und das nicht übersehen, was andere auch sehen. Daß die französische Flotte noch mehr gelitten hat als unsere, ist kein Trost für uns, und auch die Vernichtung der deutschen Marine kann uns für den Verlust der britischen Seeherrschaft nicht entschädigen. *Es gibt heute nur noch eine große Flotte auf dem Ozean*, das ist die *Flotte der Vereinigten Staaten*. (Der Redner wird mehrfach unterbrochen und macht eine längere Pause.)

Was dieser Erfolg des Krieges für England bedeutet, will ich nicht weiter erörtern, es genügt, die Tatsache festzustellen.

Deutschland befindet sich in ähnlicher Lage wie wir. Ehemals die größte Militärmacht in Europa, hat es diesen Rang für eine Zeit wenigstens an Rußland abtreten müssen. Diese beiden Tatsachen bedeuten nichts mehr und nichts weniger, als *daß die Entscheidung über die Geschicke der Welt nicht mehr in der Hand der beiden Seemächte der germanischen Völker liegt, nicht mehr bei England und Deutschland steht,* sondern zu Lande Rußland zugefallen ist und zur See von der amerikanischen Union abhängt. Petersburg und Washington sind an die Stelle von Berlin und London getreten. *Darum* haben wir dreiviertel Jahr gekämpft. *Darum* haben wir Hunderttausend Soldaten auf französischer Erde begraben, *darum* sind unsere Flotten in den Wogen der See versunken. Ich klage die Regierung nicht an; ich folge dem alten Wahlspruch unseres Volkes *Right or wrong, my country!* (Vereinzelte Cheers.) Dieser Krieg hat der Vormacht des Slaventums und der anspruchsvollen uns nicht freundlich gesinnten Regierung der Vereinigten Staaten, ohne daß sie einen Finger zu rühren brauchten, zu einer Weltmachtstellung verholfen, die wir zurückerobern müssen (laute Cheers), in der Zukunft zurückerobern müssen, denn heute ist unsere Flotte zu schwach.

Was kann uns die Vermehrung und Konzentrierung unseres afrikanischen Kolonialbesitzes für solche Verluste entschädigen? Wir müssen unsere Kolonien in Afrika von neuem erobern. Ebenso Deutschland und Frankreich. Ich spreche nicht von Riesenverlusten unseres Handels, von den finanziellen Einbußen durch die Belastung unseres Budgets mit den unerhörten Ausgaben für diesen Krieg. Und sind wir unseres Besitzes sicher? Ich erinnere das Haus an das, was sich in Südafrika, in Canada, in der *Commonwealth* von Australien vorbereitet. Ich erinnere daran, daß Kolonien nicht dankbar sondern anspruchsvoll sind. Was soll daraus werden? (Lebhafte Bewegung im ganzen Hause.)

Das Gespenst der Sorge um Indien ist der Hausgeist der englischen Politik. Verlieren wir Indien, so wankt uns der Boden unter den Füßen. Jetzt weht die russische Flagge über den Strandbatterien von Bender-Abbas. Unsere indische Bastion wird durch die russische Erwerbung flankiert. Sollen wir das dulden? Verträgt das die Ehre dieses Landes? (Rufe: Nein, nein!) *Wir dürfen nicht mehr Nein sagen.* Wir müssen Ja sagen (Lebhafter Widerspruch). Wir müssen Ja sagen, weil wir dieses Land nicht um einen persischen Hafen in einen neuen Krieg stürzen dürfen, in dem wir ohne Verbündete dastehen. Oder ist das Bündnis mit Japan mehr als ein wertloses Stück Papier. Wir müssen uns abfinden mit der Tatsache, daß Bender-Abbas Rußland gehört, daß Persien eine russische Interessensphäre ist. Wir dürfen nicht in denselben Fehler verfallen wie im Winter vorigen Jahres, als wir glaubten, die Welt sei zu klein, als daß große Völker nebeneinander existieren könnten. Für Deutschland war neben England Raum genug, jetzt hat Amerika uns *beiden*den Platz eingeengt. Für Rußland ist auch neben England Raum genug in Asien. Wir erwarten, daß die Regierung in Petersburg die Verhandlungen in diesem Sinne führt. Wir dürfen dann hoffen, daß Bender-Abbas ein Ventil für das russische Expansionsbedürfnis wird, daß hier das Streben Rußlands nach dem Meere ein Endziel findet und daß dadurch die afghanisch-indische Grenze von einem unerträglichen Druck entlastet wird. Wenn Englands Ehre angetastet wird, steht die Bevölkerung dieses Landes zusammen wie ein Mann, wir sind gewohnt für die Macht und Herrlichkeit des Vaterlandes das Letzte zu opfern. Hier handelt es sich aber nicht um unsere Ehre, sondern um unseren Ehrgeiz, um den Verzicht auf ein Phantom, um den Verzicht auf einen Besitz, der uns nie gehört hat. Und wir sind heute nicht mehr reich und mächtig genug, um einen Krieg zu führen, der nur unsere nationale Eitelkeit befriedigen kann«.

Donnernder Beifall folgte diesen Worten auf *beiden*Seiten des Hauses. Die Abgeordneten drängten sich an den Redner heran, schüttelten ihm die Hände und sprachen eifrig auf ihn ein. Es war kein Zweifel, er hatte allen aus dem Herzen gesprochen, die bitteren Wahrheiten, die man in so klaren Sätzen eben gehört, hatten ihren Eindruck nicht verfehlt. Von dem lauten Stimmengewirr wurde die Ankündigung des Sprechers des Hauses, daß der Staatssekretär des Äußeren nach fünf Minuten die Interpellation beantworten werde, völlig übertäubt. Überall standen Gruppen der Abgeordneten in lebhaftem Gespräch zusammen. Durch die hohen Fenster des Sitzungssaales tönte von draußen her das dumpfe Brausen des Straßenverkehrs herein, wie der ewig gleiche Tonfall der Meeresbrandung. Jetzt schwoll diese einförmige Melodie auf dem Resonanzboden der Riesenstadt zu größerer Stärke an, laute Cheers erschollen draußen und dann setzten in der Ferne die schmetternden Klänge einer Militärkapelle ein. Geleitet von den stürmischen Willkommengruß der Londoner Bevölkerung zogen die deutschen Marinesoldaten in London ein. Noch lauschte man im Sitzungssaale diesen ungewohnten Tönen, da erhob sich der Staatssekretär des Äußeren von seinem Platze:

»Das sehr ehrenwerte Mitglied des Hauses hat die Meinung seiner politischen Freunde in einer Weise zum Ausdruck gebracht, die sich, wenn auch in weniger schroffer Form, mit den Anschauungen des Ministeriums, welches ich zu vertreten die Ehre habe, deckt. Die Regierung dieses Landes weiß die bedauerlichen Folgen des Krieges vollauf zu würdigen, sie gibt sich über den Zustand unserer Seemacht keinen Täuschungen hin und ist ebenfalls der Ansicht, daß es gefährlich wäre, sich auf irgendwelche politische Experimente einzulassen, die das Land in neue unabsehbare Verwicklungen stürzen könnten. Die Besetzung von Bender-Abbas durch das russische Geschwader bedeutet an sich keine Bedrohung unserer indischen Machtstellung. Wenn die Richtung der russischen Expansionspolitik durch die Einnahme von Bender-Abbas eine andere wird, so wird England keinen Einspruch dagegen erheben, unter der Voraussetzung, daß Englands Interessen in Persien – die keine politischen sind und es nie gewesen sind – nicht beeinträchtigt werden. Unser Botschafter in Petersburg ist in diesem Sinne beauftragt, eine Erklärung der russischen Regierung zu fordern. Sobald diese erfolgt, werde ich dem Hause weitere Mitteilungen machen. Vorläufig bitte ich, diesen Gegenstand verlassen zu dürfen«.

Der Staatssekretär machte eine Pause und suchte zwischen den Papierblättern in seiner Mappe. Draußen erklangen jetzt die vollen kräftigen Akkorde der deutschen Militärmusik. Der Staatssekretär begann von neuem.

»Das sehr ehrenwerte Mitglied des Hauses hat erwähnt, daß nach den bedauerlichen Verlusten des Krieges die amerikanische Flotte gegenwärtig die stärkste Seemacht der Welt darstellt. Ich bitte das hohe Haus, sich dieses Umstandes zu erinnern, wenn ich jetzt zu meinem Bedauern eine sehr ernste Mitteilung zu machen habe. (Der Staatssekretär räusperte sich und rückte an seinem Halskragen, als sei ihm dieser plötzlich zu eng geworden.) Unser Botschafter in Washington teilt uns soeben mit, daß ihm die Regierung der Vereinigten Staaten eine diplomatische Note zugestellt habe des Inhalts: *Die Regierung der Vereinigten Staaten fordert die Regierung Großbritanniens auf, aus ihren kolonialen Besitzungen in Westindien, aus Jamaica, den Bahama-Inseln, Britisch-Honduras und Britisch-Guyana die englischen Garnisonen zurückzuziehen.*

Das gleiche Ersuchen werde in Paris, in Kopenhagen und im Haag überreicht. Der Bau des Panamakanales lege der Regierung der Vereinigten Staaten die Notwendigkeit nahe dafür zu sorgen, daß diese wichtige Schiffahrtsstraße nicht durch irgendwelche Macht im Kriege gesperrt werden könne, und Amerika könne es nicht mehr dulden, daß der Schiffahrtsweg an den Bastionen europäischer Festungswerke vorüberführe. Da die europäischen Kolonien in Westindien nur noch geringe wirtschaftliche Bedeutung hätten, sie aber als Militärstationen aufhören müßten zu bestehen, verlange die amerikanische Regierung die Räumung dieser Besitzungen, die nunmehr unter amerikanischen Schutze selbständig werden sollten. Zum Schlusse der Note heißt es: die Regierung in Washington habe diesen Zeitpunkt für ihre Maßnahme gewählt, da er die größte Garantie biete für eine friedliche Erledigung der Angelegenheit. Nach den großen Verlusten im Kriege und bei dem gegenwärtigen Zustande der europäischen Flotten sei selbst eine europäische Koalition nicht imstande, mit Aussicht auf Erfolg der amerikanischen Flotte entgegenzutreten. Die Vereinigten Staaten und *Japan* seien zur Zeit die einzigen wirklichen Seemächte. Die europäischen Regierungen müßten daher jetzt endlich auch praktisch der Monroedoktrin die Stellung zubilligen, die Deutschland wenigstens theoretisch bereits freiwillig anerkannt habe.«

Da ward es totenstill im Hause. Alle fühlten es: Es fuhr ein Schlag hernieder, den man nicht mehr parieren konnte. Durch die hohen Fenster strich die laue Frühlingsluft. In der Ferne verklang der Pariser Einzugsmarsch.

Karl-Maria Guth (Hg.)

Erzählungen aus dem Biedermeier

HOFENBERG

Karl-Maria Guth (Hg.)

Erzählungen aus dem Biedermeier II

HOFENBERG

Karl-Maria Guth (Hg.)

Erzählungen aus dem Biedermeier III

HOFENBERG

Erzählungen aus dem Biedermeier

Biedermeier - das klingt in heutigen Ohren nach langweiligem Spießertum, nach geschmacklosen rosa Teetässchen in Wohnzimmern, die aussehen wie Puppenstuben und in denen es irgendwie nach »Omma« riecht.

Zu Recht. Aber nicht nur.

Biedermeier ist auch die Zeit einer zarten Literatur der Flucht ins Idyll, des Rückzuges ins private Glück und der Tugenden. Die Menschen im Europa nach Napoleon hatten die Nase voll von großen neuen Ideen, das aufstrebende Bürgertum forderte und entwickelte eine eigene Kunst und Kultur für sich, die unabhängig von feudaler Großmannssucht bestehen sollte.

Georg Büchner Lenz **Karl Gutzkow** Wally, die Zweiflerin **Annette von Droste-Hülshoff** Die Judenbuche **Friedrich Hebbel** Matteo **Jeremias Gotthelf** Elsi, die seltsame Magd **Georg Weerth** Fragment eines Romans **Franz Grillparzer** Der arme Spielmann **Eduard Mörike** Mozart auf der Reise nach Prag **Berthold Auerbach** Der Viereckig oder die amerikanische Kiste

ISBN 978-3-8430-1884-5, 444 Seiten, 29,80 €

Erzählungen aus dem Biedermeier II

Annette von Droste-Hülshoff Ledwina **Franz Grillparzer** Das Kloster bei Sendomir **Friedrich Hebbel** Schnock **Eduard Mörike** Der Schatz **Georg Weerth** Leben und Taten des berühmten Ritters Schnapphahnski **Jeremias Gotthelf** Das Erdbeerimareili **Berthold Auerbach** Lucifer

ISBN 978-3-8430-1885-2, 440 Seiten, 29,80 €

Erzählungen aus dem Biedermeier III

Eduard Mörike Lucie Gelmeroth **Annette von Droste-Hülshoff** Westfälische Schilderungen **Annette von Droste-Hülshoff** Bei uns zulande auf dem Lande **Berthold Auerbach** Brosi und Moni **Jeremias Gotthelf** Die schwarze Spinne **Friedrich Hebbel** Anna **Friedrich Hebbel** Die Kuh **Jeremias Gotthelf** Barthli der Korber **Berthold Auerbach** Barfüßele

ISBN 978-3-8430-1886-9, 452 Seiten, 29,80 €